더 킹 + 영원의 군주
THE KING · ETERNAL MONARCH

2

드라마 소설·극본 김은숙·소설 스토리컬쳐 김수연

더킹
영원의 군주
THE KING · ETERNAL MONARCH
2

RHK
알에이치코리아

차 례

곤과 신재는 서로를 향한 의문의 눈빛을 거두지 않았다. 신재는 곤을 바라보고는 있었으나 의식은 먼 곳에 가 있었다.

"곡소리 말고, 기억나는 다른 게 있는지 물어도 될까? 장소랄지, 사람이랄지."

기억나는 게 있었다. 그 기억들이 오랫동안 신재를 괴롭혔다. 강현민. 강신재가 아닌, 기억 속에 존재하는 또 다른 이름이 있었다. 어머니가 자신을 끌어안고 울며 부르던 이름.

—죽자. 같이 죽어. 현민아, 엄마랑 같이 죽자.

이상한 일이었다. 신재의 어머니는 아버지의 사업이 망하기 전까지 평창동 사모님으로 행복하게 지냈다. 그랬다고 들었다. 사진 속 어린 자신도 해맑게 웃고 있었다. 매일 밤 신재가 꾸는 꿈속의 어머니는 허름한 차림으로 길 한복판에서 저를 끌어안고 함께 죽자며 울부짖던 모습뿐이었다. 그다음엔 길거리에 혼자 남은 채였다. 그녀가 결국에는 자신을 버린 것인지, 아니면 잃은 것인지.

사실 신재의 기억 속에 아프기 이전의 기억은 없었다. 부모님과 함께 행복했던 어린 시절의 기억 대신 길에 혼자 남아 커다란 그림자를 만난 기억만이 남아 있었다. 그래서 전부 꿈이라고 생각했다. 병원에서 눈을 떴을 때, 신재의 어머니는 드디어 신재가 살아났다며 울고 있었다. 그때부터 신재의 그 모든 기억은, 강현민의 기억은 꿈이 되었다. 오랫동안 정신과 상담까지 받았다. 꿈이 기억처럼 선명해서.

TV 속에서 흘러나오던 곡소리, 바람에 흔들리던 오얏꽃 문양이 지워지지를 않아서. 일생을 추적해온 꿈인지 기억인지 모를 그것이, 정말로 과거의 기억이라면 어떻게 되는 것인지 신재는 알 수가 없었다.

자신은, 강신재이긴 한 걸까.

"나를 도와줘. 그럼 나도 자네를 돕지. 자네가 찾고 있는 그 무언가에, 가장 가까이 있는 사람은 나일 테니까."

바닥부터 흔들리고 있는 신재에게 곤이 손을 내밀었다. 신재는 곧장 그 손을 쳐냈다. 병원에서 깨어나기 이전의 삶이 진짜라면, 이후의 삶은 가짜가 되어버릴지도 몰랐다.

"돕고 싶어? 그럼 꺼져. 니네 동네로. 너도. 다음에 또 눈에 띄면 그땐 무허가 총기 소지로 반드시 처넣는다."

곤과 영에게 차례로 경고한 신재는 빠르게 뒤돌아서 방을 나섰다. 신재를 붙잡으려는 영을 곤이 만류했다. 문 닫히는 소리가 거칠었다.

"걱정 마. 형사로 가잖아. 누군가의 형님으로 갔고."

"하지만, 폐하."

"알아. 이림이 옮긴 거야. 지하실의 그자처럼. 국장만 기억하는 걸로 봐선, 어려서 온 것 같은데."

"어린아이를 대체 왜 옮겼을까요."

"이림이 필요했던 건, 그의 부모였겠지. 이쪽의 부모든 저쪽의 부모든."

"이쪽은 다녀오시는 동안 알아보겠습니다."

과연 누가 무엇이 필요해서 아이를 이곳으로 옮겼을까. 곤은 생각에 빠진 채 끄덕였다.

머릿속이 복잡하여 정리가 쉽지 않았다. 신재의 걸음은 습관처럼 태을의 집 앞으로 향했다. 처음 이곳을 지나쳤을 때,

창가에 앉아 있던 태을을 보았었다. 빛 한 줄기 들어오지 않던 자신의 어두운 삶과는 전혀 다른 빛의 세상 속에 태을이 앉아 있었다. 그래서 충동적으로 태권도장에 들어갔다.

빚에 쫓기던 때였다. 태권도장에 다닐 만한 돈은 없었고, 돌아서 나오려던 신재를 막은 건 태을의 아버지, 정관장이었다. 그의 배려로 태권도장에 다니게 됐고, 길바닥이나 구를 뻔하던 인생도 조금은 달라졌다. 신재의 인생에도 빛 한 줄기 정도는 비치게 됐다.

어머니의 울음소리, 알 수 없는 이들의 곡소리, 그런 악몽이 아니라 예쁜 꿈도 꿀 수 있었다. 태을 덕분에. 누군가 계단을 밟고 내려오는 소리에 신재는 고개를 들었다. 태을이었다.

"들어오지, 왜 나오래. 추운데. 나리네 갈……?"

"내가 좀 전에 은섭이를 만났거든? 근데 은섭이가 아니더라?"

태을이 놀라 표정을 굳혔다. 신재는 헛웃음처럼 한숨을 내쉬었다.

"넌 알고 있었네?"

답을 들을 필요도 없었다. 모르는 사람의 반응이 아니었으니까.

"형님, 어디까지 본 거야?"

"너는, 너는! 대체 어디까지 가 있는 거야. 니가 말한 공상과학이…… 그 새끼야? 너 정말 그 새끼 말 진짜 다 믿는 거야?"

"……어. 믿어."

빤히 태을을 내려다본 신재는 잠시 말문이 막혔다. 태을의 눈에는 흔들림이 없었다. 처음부터 마음에 들지 않았다. 태을의 주변을 어슬렁거리던 신원 미상의 사내. 그 사내가 결국 태을을 바꿔놓았고, 신재의 삶을 뒤흔들기 시작했으니 종래에는 태을과 신재를 둘러싼 모든 것이 뒤바뀔지도 몰랐다. 신재는 울컥하는 마음으로 소리쳤다.

"왜 믿는데, 뭘 믿는데!"

"다, 전부 다 믿어. 형님한테 설명할 수 있는 건 다 설명할게. 나 사실 형님 도움……!"

태을은 끝까지 말할 수 없었다. 마주한 신재의 표정은 마치 세상이 무너지기라도 한 것 같다. 획 뒤돌아서 가버리는 신재의 뒷모습이 낯설었다. 그러나 차마 잡을 수도 없었다.

비포장도로를 가운데 두고 널따란 밭이 펼쳐졌다. 사람은 아무도 없고, 상공으로 날아가는 새들만이 보였다. 먼 곳까지 운전하고 온 보람이 없었다. 태을은 휴대폰으로 지도 어플을 확인하며 얼굴을 찌푸렸다.

"주소는 여기가 맞는데, 일부러 거주지 불명을 만든 것 같은데? 이렇게까지 숨은 거 보면 찾는 데 시간 좀 걸릴 거야."

태을이 곤과 함께 온 곳은 얼마 전 알아낸 이지훈의 생모, 송정혜의 주민 등록상 거주지였다. 멀리 저물기 시작하는 해를 바라보며 곤은 실망한 기색 없이 답했다. 사실은 예상하고 있었던 바이기도 했다.

"덕분에 두 가지는 확실해졌네. 송정혜는 이림과 함께 있고. 자네랑 멀리 나오는 건 일이어도 좋다는 거. 그곳이 어디든."

"그런 말은 어디 과외 받아?"

"놀랍게도 독학이야."

"이래서 다들……!"

소리 내어 웃던 태을이 멈칫하며 말을 멈췄다. 곤이 장난스럽게 이었다.

"역모를 한다고?"

태을이 놀라며 곤의 등짝을 아프지 않게 내리쳤다.

"미쳤나봐!"

"이건 뭐 괜찮은 줄 알아?"

"이래서 궁 사람들이 좋아하는구나. 힘들 때 외려 농담을 하는 사람이라. 더 생략할걸. 우린 시간이 없는데. 그 생각한 거야."

만나자마자 포옹했고, 태을이 곤을 받아들이기도 전에 곤은 청혼해왔다. 그 시간들이 당혹스러웠던 건 그 시간일 때였다. 지금은 다르게 읽히는 시간들이었다.

"짧은 시간에 많은 걸 생각했네?"

"왜 그런 농담을 해."

태을이 우울하게 중얼거리자 곤은 곧바로 사과했다.

"나만 할 수 있는 농담이니까. 미안, 자네가 이렇게 놀랄 줄 몰랐어."

"어떻게 위로를 해야 할지 모르겠단 말이야. 좋아하는 사람이 생겼는데, 가정사가 어떻게 역모냐고, 나는."

진심으로 태을은 가슴 아팠다. 곤은 태을이 마음 아파하는 게 좋았다. 곤의 일을 가슴 아파하는 이는 많았지만, 그래서 등짝을 때린 사람은 처음이었다. 사실은 곤 자신이 이렇게 좋아하는 사람도 처음이라서.

곤은 미안하게도, 어두운 얼굴을 한 태을이 귀엽기만 했다. 곤이 작게 웃자 태을이 입술을 비죽였다. 곤은 속내가 투명하게 비치는 태을의 깨끗한 눈동자를 가만히 바라보았다.

"내가 자넬 마음 쓰이게 했구나. 송정혜, 그 사람은 내 어머니의 얼굴을 하고 있을 테니까. 그렇지?"

"……혹시나, 만나보고 싶지는 않을까 했지."

"전혀 아니야. 영이와 은섭 군이 같은 사람이 아니듯, 그 사람은 내 어머니가 아니야. 얼굴은 그 사람을 나타내는 기호일

뿐이니까.”

그의 진심을 확인하듯 곤을 빤히 올려다보던 태을이 다시금 입을 열었다.

“그럼 하나만 물을게. 진짜 어떻게 두 세계를 넘는 거야? 이 곤과 이림은?”

“자네의 모든 질문에 답했고 앞으로도 그럴 거야. 딱 하나, 방금 그 질문만 빼고.”

“알겠어. 그럼 연애 처음인 건 맞고?”

방심한 틈을 탄 질문이었다. 곤이 고개를 돌리며 길 위에 덩그러니 세워진 차 쪽으로 향했다.

“그 질문도 빼고. 갈까? 갑자기 추워진다, 그지.”

“남아일언은 중천금이라던데 대한제국엔 그런 말이 없나 봐?”

“아, 여긴 그런 말이 있어?”

능청을 떨며 모른 척하는 곤의 앞을 태을이 막아섰다. 곤은 웃음을 숨기며 태을을 내려다보았다. 자신을 흘기며 캐묻는 여인이 어떻게 이렇게 사랑스럽게 느껴질 수가 있는지, 궁금했다. 태을은 궁금한 게 더 많은 듯했지만.

“스테이크 솥밥 해준 여잔 누구야.”

“하나만 묻는다며.”

“하나도 대답 안 했거든.”

"해사 88기. 여잔 자네밖에 없어."

마주보며 걷는 두 사람의 머리카락이 바람에 휘날렸다. 서로를 향한 마음도 함께 하늘하늘 흘러내렸다.

"순발력 좋았다."

순간, 뒤로 걷던 태을이 돌부리에 걸려 넘어질 뻔했다. 곤이 그런 태을의 허리를 감싸안았다.

"자넨 좀 부족하네."

"멋은 있더라. 군복 입은 모습."

태을이 곤의 손을 마주 잡았다. 두 사람은 어느새 손을 잡은 채 나란히 걷고 있었다.

"손은 왜 잡아."

"구서령한테 솥밥 해줬어, 안 해줬어. 설마 군복 입고 쌀 씻은 거 아냐?"

여자는 자네밖에 없다는 말을 들어놓고도 계속해 캐묻는 태을 때문에 곤은 결국 또 한 번 소리 내어 웃었다. 그리고 장난스럽게 말했다.

"쌀을 씻고 군복을 입었지."

"군복이 뭐? 가장 영광스러운 순간이 뭐 어째?"

"사실이야. 예를 들면 청혼을 하는 순간이라던가."

"나한테는 막하더니."

태을이 멈춰 서며 곤을 노려볼 때였다.

"막하지 않았어. 급하게 했지. 내가 이 세계에 와서 했던 일 중 가장 잘한 일이고, 자네 답 기다리고 있고, 구총리 얘긴 농담이고."

"그게 무슨 청혼이야. 나한테 황후가 되어주겠냐고 물었어? 하라고 우겼지."

"그래서 답은 뭔데? 할 건가?"

마주한 곤의 눈이 지나치게 진지해져 있었다. 진심으로 묻고 있는 거란 걸, 태을도 모르지 않았다. 한 발짝 물러나는 태을을 곤이 휙 끌어안았다. 밀어낼 새 없이 태을은 곤의 품 안에 안겼다. 언제 안겨도 넓고 따뜻한 품 안이었다. 그래서 계속 안겨만 있고 싶은 품 안이었는데.

"할 거냐고."

"내가 싫다고 하면, 오늘이 우리의 마지막인 건가?"

그 순간, 자신의 심장에 닿아 있는 곤의 심장이 잠시 멈출 뻔한 것을 태을은 알까. 아마 모를 것이다. 곤은 상처받은 눈빛으로 태을을 내려다보았다.

"거절이야?"

"오늘은 아니야."

무슨 뜻이냐는 듯 곤이 태을 쪽으로 고개를 내렸다.

"내가 생각을 해봤는데. 난 그냥 오늘만 살기로 했어. 오늘만 일상처럼, 오늘만 파란으로. 우린 그게 맞아. 그러자."

"……보통 이럴 땐 영원을 약속하던데……. 우린, 오늘만 살자고?"

사실은 태을도 영원하고 싶었다. 영원히 이 품에서, 오래 행복하고 싶었다. 두 사람이 사는 세계가 하나였으면 싶었다. 그러나 그럴 수 없음을 알았다.

"응, 내일은 없어. 그래서 난 오늘이, 아주 길었으면 좋겠어."

자신을 마음 아프게 바라보는 곤을 모른 척하며 태을은 씩씩하게 잡은 손을 들어 올렸다.

"그래서 손잡은 거야. 오늘만 사니까."

함께 걷는 이 길에 끝이 없었으면 좋겠다. 두 사람은 같은 생각을 했다.

∞

서령의 사저에 오랜만에 구수한 음식 냄새가 진동했다. 막 업무를 마치고 돌아온 서령을 그녀의 어머니가 맞았다. 식탁 위에는 반찬이 한가득이었다. 서령은 음식이 잔뜩 차려진 식탁 앞에 앉으며 인상을 조금 찌푸렸다. 어머니가 입고 있는 목이 늘어진 색 바랜 니트가 마음에 들지 않아서다.

"내가 옷을 몇 벌을 보냈는데 왜 그런 거 입고 와."

이제 고생은 그만해도 되는데도 서령의 어머니는 꿋꿋했

다. 어떻게 저런 사람 밑에서 자신이 나왔을까 싶다가도, 어머니 몫의 욕심까지 자신이 다 물려받은 것 같기도 했다.

"돈 애껴. 재벌 사돈 있을 때도 안 입었어."

"언제적 사돈이야."

"그건 그래. 양미리 조려 왔는데."

어머니가 식기를 가지러 간 잠깐 사이, 서령은 손으로 반찬을 집어 먹었다. 짭짤하게 간이 된 게 입맛에 딱 맞았다. 손가락에 밴 양념을 빨다가 서령이 문득 물었다.

"근데 엄마, 진짜 나한테 신문 안 보냈어?"

"짜, 밥이랑 먹어. 안 보냈다니까. 뭔 신문인데."

전혀 모르는 기색이었다. 지난번에 한 번, 전화로 물었을 때도 모른다고 했었던 어머니다. 루나를 만나러 교도소에 갔던 날이었다. 여러모로 기분이 더러웠던 날. 그런데 그 후로도 한 번 더 가짜 신문이 서령에게 배달됐다. 신문의 허황된 내용도, 하필이면 어머니 이름으로 온 게 찝찝했다. 서령은 잠시 미간을 좁혔다. 서령의 어머니가 식기와 함께 밥그릇을 식탁에 올려놓았다. 수저를 들며 서령은 고개를 저었다.

"아니야. 비서실에서 실수했나봐. 워낙 뭐가 많이 와. 집엔 별일 없지?"

"맨날 그렇지 뭐. 근데 그…… 죽은 이럼 말이야. 혹시 숨겨둔 자식이 있나?"

어머니의 갑작스러운 얘기에 서령이 밥을 한 숟갈 뜨다 말고 숟가락을 다시 내려놓았다. 누가 들어도 경악할 얘기였다.

"말도 안 되는 소리 하지 마. 후사 없이 역모 다음 해에 죽었는데 뭔 자식이야."

"그지? 근데 며칠 전에 가게에 우산 놓고 간 손님이 찾으러 왔었거든. 근데 그 이림 살아 있을 때랑 얼굴이 똑같은 거야. 그래서 아들이 있었나 했지."

누구를 닮았더라, 한참 생각하다가 서령이 학교 다닐 적 보던 교과서를 찾아 발견한 얼굴이었다. 똑같아도 너무 똑같아서 내내 떠올랐다. 어디에서도 할 말이 아니라는 건 그녀도 알아서 딸을 만나서야 묻는 거였다.

"엄마, 진짜 어디 가서 그런 얘기하면 큰일 나. 황실에 아직 후사도 없는데 역적의 사생아? 그런 소문이 엄마 입에서 나가면 나 정말 끝이야. 엄마 딸 총리라고."

서령의 말이 맞았다. 듣고 보니 덜컥 겁이 나서 서령의 어머니가 연신 대꾸했다.

"어, 아무한테도 안 했어. 너한테만 한 거야. 안 해, 안 할게."

어리숙한 표정을 한 어머니 앞에서 서령은 고개를 내저었다. 어머니가 해놓은 맛좋은 반찬의 맛이 더는 느껴지지 않았다. 서령의 머릿속에서 퍼즐 조각 여러 개가 떠돌아다녔다.

서령은 어렵지 않게 전남편인 KU 그룹 최회장을 떠올렸다. 서령이 총리 자리에 오르고, 또 그 자리를 지키는 데 도움을 준 로비스트인 비선도 얼마 전 최회장이 서령을 만나고 싶어 한다고 전했다. 기껏해야 특사로 교도소에서 꺼내달라는 얘기나 하겠지만. 이쯤 해서는 만나볼 만도 했다. 은밀한 일을 처리하기에 KU 그룹만큼 좋은 선택지는 없었으니까.

우편물을 보낸 이와 이십오 년 전 역모에 가담했던 자들, 무언가 있을 수도 있었다.

∞

시계의 옆면에 튀어나온 자그마한 용두는 시간을 맞추는 세밀한 부품이었다. 오돌토돌한 표면을 손으로 쓸던 이림은 툭 용두를 안쪽으로 밀어 넣었다. 그러자 시계의 초침이 틱, 틱, 틱, 일정한 소리를 내며 움직이기 시작했다. 새롭게 시각을 맞춘 시계를 안주머니에 넣고서 이림은 창밖으로 시선을 돌렸다. 운전석에 앉은 조열이 그런 이림의 눈치를 보며 말했다.

"요양원에 경찰이 다녀갔답니다."

평온하던 이림의 미간에 주름이 졌다. 룸미러를 살피던 조열의 얼굴에 낭패감이 어렸다.

"알아서 잘 보냈다니까 거긴 별 문젠 없어 보이는데, 장연지가 사고를 쳐서 구치소에 있습니다. 지급했던 폰은 해지했고 회수는 하는 중입니다. 그리고…….”

“그리고?”

“아……. 김기환이 이 새끼가 없어졌어요. 그 새끼도 찾는 중입니다.”

부대찌개 집을 하던 식당 주인이 갑자기 사라졌다. 이래저래 조열만 곤란했다. 룸미러로 훔쳐본 이림의 눈빛이 사나워져 있었다. 이림은 지난날 반으로 갈라지던 만파식적을 떠올리고 있었다. 순조롭던 일들에 균열이 생기고 있는 것이다.

“균열……, 아주 싫은데.”

이십오 년을 기다리고, 준비했다. 불길한 눈으로 이림은 대한민국의 전경을 보았다.

2.7182818284590452353602874713526624977572470936.

오늘 낮, 시간이 멈췄던 순간에 곤이 센 수였다. 시간이 멈춘 동안 셀 수 있는 수가 점점 더 많아지고 있었다. 스탠드 조명만 밝혀놓은 방 안을 곤은 휘적휘적 가로질렀다. 테이블 한편에 놓인 2G 폰 위로 곤의 그림자가 길게 드리워졌다. 식당 주인, 김기환에게서 얻은 2G 폰은 내도록 잠잠했다. 곤은 이 폰을 김기환에게 주었을 이림을 떠올렸다.

"······큰아버지."

어느 날엔가 천존고에 앉아 사인검을 내려다보고 있던 어린 곤에게 이림은 물었었다. 사인검에 새겨진 글귀의 뜻을 아느냐고. 곤은 답했고, 이림은 곤이 잊은 부분을 친절하게도 알려주었다. 그때에도 이림의 얼굴에는 어린 조카가 들여다보고 있던 그 검으로 이복동생을 벨 역모의 계획이, 세계를 제 손아귀에 넣고야 말겠다는 검은 그림자가 드리워져 있었을 것이다.

비로소 기다리던 벨이 울렸다. 화면에 발신인조차 뜨지 않았다. 곤은 폰을 귓가에 가져다 댔다.

하늘은 정精을 내리시고 땅은 영靈을 도우시니, 해와 달이 모양을 갖추고 산천이 형태를 이루며 번개가 몰아치는도다. 현좌玄坐를 움직여 산천山川의 악한 것을 물리치고 현묘玄妙한 도리로서, 베어 바르게 하라.

사인검의 글귀, 그것은 황제의 소명이었다. 사인검에 대해 논하던 그날, 이림은 물었다. 해서 태자께서는, 그 소명을 다 하실 거냐고. 곤은 짓씹듯 사인검의 글귀를 되새겼다.

"현좌玄坐를 움직여 산천山川의 악한 것을 물리치고 현묘玄妙한 도리로서, 베어 바르게 하라."

그래. 베어, 바르게 하리라.

"내 목소리 기억해? 난 기억해."

많은 것을 참아내며 씹어뱉는 곤의 목소리가 낮고 무거웠다. 제 목소리만으로도 당황하리라 예상했던 조카의 생각지 못한 반격이었다. 이림은 잠시 침묵했다가 이내 빙글거리며 인사했다.

　—예, 조카님. 접니다. 강녕하셨습니까.

　"진짜, 살아 있었네."

　—예, 살아서 오늘을 기다렸습니다, 조카님. 온 생을 기다린 그날을 놓친 이후, 다른 생에서 기다린 날이었습니다.

　"조금만 더 기다려. 내가 꼭 찾아낼 테니까."

　—처음으로 황제 같으십니다. 조카님. 꼭 찾아오세요. 산 자를 죽었다 하셨으니 죽은 자도 어디 한번 살려내보세요. 그 혼란이 무척, 기대가 됩니다.

　곤은 주먹을 꽉 쥐었다. 이림의 속셈이 잡힐 듯 잡히지 않았다. 이림이 살아 있다. 가까이에 있다. 대한민국 어딘가에……! 곤은 이를 악물며 이림에게 경고했다.

　"더 잘 숨어야 할 거야. 네놈이 지금 대한민국에 있다는 걸, 방금 내가 알아버렸거든."

　전화가 곧바로 끊겼다. 끊긴 통화음이 오래도록 곤의 귓가에 울렸다. 이제 확실해졌다. 시간이 멈췄고, 지금 이림은 대한민국이다. 다음번 시간이 멈췄을 때, 이림은 대한제국일 것이다.

∞

다리의 불빛을 받으며 강물이 하염없이 흘렀다. 강바람에 흐릿한 물 냄새가 섞여들었다. 몇 주에 하루쯤, 눈이 오기 전이면 겨울 중에도 따뜻한 날이 있었다. 오늘이 그런 날이었고, 그래서 곤과 태을은 이곳 한강에서 만나기로 했다. 곤을 떠나보내야 하는 목요일이기도 해서, 태을은 울적해지려는 마음을 가다듬으며 포장해 온 음식과 술을 테이블 위에 세팅했다.

툭, 어깨 위에 무게감이 느껴져 뒤를 돌아보니 곤이었다. 곤의 코트가 태을의 어깨 위에 얹혀 있었다. 곤이 밝게 웃으며 태을의 옆에 앉았다.

"되게 잘 찾아오네? 여기 데이트 코슨데. 저쪽에서 많이 왔었나봐?"

곤의 얼굴을 보니 반가운 마음과 아쉬운 마음이 교차한다. 태을은 일부러 장난스럽게 물었다.

"안 와봤을 리 있나."

"그럴 줄 알았어. 누구랑 왔는데."

"국토부 장관, 차관, 서기관 넷, 서울시장, 과장, 그리고……."

"먹자. 대한민국 연인들은 이렇게 물가에서 데이트해."

"아, 운치 있군. 술, 별, 물, 닭, 질투. 더없이 완벽하네."

바람을 맞으며 태을을 보는 곤의 눈빛이 한없이 다정했다.

이림과 함께 있을 송정혜가 곤의 어머니와 같은 얼굴을 하고 있다는 게, 태을은 내내 마음에 걸렸다. 기억도 안 나는 어린 시절에 어머니를 잃고, 여덟 살에는 아버지를 잃은 남자, 그날로 황제가 된 남자를 어떻게 위로해야 할지 몰라 막막했었다.

그런데 곤은 도리어 태을을 위로했다. 영과 은섭이 같은 사람이 아니듯, 송정혜는 자신의 어머니가 아니라고. 얼굴은 그 사람을 나타내는 기호일 뿐이라고. 태을을 위로하며, 마음 쓰이게 했다고 미안해했다.

다정한 남자와 함께하는 시간은 너무 빠르게 흘러가는 기분이었다. 태을은 눈앞의 곤이 벌써부터 그리웠다. 가라앉는 마음을 추스르며 태을은 괜히 음식을 들이밀었다.

"먹고 힘내서 잘 다녀와."

"……!"

"금요일마다 국정 보고 있다며. 오늘이, 목요일이니까."

"기억하고 있었어?"

"……조건 참. 본인이 엄청 똥찬 건 알아?"

괜히 핀잔을 주며 태을은 서둘러 화제를 돌렸다.

"수사 정보 유출죄 각오하고 주는 거야. 아무래도 이 문제의 답은 그쪽에 있는 것 같아서. 이쪽에선 사망자야."

불쑥 태을이 내민 서류를 곤은 천천히 살펴보았다. 살해된 이상도 사건에 관한 문서였다. 태을이 곤을 만나던 날로부터 시작된 사건이기도 했다. 대한제국 뉴스가 음성 사서함에 녹음된 2G 폰이 이상도의 철물점에서 발견돼서, 두 사람의 공조 수사가 시작되었다.

서류를 보던 곤의 눈이 커다래졌다. 더 오래 고민할 필요가 없을 듯했다. 아는 얼굴이었다.

"이미 답을 아는 문제야. 이자와는 이미 대면도 했고."

"이상도를 만났다고? 이상도가, 살아…… 있다고?"

마구를 만드는 이구용 명인의 아들, 승마장에서 본 적 있는 얼굴이었다. 가업을 물려받지 않겠다고 하다가 얼마 전에야 마음을 잡았다고 했던가. 찬찬히 서류를 살피던 곤은 이내 테이블 위에 서류를 올렸다.

"이건 내가 알아서 할게. 나도 일 하나. 영일 이 세계에 두고 은섭 군을 데려갈 거야."

"그게 무슨 소리야?"

"이림이 지금, 대한민국에 있어."

"그럼 안 가야 하는 거 아니야? 그 사람이 여기 있는데?"

"가야 해. 가서 길목을 지켜야 해. 그는 반드시 내 세계에서 잡혀야 해."

대한제국에서 이림은 역적이지만, 대한민국에서는 이미

죽은 사람이었다. 경찰인 태을이 그를 잡는다고 해도 이림을 벌할 수는 없을 것이다. 태을의 표정이 굳었다.

"그래서 영일 두고 가는 거야. 최악의 경우, 이 세계에서 그를 사살할 수 있는 사람은, 영이뿐이니까."

"이건…… 사람이 죽고 사는 문제였구나."

역모, 역적. 도무지 가까워질 수 없던 단어들이 점점 더 가까워지고 있다. 굳은 태을의 손을 곤이 부드럽게 감싸 쥐었다.

"자네 세상에 폐를 끼쳐, 정말 미안해."

태을의 심장이 빠르게 뛰기 시작했다. 생각보다 더 위험한 위치에 곤이 서 있었다. 태을은 곤을 끌어안았다.

"괜찮은 척했는데……. 괜찮지가 않다. 빨리 올 거지?"

"빨리 올게. 한남동에서 이태원 갔다 오는 것처럼, 그렇게 올게."

약해진 태을의 모습이 곤의 마음을 아프게 했다. 발아래 계단이 푹 꺼지는 것마냥 심장이 곤두박질쳤다. 그럼에도 그저 태을을 더 가까이 안는 것 외에 할 수 있는 일이 없었다. 지금으로서는.

대한제국에서 무사히 이림을 잡을 수 있기를 바랄 뿐.

∞

　근위대 부대장인 호필과 소수의 근위대원들이 빠르게 말을 달렸다. 목요일 밤, 대숲 앞에서 대기하라는 곤의 명령이 노상궁을 통해 전해졌기 때문이었다. 근위대가 도착했을 때, 대숲에는 곤과 은섭이 결박당한 한 사내를 데리고 서 있었다. 사내는 대한민국에서 곤이 잡아온 김기환이었다.

　"폐하. 대장님."

　호필이 서둘러 곤과 은섭에게 고개를 숙였다. 차원의 문 안에서 벌어진 일들이 은섭에게는 그저 꿈 같았다. 눈앞에 고개 숙인 근위대의 근엄한 모습도 얼떨떨하기만 했다. 이곳으로 오기 전 영이 했던 말들이 떠올랐다.

　―가자마자 방탄조끼부터 챙겨 입어. 너 지키라는 거 아니고, 폐하 지키란 거야. 온몸으로, 목숨 바쳐. 알겠어?

　정말로 폐하였다, 곤은. 그리고 자신은 곤을 지켜야 할 근위대장이 되어 있었다. 곤은 완전히 다른 사람이라도 된 것처럼 근엄한 목소리로 근위대를 향해 명령했다.

　"역모에 가담한 자다. 이자를 궁 지하 가장 깊은 곳에 구금하고, 이자에 대한 그 어떤 기록도, 발설도, 불허한다."

　"예, 폐하!"

　곤은 차가운 눈빛으로 몸부림치는 김기환을 내려다보았다.

"네 주인은 네놈에게 죽음을 명했으나 난 살기를 명한다. 내 발아래, 내 궁 지하에서, 살아 있되 죽느니 못하게."

재갈을 문 채로도 김기환은 곤을 향한 적의를 숨기지 않았다. 곤은 자신을 노려보는 김기환을 향해 말을 이었다.

"혹여 이게 끝이라 착각할까 덧붙인다. 네놈들의 끝은 아직 시작도 안 했다. 이게 온당이고 합당이다."

얼음장과 같은 목소리였다. 곤은 호필을 따로 불러 세웠다.

"석부대장, 지금부터 하는 말은 모두 대외비다."

"예, 폐하."

"먼저 대숲에 경계를 세운다. 오늘부터 내 지시가 있을 때까지 계속. 누가 나타나든 체포한다. 특히 칠십 대의 노인, 남자. 두 번째, 내 지난 일 년치 외부행사장 주변 CCTV들을 다 가져온다. 가능한 빨리."

묵묵히 곤의 명령을 듣고 있던 호필이 조심스럽게 입을 열었다.

"죄송합니다만 제게 명을 내리시는 겁니까, 폐하? 대장님이 아니라……."

"아, 영이는 더 중요한 걸 지키고 있어서."

이곳에 와서 조영의 역할을 해야 해 머리까지 잘라야 했던 은섭은 평소 영의 모습을 떠올리며 꼿꼿이 서 있었다. 어딘가 어설펐으나 나름대로는 늠름한 자세였다. 위화감을 느낀 호필이었으나 그는 상명하복이 생활화된 이였다. 별다른 의문은 갖지 않은 채 호필은 명을 따랐다. 곤은 은섭에게도 잊지 않고 지시를 내렸다.

"영아, 넌 너의 노트북을 들고 와. 네 거야, 알지?"

"예, 폐하."

곧장 궁으로 간 곤은 이상도의 일부터 확인했다. 예상대로 대한민국의 이상도가 살해된 것으로 추정되는 날짜와 대한제국의 이상도가 궁으로 들어온 날짜가 같았다. 도박 빚에 시달리는 대한민국에서의 삶을 버리고 대한제국에서의 삶을 얻었으리라. 진짜 명인의 아들은 대한민국에서 변사체로 발견되었고.

참아왔던 분노가 치밀어 올랐다. 두 세계의 균형을 깨고, 다른 이의 삶을 빼앗은 자가 너무나도 많았다. 고작 이림의 욕망 때문에.

곤은 곧바로 이상도를 자택에 구금하고 궁 출입을 금할 것을 명했다. 외부와의 연락도, 접촉도 막았다. 어디까지…… 어디까지 이림의 손이 닿아 있을지, 생각하는 곤의 어깨가 무거워졌다.

이번 국정 보고는 한 해를 마무리하기 위한, 연말 결산 국
정 보고였기 때문에 서면으로 대체할 수 없었다. 그래서 곤도
지체 없이 궁으로 돌아와야만 했다.

일 년치 보고가 이루어지는 날이기에 철야가 예정되어 있
었다. 예정 그대로 곤은 총리인 서령과 집무실에서 일박 이일
에 걸친 긴 보고를 받고 있었다. 집무실 한편에 선 은섭은 차
마 하품도 하지 못하고, 졸린 눈을 꿈벅거리며 밤을 새워 일
하는 곤과 서령을 바라보았다.

곤의 눈가에도 피곤이 어려 있었고, 언제나 완벽하게 세팅
된 착장을 보여주는 서령도 오늘만큼은 예외였다. 느슨하게

하나로 묶은 머리카락 주변에 잔머리가 삐져나와 있었다.

"교육 쪽 예산을 유지한다면, 의료 쪽 예산에서 변혁이 필요합니다."

"택일이 필요한 문젭니까?"

서령의 말에 곤이 셔츠의 소매를 접어 올리며 물었다.

"부처에선 복지 쪽에 치중된 예산을 기술이나 서비스 쪽으로 분할해야 한다는 의견입니다. 국가적 이익 차원에서요. 혜택 질량 보존의 법칙 같은 거겠죠?"

"의료와 교육은 혜택이 아닌 국민들의 권리입니다. 넘어가겠습니다. 재해 지역 복구와 보상은 오조 이천 억의 추경 예산이 편성됐네요?"

"특별 재해 지역으로 선포했고 복구는 물론, 일상으로의 복귀까지 힘쓰고 있습니다."

"좋습니다."

"여행하시던 분은 잘 복귀하셨나요?"

서류를 넘기던 곤의 손길이 잠시 멈칫했다.

"일이 지루합니까? 잘 돌아갔습니다. 일상으로."

곤의 깔끔한 답변에 서령은 교도소 앞에서 만났던 루나를 떠올리며 생긋 웃었다.

"부디 대한제국에서 즐거웠어야 할 텐데요."

미묘한 말이었다. 곤이 고개를 들어 서령을 살폈다. 연기가 생활인 여인이었다. 읽어내기가 그리 쉽지만은 않았다. 알 수 없는 서령의 속내 탓에 곤이 살짝 눈가를 찌푸리던 때였다.

"폐하는 결혼 안 하세요?"

느닷없는 질문에 곤이 불쾌한 기색을 숨기지 않으며 되물 었다.

"두 문장의 거리가 너무 먼데. 왜요. 나한테 시집오게요?"

"가도 될까요?"

"안 됩니다. 이미 누군가에게 청혼을 했거든요. 다음 안건 뭡니까?"

빈틈을 비집고 들어가려던 서령은 턱하니 막힌 문 앞에서 멈춰 섰다. 여자가 있다는 것까진 헬기 앞에서의 일로 알았지 만, 청혼까지 한 건 서령의 예상보다도 빨랐다. 생각보다 더 많이 자존심이 상할 정도로. 서령은 굳은 표정을 숨기지 못한 채 억지로 서류로 시선을 옮겼다.

길고 긴 국정 보고는 저녁이 되어서야 끝맺음이 날 수 있 었다. 긴 일과를 마치고 침전으로 돌아온 곤은 소파 테이블에 놓인 노트북을 펼쳤다. 은섭이 가져온 영의 노트북이었다. 은 섭은 두리번거리며 곤의 침전을 구경했다. 하루 사이 새로운 세계와 궁에 적응하는 데 넋을 다 뺀 은섭이었다. 곤의 침전은 특별히 새로운 것은 없었지만, 과연 황제의 침전답게 호화로웠다. 입을 벌린 채 고풍스러운 가구들을 둘러보는 은섭에 곤은 피식 웃었다.

생각보다 은섭이 적응을 잘해주어서 다행이었다. 조용히 미소 지은 곤은 다시금 노트북에 집중했다. 비밀번호가 걸려 있었다. 낭패였다. 곤은 휴대폰이든, 노트북이든 비밀번호를 걸어놓은 적이 없었다. 그래서 영의 노트북에도 당연히 비밀번호가 걸려 있을 줄 몰랐고, 비밀번호를 알 턱도 없었다.

주민등록번호, 생일과 같은 숫자를 몇 개 입력해본 곤은 한숨을 내쉬었다. 이런 식으로는 절대 풀 수 없을 듯했다. 그때 침전 구경을 마친 은섭이 불쑥 곤에게로 와 물었다.

"내 함 풀어보까요."

곤은 미심쩍다는 듯 은섭을 쳐다보았다. 자신도 풀지 못한 영의 비밀번호를 은섭이 풀 수 있을 리 없었다.

"풀었는데요."

눈 깜짝할 사이였다. 곤은 황망한 표정으로 은섭을 보았다. 은섭은 어깨를 으쓱하며, 영이 생각보다 단순하다고 말했다. DNA가 같아서 통하는 게 있는 것인지, 대한민국에서 지내는 동안 친해진 것인지. 곤은 기가 막혔으나 이내 은섭이 말한 비밀번호를 기억에 새겼다. 영문 J에 숫자 0이 열세 개, 조 단

위였다. 조, 영. 어이없는 웃음을 보인 곤은 은섭을 물리고 홀로 노트북에 집중하기 시작했다.

얼마 지나지 않아 곤은 자신이 찾고자 했던 파일을 찾아냈다. 파일명이 '손님'인 동영상이었다. 클릭하자 CCTV 영상이 재생되었다. 곤의 입가에 자연스럽게 미소가 피어올랐다.

흐릿한 화면 속 태을이 신기한 듯 주변을 두리번거리며 눈동자를 빛내고 있었다. 트램을 타고 있는 태을의 모습이 보였다. 창가에 턱을 괴고 지나는 풍경을 바라보는 태을의 머리카락과 미소 위로 제국의 따스한 겨울 햇살이 부서졌다. 곤은 태을과 같은 자세로 턱을 괸 채 화면 속 태을을 바라보았다. 자신의 세계에 태을이 있는 듯했다.

"이렇게 또 아름다운 것을 보는군."

감탄처럼, 한숨처럼 흘러나온 말이었다.

다음 영상의 배경은 경복궁이었다. 서울에 올라가 경복궁에 다녀온 모양이었다. 태을은 궁중 의복 착용을 체험하는 관광객들 사이에 섞여 신이 난 듯 웃고 있었다. 잠시 후에 다시 화면에 잡힌 건 황후의 예복을 입고 나타난 태을이었다.

"아."

생각지도 못한 태을의 모습에 곤은 멍해졌다. 황후가 되어 달라던 청에는, 오늘은 아니라더니…… 금실이 수놓아진 화려한 붉은 옷이 퍽 잘 어울렸다. 그러나 처음 입어 보는 의복이 어색한 듯 태을은 이리저리 팔을 들어 올리기도 하고, 자리에서 한 바퀴 돌아보기도 했다. 도우미 아르바이트생이 즉석 카메라를 들고 태을의 사진을 찍어주는 게 보였다. 태을이 카메라를 향해 예쁘게도 웃어 보였다. 곤은 예쁜 태을을 보고 있는 지금 이 시간이 기쁘면서도 슬펐다.

태을은 마당에 둔 상사화 화분을 날이 추워졌다며 제 방 창으로 옮겼었다. 그날의 대화가 곤의 마음을 아련하게 했다.

아무리 잘 가꾸어도 싹이 트지 않는다며 태을은 심란해 했고, 곤은 대한제국에서 가지고 온 상사화 씨앗이니 장난처럼 명령했다. 씩씩하게 잘 크기를, 자신이 사랑하는 여인의 안뜰에 활짝 피기를. 곤의 명령에 화분 대신 태을이 웃었고, 또 궁금해했다.

"그 희한한 공간에 내가 뿌려놓은 꽃씨는 혹시 싹 안 텄어?"

"말했잖아. 그곳엔 바람도 태양도 시간도 없다고."

"혹시나, 끝까지 달려는 봤어?"

"달려는 봤는데, 끝에 닿지는 못했어. 그곳에 오래 있으면 안 되니까. 그 안에 하루만 있어도 밖은 두 달이 흐르니까."

"그럼 그 안에 있으면 나이를 안 먹는 거네?"

"그곳에 영원이 있대도 난 자네에게로 올 거야. 내가 늦으면 오고 있는 중이야."

"올 생각을 하지 말고 같이 갈 생각을 해. 좋은 데 혼자 가지 말고."

곤은 조금 아프게 웃었고, 돌아올 답을 알면서도 물었다.

"나 자네가 너무 보고 싶을 것 같은데. 자네, 나랑 같이 가면 안 돼? 내 세계에서 나랑, 같이 살면 안 될까?"

"열일곱 개 중에 하나 더 추가. 같이 가잔 말 금지. 그럼 여긴 어떡해. 아버지는, 나리는, 경찰서는. 그런 말을 하면 난 어떡해."

가슴이 아픈 건 곤만이 아니었다. 태을의 처진 눈매가, 답지 않게 음울한 목소리가 곤을 또다시 가슴 아프게 했다. 곤은 미안하다는 말 대신 태을의 입술에 짧게 키스했다.

"뭐 한 거야? 내 말 막은 거야?"

"내 말을 막은 거야. 원래 하고 싶은 말이 넘칠 땐 이렇게 하는 거야. 대한제국 법은 그래."

곤의 말에 이번에는 태을이 곤에게 입을 살포시 맞추었다가 뗐다.

"법 앞에서 도리가 없네. 명색이 공무원이라."

두 사람은 그렇게 서로에게 입을 맞추며 웃었다. 상대가 사랑스럽고 애달프기만 했다. 서로의 바람을 들어줄 수 없음에.

화면 속 태을의 모습이 현실이 될 날이 오기는 할까. 곤은 황후의 차림을 하고 웃고 있는 태을에게서 시선을 떼기 힘들었다.

"……허락이면 좋겠다."

쓸쓸한 소망이 허공에 흩어졌다. 곤은 마음을 가라앉히며 영상을 마저 재생시켰다. 태을은 대한제국의 거리 곳곳을 쏘다니고 있었다. 부지런한 발걸음에 곤이 피식 웃는 것도 잠시였다.

골목 어귀의 서점 앞에 소년이 요요를 돌리며 서 있었다. 화사하게 핀 화분이 여러 개 서점 앞에 놓여 있었다. 태을이 소년을 지나쳤을 때, 소년이 고개를 들었다. 곤의 등골이 순간 서늘했다. 소년의 시선이 정확히 곤을 향해 있었다. 눈이 마주친 것만 같았다. 곤은 소년에게서 시선을 떼지 못한 채 화면을 뚫어지게 바라보았다.

소년은 정말로 방금 곤과 눈이 마주치기라도 한 것처럼 CCTV 카메라로부터 시선을 거두더니, 고개를 숙여 요요를 튕겼다. 그러자 화면 속에 검은 구름이 몰려들었다.

동시에 창밖에 번개가 내리쳤다. 쾅! 창문을 부술 듯한 번개였다. 어깨의 표식이 타들어가는 것처럼 아파왔다. 곤은 신음하며 어깨를 부여잡았다. 고통을 참으며 영상을 되돌렸다가 다시 재생시켰을 때였다.

"뭐야! 내가 잘못 봤다고?"

소년이 고개를 드는 장면이 없었다. 소년은 평화롭게 요요 놀이에 매진 중이었다. 심지어 다시 보니 그 앞을 지나가는 태을의 차림도 이상했다. 태을이 그날 입고 있던 옷이 아니었다. 곤이 찌푸리며 서점의 이름을 확인했다. 해송서점. 그리고 화면의 상단에 찍힌 날짜는…….

"2022년 5월 27일……. 2022년?"

곤이 놀란 채 날짜를 다시 한 번 더 확인했다. 오류인가 싶어 한 번 더. 그러나 확실히 2022년 5월 27일이 맞았다.

"뭐야, 이거…….'

새롭게 시작된 혼란에 곤은 넋이 나간 채 화면 속에 담긴 미래를 반복해서 재생했다.

　퇴근 후 태을은 영과 함께 나리의 카페를 찾았다. 곤이 떠난 후, 태을은 태을대로 영은 영대로 각각 이림의 흔적을 추적하기 위해 노력 중이었다. 태을은 장연지의 휴대폰을 찾는 데 열을 올리고 있었고, 영은 신재가 대한제국이 아닌 대한민국에서 살게 된 이유를 찾고 있었다.

　그러는 사이, 당사자인 신재는 경찰서에 연차를 내고 두문불출 중이었다. 태을은 신재가 걱정스러웠다. 깊은 사정까지는 모르는 태을로서는 신재가 단지 두 세계의 존재에 혼란스러워 하고 있다고 생각 중이었다. 그날 밤, 혼란을 못 이겨 찾아온 신재를 그렇게 보내는 게 아니었다.

카운터로 가 영의 음료까지 챙기며 태을은 나리에게 최근에 신재를 본 적은 없는지 물었다.

"신재 오빠? 안 왔는데. 출근 안 했어? 왜 여기서 찾아?"

"국가 기밀이야. 혹시 오면 나한테 전화나 좀 해줘."

"알았어. 근데, 언니."

나리가 답지 않게 머뭇거리며 영을 힐끔댔다.

"요새 조은섭 되게 수상하지 않아?"

당연히 수상할 수밖에 없었다. 은섭이 아니라 영이었으니까. 얼굴 빼고는 달라도 너무 다른 두 사람이었다. 태을이 은섭과 친남매처럼 자라온 사이라면, 은섭과 나리도 마찬가지였다. 막역하다 못해 태을이 보기에는 서로 소중한 사이 같았는데, 두 사람의 관계에 별다른 진전은 없었다. 지켜보는 태을이야 재미있으니 아무 말도 안 하는 것이었고. 그런 사이이니 나리가 은섭에 대해 의심을 품는 것도 당연했다. 태을은 긴장한 채 애써 모른 척했다.

"은섭이가? 글쎄, 난 전혀 모르겠는데?"

"뭔가, 인물이 좀 전보다 못하달까? 구려졌어. 머린 저게 뭐야."

"⋯⋯너도 취향 참⋯⋯."

고개를 내저으며 태을은 음료를 들고 테이블로 향했다. 음료를 내려놓자 생각에 빠져 있던 영이 그제야 음료를 받아들었다.

"앞으론 호텔에서 봐요. 나리랑 은섭이 사이가 멀어질 것 같애. 용건 얘기해요."

무슨 뜻인지 몰라 잠시 갸웃거리던 영은 이내 품에 들고 온 금송아지를 내밀었다. 곤이 알려준 대한민국을 살아가는 방법이었다.

"이것 좀. 값을 잘 받는 곳을 안다던데."

"알죠. 하도 갖다 파니까 거기 사장님이 나 비리 경찰인 줄 안다니까. 암튼, 이거 팔아줄 테니까 대신 나도 호텔 좀 씁시다. 아지트가 필요해서."

"폐하도 안 계신데."

"조영 씨 있잖아요. 근데 금송아지 팔아서 뭐에 쓰게요?"

"인지대가 필요합니다. 기동력을 갖춰야 해서."

운전면허를 따겠다는 뜻이었다. 태을은 표현부터 대한민국 사람 같지 않다고 생각하며 금송아지를 챙겼다.

서로 필요한 말을 마친 후, 영과 헤어진 태을은 곧장 집으로 와 옷을 갈아입었다. 입고 있던 코트를 옷걸이에 걸어놓다 태을은 문득 행동을 멈췄다. 대한제국에 갔던 날, 그날 입었던 코트가 눈에 들어왔기 때문이었다. 태을은 조심스럽게 코트 주머니에 손을 넣었다. 주머니 속에서 꺼낸 것은 곤에게는 끝끝내 숨기려고 했던 사진이었다. 경복궁에서 찍은 즉석 사진. 처음 입어 보는 옷을 입고, 태을은 해맑게도 웃고 있었다. 뭐가 그리 신기하고 재미있었는지.

태을은 사진을 쥔 채 책상으로 와 앉았다. 그리고 서랍에서 대한제국의 십만 원권 지폐를 꺼냈다. 십만 원권 속 곤룡포를 걸친 곤의 모습이 인자하고 늠름했다. 한 나라의 황제다웠다. 한때는 홍보 전단지라고 생각했으면서도. 태을은 미소 지으며 십만 원권을 곱게 반으로 접어 자신의 사진과 나란히 했다. 급조한 커플 사진인 셈이었다.

"……같이 찍은 사진 하나가 없네."

다음 만남은 기약이 없었고, 그래서 더 태을은 곤이 보고 싶었다. 너무나 위험한 순간에 서 있으니까, 눈앞에 둬야 안심이 될 것 같은데. 연락조차 할 수 없다는 게, 안부조차 알 수 없다는 게, 추억할 사진 한 장 없다는 게 쓸쓸했다. 태을은 우습기도 하고 제 눈에는 예쁘기도 한 커플 사진을 보며 조용히 쓸쓸함을 달랬다. 곤이 없는 밤이 하루 더 깊어가고 있었다.

∞

길을 걷던 신재는 떡볶이 노점 앞에서 우두커니 섰다. 아지랑이처럼 아스라하게 피어오른 건 태을과 함께한 어린 시절의 추억이었다. 태을과 떡꼬치를 먹으며 아무 생각 없이 장난을 치고, 낄낄거리던 때가 신재에게는 가장 행복한 시간들이었다. 그런 시간은 이제는 너무 멀게만 느껴졌다. 제가 오래 꿈꿔왔던 강현민의 기억들처럼, 도리어 이제는 태을과의 시간이 꿈처럼 느껴졌다.

"연차 내고 꼴랑 여기 와 있냐?"

그러나 선명하게 들려온 목소리는 태을의 것이었다. 신재는 제게 인사하는 태을을 보았다. 매일같이 경찰서 안에서 밖에서 보던 사이였다. 며칠 보지 않았다고 오랜만인 것 같았고, 그새 보고 싶었던 모양이다. 신재는 반가운 마음을 어렵게 숨겼다.

"넌 연차도 안 내고 여기 와 있냐?"

"전화는 왜 안 받어. 내가 여기 며칠을 잠복했는지 알아?"

"잘하는 짓이다. 시간이 남아돌지."

신재는 서둘러 노점 주인에게 값을 치렀다. 태을이 빠르게 신재의 뒤를 쫓았다.

"저번에 나한테 물었지. 나 어디까지 가 있냐고."

자리를 피하려던 신재의 걸음이 우뚝 멈춰 섰다.

"공상과학이야. 형님 들을 거야?"

"나중에 하자. 나 아직 연차야."

언젠가 들어야만 한다는 걸, 언젠가 현실을 맞닥뜨려야 한다는 걸 신재도 알았다. 납골당에서 본 어린 지훈의 사진과 곡을 하던 어린아이의 얼굴이 같았고, 곧이 그 아이라고 했다. 같은 얼굴을 한 두 이름이 있었고, 사실은 신재도 또 다른 자신까지 두 개의 이름을 알고 있었다. 그러나 그 모든 것을 마주하고 나면, 태을은 마주할 수 없게 된다. 자신의 이름은 강신재가 아니라 강현민일 테니까.

도망치려는 신재의 팔을 태을이 낚아챘다.

"형님. 이상도 살아 있어."

이상도란 이름에 발이 묶인 신재에게 태을이 쏟아냈다.

"이상도도 그렇고 장연지도 그렇고 공통된 진술이 있어. 핸드폰을 두 개 가지고 다녔다는 거. 왠 줄 알아?"

신재도 다 알 것 같은 얘기라서, 아는 얘기라서 듣기 싫다는 걸, 태을은 전혀 알지 못했다. 신재는 입을 다문 채 멍하니 태을을 보았다.

"얼굴이 같은 사람들이 있는 또 다른 세계가 있어. 난 거기에 갔다 왔고. 이미 양쪽을 오가는 범죄가 생겼는데, 보고를 할 수도 없어. 증거를 어떻게 대. 누군가는 막아야 하는데, 아무리 생각해봐도 형님밖에 없어. 도와줘."

그렇게 멀리, 거기까지, 태을이 가 있었다. 이미 되돌이킬 수 없을 정도로. 그런데도 신재는 돌이키고 싶었다. 오래된 꿈이 현실이었고, 이쪽이 꿈이라면 긴 꿈을 꾸고 싶었다.

"너……. 그거 공상 아니야, 망상이야. 다른 세계가 어딨어.

정신 차려, 새끼야."

　감정을 숨기며 거칠게 내뱉은 신재는 태을을 비켜 가버렸다. 더는 잡을 수도 없어 태을은 도망치듯 사라지는 신재의 검은 뒷모습만 마냥 바라보았다. 아무래도 조금은 더 시간이 필요할 것 같았다.

∞

　기름 냄새가 나는 허름한 작업실. 작업복을 입은 이림은 핏빛에 가까운 붉은빛의 안료를 만드는 데 집중했다. 대한민국에서 이림은 종종 사찰을 돌며 낡고 바랜 단청에 색을 덧입히는 도색 작업을 해왔다. 무료한 기다림의 시간을 보내는 방법 중 하나였고, 그 일이 이림에게는 오랜 역사 위에 다른 역사를, 자신의 역사를 덧칠하는 듯해 꽤 즐거웠다.

　한창 집중한 이림을 방해한 건 조열이었다. 작업실에 들어오는 조열에게는 눈길을 주지 않은 채로 이림이 물었다.

　"핸드폰은, 회수했고?"

　곧장 조열은 이림에게 보이지 않게 얼굴을 찡그렸다. 구치소까지 가 겁을 주었는데도 장연지는 아직 2G 폰을 어디에 두었는지 답을 내놓지 않고 있었다.

　"회수 중이에요. 요즘 다른 것도 같이 알아보느라고."

조열의 변명에 이림이 사나운 얼굴로 조열을 돌아보았다. 조열은 당황하며 얼른 화제를 돌렸다. 안 그래도 어젯밤 송정혜를 감시하는 운전기사를 만나고 온 참이었다. 그에게서 들은 소식이 꽤 흥미로웠다.

"그, 걔 있잖아요, 강신재. 글쎄 그 새끼가 송정혜 아들 납골당을 찾아갔다는데요? 그리고 전에 요양원 다녀갔다던 경찰 있잖아요. 정태을이란 년인데요, 알아봤는데 장연지 잡은 형사였더라고요. 장연지 핸드폰도 찾고 있구요."

강신재와 정태을. 어느 것 하나 반가운 이름이 없다. 이림의 한쪽 눈썹이 올라갔다. 이림은 대한제국과 대한민국을 오가며 인생을 바꾼 이들과 바꿀 이들을 감시하며 사진으로 그들의 동태를 보고받고는 했다. 신재는 그런 이들 중 하나였고, 태을은 신재의 사진 속에서 종종 보던 여자였다. 그들이 계속해 이림의 신경줄을 팽팽하게 만들어놓았다.

"강신재, 내가 잘못 놓은 수. 정태을……, 내가 놓지 않은 수."

"걱정 마세요. 제가 먼저 찾을 거니까. 그냥 제가 어디다 둘다 확 묻어버릴까요?"

말이 끝나기도 전에 이림이 조열의 멱살을 잡아챘다. 놀란 조열이 컥컥대며 버둥거렸다. 이림은 그대로 조열을 잡아끌고서는 장작이 타고 있는 드럼통 쪽으로 집어던졌다. 우당탕하는 격한 소리와 함께 드럼통이 쏟아지며 불붙은 장작이 바닥을 굴렀다. 조열은 찬 바닥에 장작과 같이 널브러졌다.

가까스로 고개를 든 조열은 잠시 숨을 멈췄다. 이림에게서 느껴지는 살기는 조열이 감당하기 버거운 것이었다. 조열은 벌떡 일어나 이림에게 조아렸다. 조열이 누리고 있는 모든 부와 권력이 이림에게서 나왔다. 이림은 조열 같은 평범한 이는 범접할 수조차 없는 능력을 가지고 있었다. 세계를 넘나들고, 시간을 유예하는…… 이림은 조금 전의 살기를 지운 채 무심하게 끼고 있던 목장갑을 벗어 바닥의 불씨 속으로 집어던졌다.

"장연지는 이만 치우고, 그 외에는 아무것도 하지 말고. 난 다시 외출을 해야겠다."

그리 말하면서 이림은 미간을 찌푸렸다. 통화 속 곤의 목소리가 새삼 귓가에 울려 퍼졌기 때문이다.

"이젠 조카님이 눈치를 챌 것 같은데."

그러나 상관없기도 했다. 이림은 피식 웃고는 한편에 놓인 검은 장우산을 집어 들었다.

∞

어젯밤 느낀 어깨 위의 고통이 잔상처럼 남아 곤은 혼란스러운 감정으로 어깨를 매만졌다. 미래가 찍힌 CCTV 영상이라니, 말이 되질 않았다. 처음 자신을 마주했을 때 태을의 혼란이 이러했을까. 가만히 생각하던 곤은 노크 소리에 어깨에서 손을 내렸다. 호필이었다.

"찾아보라고 하셨던 서점 말씀입니다, 폐하. 전국 어디에도 해송서점으로 상호가 등록된 서점은 없습니다. 인터넷은 물론 헌책방 상호까지 다 뒤졌는데 전혀 없습니다."

호필의 보고에 곤은 침묵했다. 호필이 USB를 책상 위로 내밀며 보고를 이었다.

"그리고 이건 명하셨던 외부 행사 CCTV 영상 전부 다 모은 겁니다."

"고생했고, 서점은 더 찾아봐. 폐업 신고된 곳까지 포함해서."

"예, 알겠습니다. 폐하."

호필이 나간 후, 곤은 CCTV 영상들을 분석하기 시작했다. 이림이 대한민국과 대한제국을 오갔다면, 분명히 곤의 주변에도 한번쯤은 머물렀을 것이다. 이십오 년의 시간이 지났고, 사람들의 기억 속에서 이림의 이름은 선명히 남았어도 얼굴은 흐릿했다.

곤은 화면에 집중했다. 조정 경기장에서 조정 시합을 하던 날, 수학자 연설에 갔던 날, 최기택 함장 부친의 장례식에 참석했던 날, 농구 개막전에서 시구를 했던 날……. 곤은 최근 자신이 참여했던 외부 행사들을 샅샅이 살폈다. 황제의 외부 행사는 늘 인산인해였고, 숱한 얼굴들 사이에서 이림을 찾아내기란 여간 어려운 게 아니었다.

해가 넘어가는 것도 모르고 곤은 집중한 채 집무실에 틀어박혔다. 다시, 다시, 한 번 더. 몇 번이고 영상을 재생시켰다. 그러나 아무리 보아도 노인이 되었을 이림은 보이지 않았다. 도저히 납득할 수 없었다.

곤은 의자에 몸을 파묻으며 이마 위에 손등을 올려두었다. 오랫동안 집중하고 있었던 탓인지 머리가 지끈거렸다. 뭘 놓친 거지? 그는 분명 나를 지켜보고 있을 텐데, 영상에는 없다. 왜지? 곤이 의문을 품었을 때였다. 태을이 했던 말이 떠올랐다.

―그럼 그 안에 있으면 나이를 안 먹는 거네?

차원의 문, 멈춰진 시간 속에 이림이 있었다면, 노인의 모습을 한 이림을 찾는 것이야말로 바보 같은 짓이었다. 곤은 늘어져 있던 몸을 벌떡 일으켜 세웠다.

그리고 장례식장 영상을 다시 재생시켰다. 뚫어지게 화면을 노려보던 곤은 탁, 한 지점에서 정지 버튼을 세게 눌렀다.

"이건…… 말이 안 되는데."

성당 입구를 드나드는 조문객 사이로 중절모를 눌러쓴 이가 걸어 나오고 있었다. 중절모 아래로 드러난 얼굴은 이림의 것이었다. 자신의 목을 조르던 날 밤으로부터 전혀 늙지 않은 이림의 얼굴. 곤이 잊으려야 잊을 수 없는 그 얼굴, 그대로였다.

"……!"

곤은 자리에서 일어섰다. 태을의 말이 맞았다. 이림은 차원의 문 안에서 시간을 유예하고 있었다.

차원의 문 안, 자신은 그곳을 놓친 셈이었다. 이림의 당간지주를 찾을 수 있는 유일한 곳일지도 모르는데.

승마장으로 향한 이림은 서둘러 맥시무스를 몰았다. 맥시무스가 갈기를 휘날리며 대숲 쪽으로 거칠게 내달렸다. 당간지주 사이를 넘자 차원의 문이 열리며 아무것도 흐르지 않는 문 안쪽의 세계가 열렸다. 붉은 풍선들이 떠다니는 세계.

곤은 자신의 당간지주를 등진 채 반대로 달리기 시작했다. 달려도, 달려도 끝없이 펼쳐진 세계는 그야말로 끝이 없어 보였다. 그러나 곤은 멈추지 않았다.

끝을 보고 싶었다. 두 세계의 균형을 깨뜨리고 있는 이림의 끝을, 차원의 문이 품고 있는 비밀의 끝을. 그리하여 마침내는 닿고 싶었다. 태을과의 시간에.

노상궁은 장독대 위에 정화수를 올린 채 빌었다. 곤이 무사히 돌아오기를, 아니 그저 무사하기를. 노상궁이 슬픔을 달래려 왼 김소월의 시가 새벽 공기 중에 산산이 흩어졌다.

하이얀 여울턱에 날은 저물 때
나는 문™간에 서서 기다리리
새벽 새가 울며 지새는 그늘로
세상은 희게, 또는 고요하게
번쩍이며 오는 아침부터
지나가는 길손을 눈여겨보며
그대인가고
그대인가고

∞

이번이 몇 번째 방문이더라. 어둑한 대숲 사이에서 불어오는 바람이 이제는 익숙하게까지 느껴져 태을은 의미 없이 웃음을 흘렸다.

대나무들이 빼곡한 숲 사이에 거대한 당간지주가 세워졌

었다. 그리고 그 문을 넘어 태을은 곤의 세계에 잠시 다녀왔었다. 그날이 오래 전처럼 느껴졌다. 곤이 떠난 것도 너무 오래 전 같았다. 그저 기다리기만 한다는 게 이런 거구나, 태을은 매 시간 깨달았다.

서로의 운명에 완전히 뛰어들기로 해서, 용감하게 맞서기로 해서, 마음이 더 애틋해져서 기다림은 길게 느껴졌고, 그리움은 깊었다. 그 깊은 그리움이 태을의 발길을 이곳으로 이끌었다. 어차피 아무리 이곳을 거닐어도 문틈조차 보이지 않을 텐데.

전화 통화로 만날 약속을 정하고, 손잡고 걷다가 함께 웃고 떠드는, 그런 평범한 연애가 왜 제게는 목숨을 걸고 운명과 싸워야 하는 일이 되어버렸는지 모를 일이었다. 괜스레 코끝이 시큰한 기분이었다.

"가자, 가."

씁쓸하게 중얼거리며 태을이 돌아설 때였다. 붉은 무언가가 태을의 시야에 스쳤다. 태을은 놀란 채 다시 돌아섰다. 공중에 떠 있는 것은 분명히 붉은색 풍선이었다. 차원의 문 안에서 보았던…….

동시에 먼 곳에서 말발굽 소리가 들렸다. 태을은 멀리서부터 거침없이 내달려 오는 흰 말과 그 위에 탄 곤을 보았다.

곤을 만난 이후, 언제나 말도 안 되는 일의 연속이었지만 오늘만큼 말이 되지 않아 기쁜 날이 있었던가. 태을은 벌어진 입을 틀어막은 채 제게로 달려오는 곤을 기다렸다. 태을을 발견한 곤이 재빨리 말을 멈춰 세웠다. 곤 역시 놀란 기색이 역력했다.

"자네……!"

"온 거야? 이제 온 거야? 지금 온 거야?"

태을은 곤에게로 달려갔다. 말에서 내린 곤이 달려오는 태을을 단번에 안아 들었다. 두 사람의 포옹이 서로에 대한 그리움만큼 깊었다.

"자네 여기 있었어?"

"정말 온 거야?"

재차 되묻는 태을을 곤은 그저 꽉 끌어안았다. 놓치고 싶지 않았지만, 아직은 놓쳐야 할 때였다. 곤은 태을의 목덜미에 제 얼굴을 묻으며 낮은 목소리로 말했다.

"아직……. 아직 다 오진 못했어. 너무 보고 싶어서, 죽을 것 같아서. 정말 딱 목소리만 듣고 가려고 했지."

태을의 살냄새가 곤을 안정시켰다. 얼마나 달렸던가. 끝도 보이지 않는 차원의 문 안쪽에서 외로운 사투를 벌였다. 그렇게 달리고 달리다, 곤은 태을의 목소리나마 듣고 싶었다.

"목소리?"

"저기 앞 공중전화에서 전화하려고."

곤이 주머니에서 꺼낸 동전은 처음 대한민국에 왔을 때 남겨두었던 것이었다. 태을은 곤의 품에 안긴 채 참아왔던 눈물을 터뜨렸다. 울컥할 때마다 어떻게 삼켜온 울음인데, 곤의 다정하고도 애달픈 애정 앞에 무너졌다. 그리고 그 울음소리가 곤의 마음도 무너뜨렸다. 곤은 커다란 손으로 태을의 뺨을 감싸며 고개 숙인 태을을 채근했다.

"얼굴 좀 보여주지. 나…… 시간이 별로 없는데, 음?"

덧붙인 물음에 떨림이 묻어나왔다. 신년 의례가 있었으므로 섣달그믐이 되기 전까지는 대한제국으로 돌아가야 했다. 그때까지 궁을 비울 수는 없었기에 되돌아가던 길이었다. 목소리만 들어도 좋을 것 같았는데 운명 같은 우연으로 태을의 온기까지도 품을 수 있었다. 곤은 고개를 깊숙이 숙여 태을의 얼굴을 보려 애썼다. 애가 닳았다.

마주한 기쁨을 누리기도 전에 또 다시 헤어져야 한다는 슬픔이 너무 컸다. 곤은 가슴 한편으로 퍼지는 저릿함에 이대로 머물고만 싶어졌다. 시간이 없다고, 돌아가야 한다고, 언제나 이별을 말해야만 하는 자신이 싫었다. 태을의 말대로 정말 별로인 애인이었다.

곤은 태을의 떨어지는 눈물 위로, 얇은 눈꺼풀 위에 조용히 입을 맞췄다. 소중해서 미안했다. 태을은 가만히 곤의 옷깃을 붙들었다.

쏴아아, 대나무 숲에 바람이 지나며 구슬픈 소리를 냈다. 푸른 이파리들이 저들끼리 부딪치며 몸부림쳤다.

모든 생을 걸고

궁에서 멀지 않은 바닷가의 바다 위에 선 채로 종인은 파도치는 바다를 바라보았다. 동이 트기 직전 검푸른 바다는 어둠에 삼켜질 듯했으나 먼 곳에서부터 선명한 주홍빛이 내비치고 있었다.

기척을 느낀 종인은 옆을 돌아보았다. 담요를 가지고 온 곤이 종인의 어깨에 담요를 얹어주었다. 종인의 시선에 곤이 가볍고 쓸쓸하게 웃어 보였다.

"매년 약속도 없이 이곳에 찾아오십니까."

"매년 약속처럼 이곳에 계시니까요, 당숙께서."

"증명은 잘되십니까."

"어떤 기호 하나를 찾았는데, 풀이가 아름답지 않아 힘들어하던 중입니다."

"꼭 풀어내실 겁니다. 늘 그러시지 않으셨습니까."

작게 끄덕인 곤은 가늠할 수 없을 만큼 멀리 펼쳐진 지평선을 바라보다 물었다.

"당숙께선 운명을 믿으십니까?"

"하하, 이과생에겐 어려운 단어지요?"

"선명하진 않습니다. 사람들은 보통 운명 보고 비키라고 하고 덤비라고 하고. 맞서 싸워야 할까요?"

종인은 사람 좋은 웃음을 지어 보였다. 종인은 곤보다 훨씬 더 많은 생의 시간을 밟아온 이였다. 곤에겐 언제나 현명하고, 지혜로운 어른이었다. 그런 종인이 제게 답을 내어주길 곤은 바랐다.

"생이란 게 한 치 앞도 알 수가 없지요. 그렇게 한 치 앞도 모르면서 생을 다 걸고 도착하고 싶은 어딘가가 있다면, 그게 바로 운명입니다. 옮길 운運에 목숨 명命. 내 모든 생을 걸고 옮기는 걸음이, 바로 운명이니까요."

모든 생을 걸고 옮기는 걸음.

황제로서 당연하고도 지엄한 책무 외에 곤이 따로 가져본 생의 욕망이 있었던가. 하나 있었다면, 자신을 살린 이를 만나고 싶다는 욕망이었다. 그리하여 자신이 살아난 이유를 알고 싶었다.

그러나 이제 곤에게는 온 생을 걸어서라도 닿고 싶은 이가 있었다. 종인은 문득 곤의 깊어진 눈매를 알아차렸다. 곤의 시선에는 넘실대는 파도가 아니라, 그 너머의 무언가가 담겨 있었다. 종인은 가만히 물었다.

"도착하고 싶으신 곳이 있으십니까."

"……예. 있습니다."

"그럼 싸우지 말고 도착하시면 됩니다. 부디 어여쁜 누군가 가 서 계시면 좋겠네요. 올해는 혼인하셔야지요."

종인의 응원이 곤의 가슴을 뭉클하게 했다. 종인과 노상궁 은 종친이고 신하였다. 그러나 그들은 곤에게는 부모의 빈자 리를 유일하게 채워준 어른이었다. 그 빈자리를 완벽하게 채 울 수는 없었지만, 적어도 그늘은 지지 않게 따스한 햇볕이 되어주었다. 곤은 그것이 늘 고마웠다.

"이 증명이 끝나면, 지구가 평평하다고 우기는 한 여인과 찾아뵙겠습니다."

"예. 기다리겠습니다, 폐하. 드디어, 새해 첫해가 뜨네요."

종인의 하얗게 샌 머리 위로 주홍물이 들었다. 두 사람은 바다 위로 떠오르는 붉은 해를 보았다. 찬란한 빛에 눈이 부 셨다.

∞

대한제국과 마찬가지로 대한민국에도 새해가 밝았다. 신재는 경찰서로 돌아왔고, 영은 은섭의 가족들과 새해를 보냈다.

대한제국의 은섭은 새해 첫날부터 업무 중이었다. 황제의 신년 연설이 궁의 중앙홀에서 이제 막 시작되고 있었다. 상하원의 의원들, 각부 장관들을 비롯한 각계 인사가 모인 중앙홀은 사람들로 가득 차 있었다. 수많은 이들의 눈앞에 홀로 선 채 곤은 익숙하게 입을 열었다. 신년 연설이라는 취지에 맞게 당당하고, 힘찬 어조였다.

"멋진 한 해가 또 우리에게 더해졌습니다. 전 요즘 수학 기호 중 더하기에 대해 생각합니다. 더하기는 병원의 마크, 십자가, 방정식의 축 등 어떤 의미가 더해지는가에 따라 누군가에겐 치유, 누군가에겐 기도, 그리고 또 누군가에겐 운명에 맞설 용기가 되기도 하니까요."

곤의 연설을 듣고 있는 이 중엔 서령도 있었다. 맨 앞줄에 앉아 서령은 슈트를 빼입은 황제의 연설을 경청했다. 입가에는 그린 듯한 미소가 함께였다. 멋진 남자였다. 자신과는 다르게 날 때부터 권력을 쥐고 태어난 자, 제게도 그 권력을 나누어줄 수 있는 자, 그러나 자신의 것은 되어주지 않을 자.

"2020년은 아주 힘이 센 흰 쥐를 뜻하는 경자년庚子年입니다. 쥐는 십이지의 첫 번째 동물로, 방위의 신神이자 시간의 신이기도 합니다. 2020년 국민 여러분의 모든 걸음과 모든 시간을 응원합니다. 새해 복 많이 받으십시오."

커다란 강당에 울려 퍼지는 곤의 목소리는 현장에서, 생중계로 연설을 지켜보고 있는 제국민들의 마음을 울리기 충분했다. 연설이 끝나자 일제히 박수가 쏟아졌다. 함께 박수를 치는 서령의 미소가 미묘하게 비틀렸다.

연설을 마친 후 곤은 서령과 궁 한편을 따라 걸었다. 신년을 맞아 총리와 대화를 나누는 것이 황실과 의회의 화합을 보여줄 좋은 그림이라는 걸 곤도 모르지 않았다. 나란히 걷는 두 사람의 뒤를 은섭과 김비서가 따랐다.

"연설 잘 들었습니다, 폐하. 제 모든 걸음과 모든 시간도 응원해주시나요?"

목을 죄는 넥타이를 느슨하게 풀어내리며 곤은 서령의 말에 비식 웃었다.

"전에도 말했지만, 늘 그랬어요. 길치가 아니길 바랍니다만."

곤의 뒷말에 뼈가 있었다. 서늘한 기운에 서령은 말문이 틀어막혔다. 뒤에서 따라오던 은섭은 기가 질린 듯 보이지 않게 고개를 내저었다. 지켜보는 이가 긴장될 정도였는데, 두 사람은 이러한 긴장감이 익숙한 듯했다. 대한제국에 온 이후로 은섭은 매일 곤을 다르게 평가 중이었다. 대한민국에서와는 확연히 다른 그였다.

주머니에서 느껴지는 진동에 은섭이 크게 당황하며 휴대폰을 꺼내 들었다. 영의 것이었다. '강형사'라는 이의 전화였다. 은섭이 다가와 보고하자 곤은 자연스럽게 서령과 김비서를 물렸다. 강형사는 이곳 대한제국에서 루나를 추적하던 이였다. 마찬가지로 루나를 태을로 착각해 쫓고 있던 영은 대한민국에 가기 전, 강형사에게 루나를 찾으면 곧바로 연락을 해달라고 부탁한 상태였다.

$$\infty$$

루나의 행적을 찾았다는 강형사의 전화를 받은 곤은 곧장 경찰서로 향했다. 경찰서로 곤이 들어서자 당황한 이들이 일어서지도, 앉지도 못한 채로 안절부절못하며 인사해왔다. 곤은 익숙하게 그들의 인사를 받으며 강준혁 형사를 찾았다. 이름이 불린 강형사가 재빠르게 튀어나왔다.

은섭과 근위대가 강형사의 자리를 둘러싼 채 약간의 거리를 두고 경계를 섰다. 중간에서 강형사는 당황스러운 마음을 수습하며 영에게 전하려 했던 내용을 브리핑했다.

"얘가 루나라는 앤데요. 지지난주까지도 수감 중이었는데 확인해보니 출소를 했답니다."

강형사가 건넨 것은 루나의 범죄자 식별용 사진이었다. 수인 번호를 들고 있는 루나의 얼굴이 길고양이와 같이 퀭했다. 분명히 태을과는 달랐다. 그런데도 사진을 내려다보는 곤의 마음이 착잡했다. 묘한 기분으로 곤이 물었다.

"이유가 뭡니까."

"만기 출소는 아니라 조기 출손데, 이유가 시한부랍니다. 진단서 확인 필요하십니까?"

사진에서 시선을 떼지 못하던 곤이 놀란 채 고개를 들었다. 시한부……. 좋지 않은 징조였다.

"가능하면……. 본인을 직접 만났으면 싶은데."

"예, 찾겠습니다."

"이 모든 건에 대해선 나에게 직접 보고 바랍니다. 그리고 이자의 정보가 필요합니다."

곤이 안주머니에서 꺼낸 건 제국으로 데리고 온 식당 주인, 김기환의 신상 정보였다. 강형사가 곧바로 김기환의 신상을 조회했다. 잠시 후, 조회를 마친 강형사가 어렵사리 입을 뗐다.

"폐하……. 이자는 역적의 잔당이었는데 수배 중 사망했습니다. 자살입니다."

역시. 같은 얼굴을 한 자들이 같은 얼굴을 한 자의 삶을 훔치고 있다. 이곳에서의 삶을 버리고, 같은 얼굴을 한 대한민국의 삶을 갈취한 것이다. 곤은 다시금 루나의 사진을 내려다보며 주먹을 꽉 쥐었다.

시한부 판정을 받은 루나, 그리고 그녀와 같은 얼굴을 한 태을. 이림이 루나에게 접근한다면, 루나가 태을의 삶을 빼앗으려 한다면. 거기까지 생각이 가닿은 곤의 낯빛이 어두워졌다. 끔찍한 가설이었다.

궁으로 돌아온 곤은 홀로 침전 밖의 회랑을 걸었다. 차가운 밤공기가 머리를 맑게 해주었으나 마음은 이내 흐려지기를 반복했다. 고개를 들자 풍등이 떠다니는 아름다운 밤하늘의 전경이 보였다.

같은 시각 해운대 주변에서 풍등에 신년 소원을 적어 날리는 행사가 이루어지고 있었다. 총리가 주최하는 대한제국의 신년 행사였다.

밤하늘이 온통 대한제국 사람들의 희망찬 소원으로 수놓여 있다. 밝게 빛나는 풍등을 보며 곤은 조금이나마 안심했다. 다행히도 제국민의 새해 첫날은 평화로운 듯했으니까.

때마침 새하얀 눈송이가 날리기 시작했다. 태을과 함께 눈을 맞았던 날이 떠올랐다. 곤은 손을 들어 차갑게 내려앉는 눈송이를 만졌다. 손의 온기에 눈송이는 금세 녹아버렸다.

"정태을 경위. 새해 복 많이 받아."

곤은 온 마음을 다해 태을의 복을 빌었다. 순간, 땅으로 쏟아지던 눈송이가 공중에 멈췄다. 하늘을 떠다니던 풍등의 움직임도 멈춰 있었다. 곤의 눈이 크게 뜨였다.

기다리던 시간이었다. 이번 기회를 반드시 잡아야 했다.

"드디어, 이림이 대한제국으로 넘어왔다."

그 길로 곤은 빠르게 대숲으로 향했다. 어느덧 시간이 다시 흐르고 있었다. 대숲을 지키고 서 있던 근위대와 호필이 맥시무스 위에 올라 있는 곤을 향해 깍듯하게 인사했다.

"방금 누구 지나간 사람 없었어?"

"없었습니다."

"그동안에도?"

"예. 17일을 꼬박 교대 근무 중인데 아무도 없었습니다."

또 한 번, 곤은 자신이 놓친 것이 있음을 직감했다. 식적은 두 세계의 문을 여는 열쇠였다. 그것을 곤과 이림이 가지고 있었다. 잠시 생각하던 곤은 자신이 달려온 것이 헛수고였음을 이내 깨달았다.

'대숲에 경계를 세워 만날 수 있었던 거면, 우린 이미 만났어. 그도 저쪽에 경계를 세웠을 테니까. 그와 나의 문이……서로 다른 거야.'

곤은 빠르게 정리했다. 호필은 긴장한 채 곤을 보았다.

"헛수고였어. 여기서 궁을 통하지 않고 해운대로 갈 수 있는 숏컷이 있을까?"

"7포인트 담장 아랫길이 지금은 안 쓰는 농로이긴 한데……."

"2안이다. 근위대는 전원 해운대로 집결한다. 이곳은 지금 즉시 철수한다."

그리 말한 곤은 호필의 말이 끝나기도 전에 날 선 시선을 한 채 달리기 시작했다.

∞

황제의 연락을 받은 공보실은 한바탕 폭풍이 몰아쳤다. 곤이 해운대에 행차하겠다고 통보해온 것이다. 더불어 짧은 시간 내에 행사를 기획하고 홍보까지 해야 했다. 다행이라면 해운대에 이미 풍등 행사를 위해 모인 인파가 상당하다는 것이었다.

'새해 맞이 황제 폐하의 게릴라 달빛 산책'이라는 이름으로 급조한 기획은 SNS를 타고 빠른 속도로 사람들에게 퍼져 나갔다. 행사의 목적은 누군가를 초대하기 위함이었다. 곤이 초대하려는 이를 아는 이는 아무도 없었다. 곤 외에는.

거리는 신년 분위기가 한창이었다. 가로등마다, 상점마다 오얏꽃 문양이 새겨진 등불이 걸려 있었다. 거리 한복판을 지나는 트램 위에도 새해를 축하하는 글귀와 함께 조명이 밝혀져 있었다. 덕분에 평소보다도 거리가 환했다. 흰 눈송이 사이를 뚫고 맥시무스를 탄 곤이 사람들이 밀집한 해운대 해변가 도로에 등장하자 모여 있던 사람들이 흩어지며 곤을 에워쌌다.

"폐하다!"

"거봐, 오늘 폐하 오신다고 했잖아."

"폐하!"

대기하고 있던 근위대와 황실 인력이 사람들을 제지하며 길을 만들었다. 혼란 속에서도 사람들은 정연하게 황제가 가는 길을 만들어주었다. 새해 첫날밤부터 황제를 직접 보게 된 이들의 얼굴에 웃음꽃이 피어올랐다.

곤은 자신을 향해 인사하는 제국민들을 내려다보며 유유히 열린 길 사이를 걸어 나갔다. 곤의 눈이 빠르게 사람들의 얼굴을 쫓았다. 이림이 대한제국에 왔고, 그때마다 자신을 지켜보고 있었다면 이번에도 분명히 수많은 인파 속에 섞여들었을 것이다.

그리고 곤의 예상대로 사람들 속에 몸을 숨긴 이림은 자신을 스쳐 지나가는 곤을 향해 비웃음을 지어 보였다. 제 어린 조카는 저를 뒤쫓고 있었지만, 그뿐이었다. 언제나 앞서 나가는 것은 멍청한 황제들이 아니라 자신이었다. 세상을 손에 쥘 것도 자신이었고.

"······!"

이림을 지나친 곤이 말을 세웠다. 그리고 말 머리를 돌려세운 것은 짧은 시간이었다. 갑자기 멈춰 서 되돌아가는 곤의 행보에 거리의 사람들이 놀랐으나 곤의 목적지는 확실했다.

마침내 곤과 이림의 눈이 마주쳤다. 분명하게, 아주 분명하게 곤이 이림을 내려다보고 있었다. 이림에게 달려들던 여덟 살의 어린 태자는 이제 냉엄한 황제의 얼굴을 하고 있었다. 차가운 분노가 타오르고 있는 그 눈빛이 맹수와 같이 사나웠다. 일순 움직일 수 없게 된 이림이 어금니를 세게 물었다. 우산을 쥔 손에 힘이 들어갔다.

곤은 형형한 눈으로 이십오 년 전과 같은 얼굴을 한 이림을 노려보았다. CCTV 화면으로 확인한 바와 같았다. 이림은 시간을 유예하고 있었고, 이림이 원하는 바 또한 명확했다. 늙지 않는 자, 불멸에 가까운 생명, 이림이 원하는 것은 영원永遠이었다. 그것을 위해 두 세계의 균형을 깨뜨리고, 죄 없는 생명을 앗았다. 그는 이 세계에서도, 어떤 세계에서도 순리를 거스르는 역적이었다.

"역적, 이림!"

정확히 이림을 쏘아보며 곤이 냉엄한 목소리로 꾸짖었다. 황제의 일갈에 일순간 웅성임이 젖어들었다. 그러나 이내 혼란스러운 수군거림이 터져 나왔다.

"지금 뭐라 그러신 거야?"

"이림이 누구야?"

"역적은 죽지 않았어?"

"살아 있으면 칠십 살 정도 된 거 아닌가?"

사람들이 주변을 둘러보며 수군댔다. 굳어 있던 이림의 입꼬리가 올라갔다. 이림이 바란 것이 이런 것일 테다. 곤은 아랑곳 않고 분노를 숨기지 않으며 이림을 향해 다가섰다. 주변을 지키고 있던 근위대가 일사불란하게 곤의 움직임을 따랐다.

그때, 커다란 경적 소리를 내며 트램이 달려와 곤과 이림의 사이를 가로막았다. 예정에 없던 운행이었다. 곤이 맥시무스를 멈춰 세우며 트램을 피했다. 근위대가 곤을 지키려 둘러쌌다. 곤은 보이지 않는 반대편을 바라보며 초조하게 트램이 지나기를 기다렸다. 트램이 떠난 후에도 이림은 그 자리에 꼿꼿하게 서 있었다. 곤을 향해 웃음 지으며.

"역적의 잔당이다. 저자를……!"

곤이 근위대에게 이림을 체포할 것을 명령하려 할 때였다. 이림의 뒤로 족히 백 명은 넘어설 듯한 검은 복장의 살수대가 거대한 장벽처럼 이림을 지키고 서 있었다.

"악!"

비명이 터져 나온 것도 순식간이었다. 살수대가 주변에 있던 사람들을 한 명씩 인질로 잡아 목에 칼을 겨누고 있었다. 곧바로 근위대가 총을 장전해 이림의 살수대를 겨눴다. 혼비백산한 이들이 내지르는 비명이 거리에 퍼져 나갔다. 겁에 질린 인질들이 곤만을 쳐다보고 있었다. 말에서 뛰어내린 곤이 떨리는 목소리로 명했다.

"사격 중지, 시민들 안전이 우선이다!"

그때 살수대 중 한 명이 혼잡을 틈타 곤을 향해 총을 겨눴다. 탕! 총성과 함께 은섭이 곤을 막아섰다. 그리고 그대로 쓰러졌다. 날아온 총알이 은섭의 등 뒤편에 꽂혔다.

"대장님!"

경악에 찬 호필이 은섭에게로 달려왔다. 곤이 쓰러진 은섭을 끌어안은 채 이림을 노려보았다. 살수대를 방패 삼아 이림이 시민들 속으로 유유히 빠져 나가고 있었다.

이림은 소리 내 웃고 싶은 것을 참았다. 오늘 일로 곤은 곤란을 겪게 될 것이다. 심장에, 뼈에, 자신의 입 밖을 나가는 말이 가지는 무게를 새겨넣게 될 것이다. 이림을 뒤쫓을 수도 없을 테다. 칠십 세 노인이 된 이림을 쫓을 수도, 이십오 년 전 사살된 자를 쫓을 수도 없을 테니. 그래서 대면하는 일이 아무렇지도 않았다.

곤은 참담한 심정으로 거리에 드리워진 혼란을 살폈다. 살수대가 빠져 나가며 인질로 잡고 있던 이들을 베고 찌르며 상처를 입히고 있었다.

"꺄악!"

"여, 여기 사람 다쳤어요!"

무고한 제국민의 피가 바닥을 적시고 있었다. 이림의 잔악함을 몰라도 너무 몰랐다. 그에게 생명이란 욕망을 이루기 위한 도구일 뿐임을 진작 알았는데도. 곤은 서둘러 사태를 수습했다.

"경찰에 상황 알리고 부상자부터 이송한다."

"예, 폐하."

"최소 인원을 제외한 근위대 전원은 경찰이 올 때까지 시민들을 보호한다."

살수대를 쫓으려던 호필이 이를 악물었다.

"그럼 저 간나 새끼들은…!"

"안 돼. 추격하지 않는다. 사상자를 더 늘려선 안 돼. 그리고 지금 즉시 반경 일 킬로미터 안에 있는 CCTV 전량 다 회수하고, 현장 관련 영상 올라오는 거 무슨 수를 쓰든 전부 다 막는다."

곧바로 호필이 뛰어 나갔다. 빠르게 명령한 곤은 제 무릎 위에 쓰러져 있는 은섭을 내려다보았다.

"은섭아, 정신 차려봐. 조은섭…….."

이곳으로 데려오는 게 아니었을까. 은섭에 대한 미안함과 후회가 밀려왔다. 눈송이가 끊임없이 바람에 휘날렸다.

$$\infty$$

다행이 은섭의 상태는 양호한 편이었다. 곤은 안도하며 가슴을 쓸어내렸다.

"방탄조끼 덕분에 골절이나 내부 손상은 없지만 근육과 인대 파열 소견이 보여서 보름 정도 입원하면서 경과를 지켜보면 될 것 같습니다."

의사는 종인의 제자이기도 한 황교수였다. 황교수의 말에 곤은 끄덕이며 해운대에서 다친 이들에 대해 걱정스럽게 물었다.

"함께 이송된 두 사람은요."

"봉합 잘 끝났습니다. 폐하께서는 정말 괜찮으십니까? 노상궁 마마께서 오 분에 한 번 전화를 하십니다."

"괜찮습니다. 이 사람들만 좀 특별히 살펴주세요."

"그건 걱정 안 하셔도 되시구요. 그럼."

황교수가 나가자 은섭이 곤에게 놀리듯 말을 걸었다. 곤이 조금이나마 마음을 놓길 바라는 심정이었다.

"우네, 울어. 그래 걱정되면, 거 그 황도 캔 기미나 좀 해줘 보던가."

"진짜 괜찮아? 그거 진짜 총이야. 맞으면 죽는다고."

"우짭니까, 그람. 영이 글마 그기 온몸으로 폐하를 지키라는데. 지도 내 동생들 그래 지키겠다는데."

두 사람이 그런 말을 주고받았는지는 몰랐다. 곤은 자리에 없는 영에게도, 은섭에게도 고마웠다. 자신을 지키려는 이들은 이렇게나 많은데 자신이 이들을 지켜낼 수 있을지. 눈앞에서 이림을 놓치고 나니 타격이 꽤 컸다.

"그럼 뭐 내 인자…… . 진짜 천하제일검 맞지요?"

은섭이 해맑게 웃어 보이며 물었다. 불안과 두려움이 내려앉으려던 가슴이 뭉클해졌다. 곤은 천천히 끄덕였다. 이림의 욕망은 감히 곤이 가늠할 수 없는 정도의 것이었다. 그럼에도 불구하고 곤은 이림을 끝까지 추적해야 했다. 무너진 세계의 균형을 바로잡아야 했다. 자신을 위해 용감해진 이들을 위해서라도.

"나무랄 데 없이. 고마웠네, 지켜줘서."

대한제국이 발칵 뒤집혔다. 역적 이림과 해운대 한복판에서 벌어진 총격전. 모두의 이목을 끌 수밖에 없는 주제였고, 논란은 잠잠해질 기미조차 보이지 않았다. 사건 발생부터 지금까지 포털 사이트 실시간 검색어에 이림의 이름이 계속 오르락내리락했다. 사람들은 저마다의 목격담을 전하며 증거라고 할 만한 것은 없는 사건의 진위 여부를 따지는 중이었다.

병원에 들렀다 이제 막 집무실로 들어서는 곤을 모비서가 초조한 낯빛으로 맞았다.

"폐하, 구총리 전화 대기 중입니다."

온 제국이 시끄러우니 총리가 이 소식을 모를 리 없었다. 영상을 모두 막았음에도 더한 정보까지도 접했을 수도 있었다. 곤은 잠시 침묵하다가 수화기를 건네받았다.

"구총리, 난 괜찮습니다. 안녕을 묻는 통화면 다음에 다시 하죠."

—폐하의 안녕은 앞서 들었습니다. 무척 다행이고 무엇보다 상심이 크실 테니 용건만 하겠습니다. 폐하께서는 제 나라시고, 전 제 나라의 안위를 지켜야 하는 사람이라 이렇게 여쭙니다.

"무엇을……."

—역적 이림을 봤다는 음모론이 형성되고 있습니다. 해서, 염려를 담아 여쭙니다. 정직하시리라 믿구요. 역적 이림입니까, 이림의 잔당들입니까.

곤은 깊은 숨을 내쉬었다.

그는 분명히 이림이었다. 그러나 이림일 수 없었다. 그것이 이림이 그리 당당하게 대한제국의 곳곳을 돌아다닐 수 있었던 이유였다. 서령이 이렇게 나오는 이유를 곤은 모르지 않았다. 서령은 어떻게든 곤을 궁지로 몰고 싶은 것이다. 서령의 야망이 늘 불편했던 이유를 알 것 같았다. 그녀의 야망은 이림을 닮아 있었다. 누군가를 궁지로 내몰고, 기어이 손을 내밀어 원하는 바를 얻어내려는 술수가.

"구총리, 승마는 시작했습니까?"

―무슨 말씀이신지.

"재갈은 말과 기수 사이의 중재자로 남아 있어야 합니다. 어느 누구도 재갈을 당겨 방향을 바꾸지 말아야 한다는 뜻입니다."

곤은 분명히 말했다.

"오늘 일어난 일은 황실, 혹은 황제 개인의 일이 아니라 테러입니다. 역사에 기록되었듯, 역적 이림은 역모 다음 해에 사살되었고 이십오 년 후 오늘, 난 그 역적 잔당들을 발견해 그들을 쫓은 겁니다."

―…….

"해서, 당부합니다. 구총리, 재갈을 당기지 마세요. 정직이란 말을 무기 삼지도 말고. 국민들의 안위만 지켜주길 바랍니다. 그럼."

할 말을 마친 곤은 전화를 끊고 대기 중인 모비서에게 물었다.

"브리핑 준비하고 계시죠? 방금 정리한 정도면 될까요?"

"예, 폐하."

모비서가 곧장 집무실을 나섰다. 문이 닫히고 홀로 남은 곤은 그제야 책상을 짚고 서서 밀려오는 분노를 버텨냈다.

다음 날, 이른 아침부터 브리핑실에는 기자들이 몰려들었고, 모비서는 지난밤의 일을 분명한 어조로 정리했다. 황제 폐하가 한 남성에게 '역적, 이림'이라 칭했으나 그는 역적 이림의 잔당이었으며 이림이 살아 있을 가능성은 전혀 없다고. 잔당이 다시 나타난 이유 같은 역적의 심중에는 관심 없고, 황실은 오로지 그들을 끝까지 추격하여 심판할 것이라는 말로 입장 발표는 끝이 났다.

황실 브리핑에도 불구하고 여론은 역적 잔당에 대한 이야기로 뒤숭숭했다. 앞장서 불안을 조장하는 건 야당 쪽 의원들이었다.

야당 의원들은 이때다 싶어 종인의 집을 찾았다. 새해 벽두에 벌어진 총격전과 이십오 년 만에 모습을 드러낸 역적의 잔당이 그들을 들끓게 했다. 독선적인 총리 때문에 이 사달이 난 것이라며 그녀를 끌어내려야 한다고 주장하기를 한참이었다. 폐하의 안위가 걱정이라면서도 그들은 황실 계승 서열 2위인 종인을 부추겨 어떻게든 권력을 쥐려 했다.

황실의 사람들에게나 대학의 학생들에게나 언제나 인자함을 잃지 않던 종인도 야당 의원들의 무엄한 언사 앞에서는 호통을 내지를 수밖에 없었다.

"황실의 제일 어른은 내가 아니라 황제 폐하시고 황실과 종친은 정치에 개입하지 않는다, 몇 번을 말했느냐! 당장 내 집에서 나가거라!"

곤이 성인이 되고, 성군이 되어 대한제국에 평화가 깃들면서 잠잠하더니 결국에는 또 이 지경이었다. 곤이 어렸던 시절에는 이곳저곳에서 종인을 들쑤시기 바빴었다. 그때마다 종인은 이같은 말만을 반복해왔다.

종인의 일갈에 야당 의원들이 서로 눈치를 보며 겨우 입을 다물었다. 그때 종인의 집사가 들어와 고했다.

"마마, 황제 폐하께서 오셨습니다."

집사의 뒤로 곤이 들어서고 있었다. 놀란 의원들이 납작 엎드리며 곤을 맞았다. 곤은 가만히 그들을 내려다보다 모른 척 방 안으로 들어섰다.

의원들이 모두 물러간 사이, 종인은 조마조마한 눈빛으로 곤을 보았다. 곤은 방 안에 세워진 종인의 가족사진을 유심히 들여다보고 있었다.

"오해하지 마십시오, 폐하. 갑자기들 들이닥쳐서……."

"오해하지 않습니다."

차분한 어조로 답한 곤은 사진 속에서 종인의 팔짱을 낀 채 환하게 웃고 있는 여인을 가리켰다. 종인의 장자인 이승헌의 딸, 손녀 이세진이었다.

"세진이는, 잘 지냅니까?"

"레지던트 끝내고 펠로우 들어갔습니다. 여전히 덜렁이구요."

"세진인 잘 해낼 겁니다."

곤이 사진 앞에서 돌아서며 종인을 마주했다. 종인은 내도록 불안한 표정이었다. 지난밤의 일이, 소문이, 소문이 아닐 수도 있다는 것을 가장 잘 아는 종인이었다.

"저도, 잘 해낼 수 있을까요?"

"폐하……. 혹시……."

"예. 역적 이림이, 살아 있습니다. 늙지 않은 채로요."

역시였다. 종인은 굳어버린 채 곤을 마주했다. 두 사람 모두 예상했으나 맞닥뜨리고 싶지 않았던 현실이었다. 이림을 생각하자 억눌렀던 분노가 차올랐다. 곤은 분노를 삼키며 차분히 말을 이었다.

"해서, 전 수일 내로 다시 궁을 비울 겁니다. 그를 쫓아야 합니다. 그와 만나야 하는 곳은……. 대한제국 안은 아니어야 하고요."

곤은 무엇도 존재하지 않는 차원의 문 안을 떠올렸다. 두 번 다시 피해자가 나와서는 안 됐다. 입술을 질끈 깨물고 곤은 종인에게 당부했다.

"그러니 서열 2위인 당숙께서 궁에 계셔야 합니다. 저를 위해서, 대한제국을 위해서, 안전하셔야 합니다."

"폐하. 직접 쫓으시다니요, 안 됩니다. 정녕 그건 안 될 일입니다."

"무엇을 걱정하시는지 압니다. 약속하겠습니다. 저를 지키겠다고. 그러니 당숙께서도 지키셔야 합니다. 스스로를. 황명입니다."

곤의 결심이 이미 굳건했다. 곤은 사인검의 뜻을 누구보다 잘 아는 황제였다. 종인은 가슴 깊이 황제의 명을 새겼다.

"……예. 그리 하겠습니다, 폐하."

호텔 방 안, 창가에 선 채 영은 고민에 빠져 있었다. 그때 문소리와 함께 누군가 들어오는 발소리가 들렸다. 방문자는 당연히 태을 혼자일 거라 생각했는데, 발소리가 두 개였다. 뒤를 돌아본 영은 신재와 눈이 마주쳤다. 거실까지 딸린 넓은 방 안으로 들어서던 신재도 경계하며 멈춰 섰다.

"혼자 오는 거 아니었습니까?"

"둘 다 간 거 아니었어?"

차례로 쏟아지는 영과 신재의 날 선 질문에 태을이 어깨를 으쓱하며 답했다.

"같이 왔고, 같이 안 갔어. 이 공상과학은 두 사람 다 필요하니까 이의 달지 맙시다. 둘 다. 오케이?"

신재가 결국 마음을 돌려주어서 얼마나 다행인지 몰랐다. 태을은 힐끔 굳은 표정의 신재를 보았다. 그래도 든든했다. 태을은 제 방처럼 방 한가운데를 가로질러가 커튼을 쳤다. 드러나는 널따란 유리창은 보드로 사용하기에 유용했다. 이미 태을이 적어놓은 것들이 잔뜩이었다.

오른쪽이 대한민국, 왼쪽이 대한제국. 중간에는 네모나게 솟은 두 개의 당간지주가 그려져 있었다. 이상도와 장연지, 김기환의 사진이 붙어 있었고 추가로 양선 요양원도 적혀 있었다. 태을은 신재에게 자신이 지금까지 수사한 것들에 대해 설명했다.

"이상도는 민국에서 제국으로 넘어갔어."

설명하며 태을이 이상도의 사진을 대한민국 쪽에서 대한제국 쪽으로 옮겼다.

"장연지는 민국에서 제국으로 넘어갈 준비를 하고 있는 걸로 보이고."

"김기환은 제국에서 민국으로 넘어왔다가 다시 제국으로 보냈습니다."

영이 덧붙였다.

"이 셋의 공통점은 2G 폰이고 장연지 폰은 아직 못 찾았어. 장연지 구치소부터 가봐야 할 것 같아."

불쑥 신재가 김기환의 사진을 가리켰다.

"지금 그 사람을 다시 데려갔다는 거야?"

"제자리에 갖다 놨을 뿐입니다."

조영의 딱딱한 대답에 신재가 울컥하며 되물었다.

"그걸 왜 너희들이 정해. 이거 행불 처리되면 얼마나 골치 아픈 줄 알아?"

"여기에 두면, 이 세계 법으로 처리 가능합니까?"

"법으로 처리하러 데려가셨어? 무슨 죈데, 불법 체류냐?"

"내 나라 법은 그쪽한테도 예외가 아닐 텐데."

영의 말이 날카로웠다. 아직, 태을은 신재의 정체에 대해 아무것도 알지 못한다. 신재는 놀라서 저도 모르게 태을을 보았다. 태을이 눈을 동그랗게 뜨며 고개를 갸웃했다.

"무슨 얘기를 하는 거야?"

"장연지 구치소는 언제 갈래."

신재가 황급히 말을 돌렸다. 가만히 그 모습을 보던 영도 이내 커피를 내오겠다며 자리를 비켰다. 태을은 의심스럽게 두 사람을 보았으나 돌아오는 답은 없었다.

결국 장연지의 폰을 찾는 게 태을과 신재가 할 수 있는 최선이었다. 그렇게 결론을 내린 두 사람이 호텔을 떠나고, 다시 영은 혼자 남았다. 여러 이름이 적힌 유리창을 바라보는 영의 표정이 아까 전보다도 어두웠다.

신재의 신변을 조사하느라 신재의 집을 찾았었다. 그곳에서 영은 익숙한 얼굴을 마주했다. 신재의 어머니가 궁에서 본 궁인 중 한 명과 같은 얼굴을 하고 있었다. 간과할 만한 일이 아니었다. 어렴풋이 무언가 잡힐 듯도 했다. 영은 계속해 신재 어머니의 뒤를 밟았다. 그러다 생각지 못한 접점까지도 찾아냈다. 신재의 어머니가 과거에 이지훈의 어머니와 아는 사이였던 것이다. 신재네 가족이 평창동 저택에 살던 시절, 이지훈의 어머니 송정혜가 입주 도우미로 일했다고 했다.

영은 보드판의 새로운 이름을 바라보았다. 대한제국의 강현민, 그리고 대한민국의 강신재.

사방이 막힌 구치소 면회실에 태을이 장연지와 마주 보고 앉았다. 신재는 태을의 뒤에 팔짱을 낀 채 서 있었다. 장연지는 형사인 태을과 신재를 보고도 무서울 게 없다는 듯 처음과 같이 무표정했다. 새삼 믿는 구석이 있다는 게, 여실히 느껴졌다. 태을이 2G 폰에 대해 묻자 장연지는 눈 한번 깜박하지 않고 모르는 척하고 있었다.

"스마트폰 하나, 2G 폰 하나 두 개 들고 다녔잖아요."

"무슨 말인지 모르겠는데요."

"아실 텐데."

태을은 가지고 온 히든카드를 꺼냈다. 이상도의 2G 폰이었다.

"이 폰, 본인 거 맞죠."

2G 폰을 내밀기 무섭게 장연지의 가면이 깨졌다. 분명히 누구도 못 찾을 방법으로 숨겨 놓았다고 생각했다. 태을은 찰나의 당황을 놓치지 않고 장연지를 몰아세웠다.

"이 폰에는 누가 들어선 안 되는 게 들어 있었을 거예요. 그런데 친구가 그걸 들은 거죠. 그래서 장연지 씨는 시나리오에서 본대로 친구를 살해한 거고. 그렇게 해도 누군가 빼줄 거니까. 그죠? 이 폰 누가 췄어요?"

한번 흔들리자 장연지는 빠르게 무너졌다. 장연지의 목소리가 덜덜 떨렸다.

"무슨…… 말인지…… 모른다니까요?"

불안하게 흔들리는 동공이 정답을 말하고 있었다. 장연지에게도 숨겨둔 2G 폰이 확실히 있다. 그리고 그건 이림이 관련되어 있다는 증거였다. 눈빛을 교환한 태을과 신재는 곧 면회실 밖으로 나왔다.

"이상도 폰으로 낚긴 낚았는데 장연지는 폰을 어디다 숨겼을까. 집엔 없어. 충전기만 있는 걸로 봐선……. 형님 내 얘기 듣고 있어?"

신재가 태을의 말은 듣지 않고 다른 곳에 정신을 팔고 있었다. 신재의 시선을 따라가니 주차장을 빠져나가고 있는 차 한 대가 보였다.

"왜, 아는 차야?"

이전에도 주변에서 본 적 있는 차였다. 아마 박팀장과 함께 고기를 먹을 때였을 것이다. 같은 차종이야 흔하니까 문제 될 게 없을지도 모른다. 하지만 운전석의 얼굴조차 익숙했다. 잠시 생각하던 신재의 머릿속에 선명하게 스쳐 지나가는 얼굴이 있었다.

"구면인 거 같기도 하고. 운전 내가 할게."

태을이 빠르게 차로 향하는 신재의 뒤를 바짝 쫓았다.

경찰서에 도착한 신재는 차 번호부터 조회했다. 7370. 대포차였고, 차주는 행방불명자였다. 심각한 얼굴로 말하는 신재에 태을은 배달된 돌솥비빔밥 비닐을 뜯으며 태연하게 대꾸했다.

"형사 뒤 따는 애들이 대포차 쓰는 거야 뭐 상투적인 전갠데, 그 고깃집 앞이 처음일까? 구치소는 왜 왔을까. 뭐 짚이는 거 없어?"

태을이 앉은 공용 테이블 쪽으로 다가온 신재가 자리를 잡고 앉았다. 잠시 생각하던 신재는 무언가 결심한 듯 입을 열었다.

"그 얘기 좀 해봐."

"뭔 얘기?"

"네가 갔다 왔다는 거기. 공상과학."

신재가 짐짓 아무렇지 않게 말했다. 태을이 놀란 눈으로 보는 게 느껴졌다. 젓가락을 들긴 했지만, 신재는 차마 음식이 목으로 넘어갈 것 같지 않았다. 태을에게 말하고 싶지 않았다. 숨기고 싶었다. 그냥, 이대로 살고 싶었다. 가족 같고, 친구 같고, 때로 조금 더 특별한 사이 같은 태을을 옆에 두고. 영원히.

그러나 모른 척하기엔 너무 많은 일이 벌어지고 있었다. 무엇보다 '그자'가 자신의 주변을 맴돌고 있다는 느낌이 꺼림칙했다.

"딱 하루였어."

태을은 신재가 받아들여주길 바라는 마음으로 제가 본 것들을 읊었다.

"대한제국이라는 곳이었고, 분단국가가 아니고. 그래서 기차도 평양까지 가. 수도가 부산이고, 국민들한테 사랑받는…… 황제가 있어."

고개를 숙인 채 신재는 묵묵히 비빔밥을 비볐다. 사랑받는 황제, 그가 슬피 울던 날을 신재는 기억하고 있었다.

"우리 경찰서도 갔었어. 제복도 차도 다 다른데 얼마나 반갑던지. 팀장님이랑 심선배도 봤어. 그 세계에서도 경찰이더라, 운명처럼. 그리고 형님을 찾으러 갔었지."

신재가 고개를 들어 태을을 보았다.

"근데 형님은…… 없더라. 경찰서에도 평창동에도. 사업 물려받아서 재벌 됐나. 어디 외국에서 사나봐? 좋겠다?"

"……여기 있었으니까."

"어?"

태을이 대한제국의 강신재를 찾았다. 그러나 없었다. 강현민은 여기에 있으니까. 신재는 천천히 눈을 감았다가 떴다.

"먹자. 먹고 같이 갈 데 있어."

$$\infty$$

신재가 태을을 데리고 간 곳은 납골당이었다. 이미 세상을 떠난 이들의 사진이 곳곳마다 놓여 있었다. 그리고 그들을 그리워하는 꽃들이 계절을 잊고 만개해 있었다. 터벅터벅 어디로 가는지도 말해주지 않고 앞서 걷는 신재를 태을은 그저 따랐다. 마침내 신재가 누군가의 납골함 앞에 멈춰 섰다.

납골함 앞에 붙은 사진을 본 태을의 눈이 커졌다. 태을도 아는 아이의 얼굴, 지훈이었다. 태을은 뒤늦게 이곳이 자신이 조사했던 지훈이 묻힌 납골당임을 기억해냈다.

"형님이…… 여긴 어떻게 알아?"

"경란이가 너 주라고 자료를 줬었어. 첩보라고. 그래서 봤지. 정태을은 뭘 쫓고 있나, 어디로 가고 있나. 그래서 와봤더니…… 여기더라."

"아……. 이 아이가 누구냐면."

설명하려던 태을의 말을 신재가 끊었다.

"알아. 그래서 온 거야. 네가 저쪽에서 나 못 본 이유, 난 알거든."

"뭔데?"

"너 내가 왜 형사가 된 줄 알아? 언젠가…… 누군가가 나한테, 넌 누구냐고 묻는 순간에, 내 손에 든 게 총이길 바랐거든. 나를 쏘든, 그를 쏘든."

이전에도 한번 들었던 얘기였다. 그때도 지금도 알아들을 수 없는 얘기였다. 사실은 신재도 그때에는 확신하지 못했다. 그저 운명과도 같은 생각이 신재를 지배했을 뿐이었다. 그러나 이제는 알았다. 자신이 쏘고 싶은 자는 '그자'였다. 자신을 다른 세계로 데리고 온 검은 그림자.

"뭔 소리야, 그게. 형님이 누군데."

"은섭이가 은섭이가 아니던 날. 그 황제라는 신원불상자랑 통성명했어."

"통성명? 그 신원불상자가 자기 이름을 얘기했다고?"

그럴 리가 없어 태을은 놀라 물었다. 신재는 맥이 빠지는 듯 헛웃음을 흘리며 고개를 내저었다.

"아니, 내가 불러봤지. 내가 기억하는 이름을."

신재는 곡소리를 내던 어린 황제의 이름을 기억하고 있었다.

"이곤. 근데 맞더라. 여기 있어서, 이쪽에, 네 옆에. 그 세계에서 네가 날 못 찾은 이유가, 나였어. 강신재."

태을은 놀란 채 아무 말도 하지 못하고 있었다. 담담하게 자신의 얘길 늘어놓던 신재는 태을을 한 번, 묘지에 세워진 지훈의 얼굴을 한 번 보았다. 산 위에 세워진 납골당이었다. 산 정상에서부터 내려온 찬바람이 두 사람 사이를 살벌하게 훑고 지났다.

"여기까진 팩트고, 내가 누군지는 아직 모르겠어."

모든 것을 털어놓고 나니 후련했다. 동시에 두려웠다. 태을이 자신을 누구로 생각할지 모르겠기에, 긴장한 채 신재가 태을을 보았다. 태을이 멍하니 중얼거렸다.

"여기에 있었구나…… 형님이, 여기에 있었어."

"……여기가 맞을까? 넌…… 나 환영해줄래?"

어디에도 속하지 못했던 시간이 있었다. 그 시간들의 쓸쓸함이 가슴 깊은 곳에서 치밀어 올랐다. 왈칵 눈물이 터져 나올 것 같아 신재는 입술을 깨물었다. 그러나 참지 못한 눈물이 신재의 눈 안에 그렁하게 맺혀 있었다. 태을은 어느 때보다 작아 보이는 신재를 와락 끌어안았다.

태을도 알 수 없었다. 여기가 맞는지, 아닌지, 아무것도 알 수 없었다. 그러나 분명한 건 눈앞의 사람이 자신에게는 강신재라는 사실이었다. 오랜 세월 함께한 자신의 형제. 태을의 품에서 신재는 비로소 참아왔던 눈물을 터뜨렸다.

∞

대한제국의 늦은 밤, 궁에 갈 채비를 마친 종인은 마지막으로 서재에서 들고 갈 책을 골랐다. 그 순간, '탁' 하는 소리와 함께 서재 끝 쪽에 위치한 책상에 불이 들어왔다. 책상 위에 올려두었던 갓등이 켜졌다. 종인은 겨우겨우 몸을 돌려 불이 켜진 쪽을 확인했다. 책상 의자에 비스듬히 앉아 있는 이는 이림이었다. 조명에 비친 이림의 옷과 얼굴이 온통 피에 젖어 있었다. 이림은 살수대원들과 함께 종인의 집 앞을 지키고 있던 이들을 모두 베고 온 길이었다.

"그, 금친왕! 자, 자네……! 어떻게 얼굴이 하나도……!"

이십오 년 전과 같은 얼굴을 마주하자 본능적인 거부감이 들었다. 엄습해오는 불길함에 종인이 뒷걸음질 치며 묻자 이림이 음산하게 웃었다.

"왜 놀라십니까. 내가 죽지 않았다는 걸 가장 먼저, 가장 오래 알았으면서."

"거기 누구 없는가!"

"거기 누구는 제가 오는 길에 다 벤 것 같습니다만."

금방이라도 주저앉을 듯 종인이 떨고 있었다. 이림은 제가 베어버린 이호와 마찬가지로 유약한 종인이 우습고도 경멸스러웠다.

"놀라지 마십시오. 전 제 것을 찾으러 왔을 뿐입니다, 형님."

이림이 은색 반지를 들어 보였다. 이림의 것인 줄 알았던 사체가 바다에 떠내려왔을 때, 그때 사체에 끼워져 있던 반지였다. 종인이 숨겨두었던 반지였다.

"내려놓게. 우리는 가질 수 없는 황제의 반지일세."

"장자는 접니다. 어미가 후궁이었을 뿐. 내 것이어야 했으니 내 것이지요."

"궤변일세. 우린 그걸 탐해선 안 되네."

"우리라, 형님이랑 나는 절대 우리가 될 수 없습니다."

의자에서 일어난 이림이 저벅, 저벅, 도망칠 기운도 없는 노인을 향해 천천히 다가갔다. 그리고 단숨에 종인의 목을 조르며 벽으로 밀어붙였다. 벽에 등을 부딪친 종인이 컥컥대며 버둥거렸다. 이림은 제 손아귀를 벗어나지 못하는 종인을 보며 낮은 웃음을 흘렸다.

"지금 당장이라도 자신의 숨통을 끊을 수 있는 자와 우리가 될 수 있겠습니까."

"이……, 이노옴!"

종인의 눈가에 핏발이 서려 있었다. 아마 이것이 종인의 마지막 말이 될 것이다. 이림은 광기 어린 눈을 번뜩이며 더욱 더 세게 종인의 목줄기를 틀어쥐었다.

"난 이렇게 조카님의 숨통도 조여서 만파식적을 빼앗을 겁니다. 그래서 식적 하나를 온전히 가진 유일한 자가 될 겁니다."

"……크헉."

"그리하여 형님같이 미천한 것들은 죽었다 깨나도 모르는 두 세계의 유일한 주인이 되려 합니다. 어쩌면 더 많은 세계의 주인이지요. 온전한 식적을 가지면 얼마나 더 많은 세계의 문을 열게 될지, 아직 모르거든요."

미약한 버둥거림마저 천천히 잦아들고 있었다.

"그러기 위해선 조카님이 좀 절망하고 망가지고 무너져야 하는데, 그러자니 조카님이 또 누군가를 잃었으면 좋겠거든요. 딱, 형님을요."

마지막으로 이림이 종인의 목을 꽉 움켜쥐었다. 절대 감기지 않을 것 같던 핏발 선 종인의 눈이 서서히 감겼다. 이내 툭, 고개가 꺾이며 종인의 몸이 늘어졌다. 이림은 종인에게서 손을 뗐다. 힘없이 스러진 사체가 바닥에 소리를 내며 쓰러졌다. 이림은 무릎을 굽힌 채 앉아 종인의 손가락에 들고 있던 반지를 끼웠다.

"억울해 마세요. 똑똑한 형님께선 예상했던 일일 테니."

어느덧 이림의 얼굴에 묻어 있던 피가 굳어 있었다. 또 한 번 피를 뒤집어쓴 채 이림은 종인의 집을 유유히 나섰다. 바깥에는 누군가의 죽음을 슬퍼하듯 추적추적 겨울비가 내리고 있었다.

∞

피를 닦을 생각도 않고 검은색 우산을 쓴 채 서점을 향해 걷던 이림의 구두가 잠시 멈췄다. 서점 앞에 소년 하나가 간판 아래에서 비를 피하며 책을 읽고 있었다. 검은색 토끼 후드를 입은 소년은 서점 앞에서 종종 요요를 하던 그 소년이었다.

기척을 느낀 소년이 고개를 들어 이림을 보았다. 커다란 번개가 이림의 뒤편으로 내리쳤다. 우산을 쓰고 있던 이림의 얼굴 위로 표식과 같은 긴 흉터가 나타났다. 소년은 흉터에도, 핏자국에도 놀라지 않은 채 이림을 빤히 바라보고 있었다.

"넌 왜 놀라지 않는 거지?"

"호기심이 많거든요. 피 싫은데, 싸웠어요?"

"싸우는 중이다. 가는 길이 퍽 멀구나. 넌 뭘 읽고 있니?"

"〈아더왕〉이요. 고귀한 피를 가진 자가 검을 뽑아 왕이 되는 얘기예요."

바위에 꽂힌 검을 뽑는 자, 그 자가 곧 전설이 될 지어니. 소년이 분명한 발음으로 책 속의 한 구절을 읊었다. 이림의 눈길이 매서워졌다.

"고귀한 피만이 왕이 된다, 참 나쁜 동화구나. 고귀한 피가 아니라 제대로 검을 쓸 줄 아는 자가 검을 뽑아야 하는 것이다."

"그러다 악인이 뽑으면요? 정의롭지 않은."

"정의가 검을 만드는 것이 아니라, 검이 만드는 것이 곧 정의란다."

소년은 맹랑하게도 질문했다.

"아저씨의 세상엔 뭐가 자꾸 바뀌어 있네요?"

이림이 놀란 채 소년을 내려다보았다.

"조심히 가세요. 전 이 이야기의 결말이 궁금하거든요."

소년은 다시 책에 집중하기 시작했다. 보통 아이가 아닌 것 같아 이림은 소년을 오래도록 바라보았다.

태을은 멍하니 휴대폰 화면 속 검색 기록을 바라보았다.

호텔을 찾아온 태을에게 영이 내민 건 태을이 곤에게 사주었던 휴대폰이었다. 곤이 영에게 맡기고 갔는데 막상 영은 무엇 하나 검색하지 못하고 있었다. 곤이 검색했던 기록들, 정확히는 태을에게 남기고 간 메시지들 때문이었다. 검색창을 누르자 빼곡하게 쌓인 곤의 검색 기록은 태을을 향해 말하고 있었다.

'내가'
'뭐 검색'

'했는지 보려고?'

'황제는'

'절대 흔적을'

'남기지 않아'

'지금은'

'일인가'

'일상인가'

'난'

'자네 세계에 있는 내내'

'파란이었네'

'정태을 경위'

'때문에'

웃으며 스크롤을 내리던 태을의 입매가 꿈틀댔다. 감동을 받은 게 분명한 태을을 영은 미간을 좁힌 채 보고 있었다. 메시지를 다 읽은 태을은 하나씩 기록을 지워나갔다.

"안 지우고 용케 버텼네요. 다 지웠어요. 검색해요, 이제."

"간직하실 줄 알았더니."

"기억했어요."

태을의 마음이 짐작가지 않아 영이 인상을 썼다.

"자꾸 증거가 남으면 안 되니까. 다른 세계에서 온 누군가의 흔적이, 이 세계에."

"……그거 아십니까? 폐하의 글을 폐하 외에 그렇게 함부로 지울 수 있는 유일한 사람입니다. 정형사님은."

태을은 가만히 영을 보았다. 영이 태을을 탐탁지 않아 한다는 것은 이미 알고 있었다. 첫 만남부터 그리 유쾌한 만남은 아니었으니까. 그럼에도 태을은 영이 싫지 않았다. 영에게 가진 감정은 오히려 호감에 가까웠다. 제 친동생과도 같은 은섭과 같은 얼굴이라는 게 이유였고. 곤을 지키는 이라는 게 또 다른 이유였다.

아무에게도 제 이름을 불릴 수 없는 곤이 마음을 열고 있는 몇 안 되는 이라는 것도 이유라면 이유였다. 때로 지나치게 경직되어 보이는 딱딱한 사내를 곤은 잘도 놀려대고, 그 앞에서는 편안한 미소를 짓고는 했다. 황제가 된 이후로 함께했다고 하니 태을이 신재나 은섭, 나리를 생각하는 것 이상으로 끈끈한 사이라는 건 태을도 어렵지 않게 알 수 있었다.

그들은 때로 목숨을 다투기도 하니까, 영은 곤을 위해서 목숨도 버릴 수 있는 사람이니까, 태을은 영이 자신을 조금은 탓해도 괜찮다고 생각했다. 검색 기록을 지웠다고 나무라는 영에게 태을이 웃어주려던 때, 침묵하던 영이 입을 열었다.

"하실 수 있으신 겁니까?"

"……뭘요?"

"역적 이림을 잡고 난 그다음 말입니다."

"……"

"두 분의 세상은, 다릅니다. 두 세계를 왔다 갔다 하실 겁니까?"

영의 질문이 날카로웠다. 태을과 곤, 두 사람이 답을 내기를 유예한 질문이었다.

"폐하께선 한 나라의 황제십니다. 황후가 되실 분을 만나셔야 합니다. 이곳의 모든 것을 버리고, 대한제국의 황후가 될 수 있으신 겁니까?"

태을은 뒤늦게 깨달았다. 영이 탐탁지 않아 하는 건 태을 자체가 아니었다. 곤의 연인인 태을이었다. 영은 태을을 탓하는 게 아니라 곤을 걱정하고 있었다. 때로 닿을 수 없는 연인을 사랑하게 된 곤을.

과연 곤이 자신의 천하제일검이라 영을 아낄 만했다. 태을은 웃지도 울지도 못해 아랫입술을 살며시 깨물었다.

"두 세계를 비밀에 부치고, 영원히?"

아무런 답도 할 수가 없었다. 영의 질문이 너무 무거워 오래도록 그 자리에 앉아 있는 것 외에는.

∞

태을은 가라앉은 기분으로 방 안의 화분을 찾았다. 방 안으로 화분을 옮겼는데도 꽃씨는 싹을 틔울 기미도 보이지 않고 있었다. 태을은 화분에 물을 흘려보내며 말을 걸었다.

"오늘 낮에는 해가 좋더라. 해가 좋으니까……. 오늘은 혹시, 오늘은 힘내서 싹을 틔운 건 아닐까 기대가 되더라. 집에 오는 걸음이 급했지 뭐야."

너무 초조해하지 말고, 씩씩하게 기다리고 싶었는데 그게 잘 안 됐다. 쓸쓸히 화분을 바라보던 태을의 시선이 창밖을 향했다. 그곳에는 인숙한 인영이 서 있었다.

"거짓말."

거짓말 같았다. 태을은 곤이 사라질 새라 급히 방 밖으로 뛰어나갔다. 마당으로 나가자 담 밖에 있던 곤이 마당 안으로 걸어 들어왔다. 곤은 어두운 바탕에 금실이 수놓아진 제복을 입고 있었다. 곤이 애달픈 눈으로 태을을 마주했다.

"……자네, 잘 있었어?"

조금 전까지 우울했던 기분이 단번에 휘발되었다. 대신 반가움에 눈가가 시큰했다. 태을은 눈물을 매단 채 고개를 끄덕였다.

"이번엔 많이 늦었네."

"……아주 멀리에서 오느라. 생각해보니까, 내가 꽃도 한 송이 안 줬더라고. 그래서 우주를 건너서 왔지."

곤의 손에 푸른색 꽃이 한 다발 들려 있었다. 한달음에 곤에게로 다가서려던 태을의 걸음이 멈칫했다. 곤이었는데, 분명히 제 앞에 선 건 곤이었는데 무언가 달랐다. 아주 미세하게 느껴지는 위화감에 태을이 머뭇거리자 곤이 먼저 가다와 태을의 손에 꽃을 들려주었다. 힐끗 꽃다발을 내려다본 태을은 곤에게서 시선을 떼지 못했다. 불안했다.

"근데……. 나 지금 다시 가야 해."

"간다고?"

태을이 꽃을 쥐지 않은 다른 손으로 곤을 붙들었다. 뒤돌아서려던 곤이 무거운 눈빛으로 태을을 보았다.

"아, 맞다. 이 말도 아직 안 했더라고."

"……."

아주 이상한 일이었다. 낮게 깔린 곤의 목소리가 가까웠는데도 멀게만 느껴졌다. 태을은 붉어진 눈으로 곤을 보았다.

"사랑해. 자넬, 아주 많이, 사랑하고 있어."

가슴 아픈 고백에 태을은 깨닫고 말았다. 눈에서 눈물이 왈칵 쏟아졌다. 곤이 눈물을 터뜨리는 태을을 끌어당겨 키스했다. 눈을 감은 곤의 볼 위로도 눈물 한 방울이 흘러내렸다. 우주를 건너온 연인의 절절한 키스였다.

그는 다른 세계가 아니라, 다른 시간 속에서 왔다는 걸. 태을은 알 수 있었다.

"어느 순간 내가 눈앞에서 사라진 듯 보일 거야. 그렇더라도 너무 걱정하지는 마. 나는, 멈춘 시간을 걸어가는 것뿐이야."

곤의 목소리가 점점 멀어졌다. 태을은 차마 뜨고 싶지 않은 눈을 아주 천천히 떴다. 역시나 마당에는 아무도 없었다. 아주 짧은 키스만을 남기고 곤은 사라져 있었다. 아니, 곤이 주고 간 꽃송이들만이 남아 있었다.

태을은 소리 내어 울음을 터뜨렸다. 그 자리에 주저앉은 태을의 몸이 곧 사라질 듯 자그마했다. 다른 시간 속에서 찾아온 것이라면, 아마도 아주 많은 것들을 결정한 어느 날일 것이라고. 태을은 생각했다.

∞

신재와 만나기로 한 카페 앞에 차를 세운 태을은 시동을 끄고 키를 뽑으려다 멈췄다. 키에 매단 사자 인형이 달랑거리고 있었다. 태을은 곤이 준 사자 인형을 보았다. 어젯밤 찾아왔던 곤이 떠올라 또 울컥 눈물이 터질 것만 같았다. 새삼 분하기도 했다.

"……그렇게 나 차이는 거야? 어림도 없어. 오기만 해봐."

만날 수 없어서 따져 물을 수도 없으니까, 우선은 만날 수 있기만을 바랐다. 태을은 서둘러 키를 뽑아 차에서 내렸다. 카페에 들어가 자리를 잡은 태을은 경란의 전화를 받았다. 통화 중인 태을의 옆자리에 신재가 나타나 앉았다.

구치소에 있던 장연지가 자살을 했다는 충격적인 소식이었다. 그런데 하필 자살한 날 구치소가 정전되어 남아 있는 CCTV가 하나도 없다는 게 경란의 얘기였다. 구치소에서 자살하는 경우는 희박했다. 장연지를 조사 중인 강력 3팀에 강압 수사 의혹이 드리워질 수도 있다고 경란이 걱정했다. 태을은 빠르게 소식을 전해준 경란에게 고마움을 표한 후 전화를 끊었다.

아직 2G 폰의 행방도 찾지 못했는데, 자살이라니. 얼떨떨했다. 장연지가 이림을 믿은 대로라면 자살이 아니라 대한제국 쪽의 장연지가 구치소에 와 있어야 했다.

"장연지를 제거해서 꼬리를 자른 거야."

신재에게 설명을 마친 태을이 어두운 목소리로 말했다. 장연지는 살인범이었다. 그러나 장연지를 이용하고, 결국에는 장연지를 살해한 상대에 대한 분노가 일었다. 신재도 답답한 듯 뒷머리를 헝클어뜨렸다. 막 나온 음료를 입에 대지도 않은 채로 태을이 자리에서 일어섰다.

"가자."

"어딜 가. 가도 우리 관할 아니라 수사 못해."

"말고, 송정혜부터 찾자. 납골당엔 보호자 연락처 있을지도 몰라."

결국에 모든 일의 뒤에 이림이 있었다.

"송정혜가 누군데."

"이지훈의 어머니. 형님이 갔던 납골당 그 아이."

"이지훈의 엄마면……."

"어, 이곤의 어머니와 같은 얼굴이야. 그래서 현재로선 이림과 같이 있을 가능성이 제일 커. 주소로는 못 찾아. 가봤더니 논밭이더라고."

납골당으로 향하며 태을과 신재는 납골당 관리소에 연락을 넣었다. 이지훈의 보호자 연락처를 알아내기 위함이었다. 그러나 납골당에 도착해서도 보호자의 연락처는 알아낼 수 없었다.

"아, 말씀하신 거 알아봤는데 고故 이지훈 씨는 보호자 연락처가 없습니다. 오 년치 관리비를 늘 선결제하는 형식이더라고요. 그것도 늘 현금으로요."

지훈의 사진이 붙은 납골함 앞에서, 태을은 잠시 말문이 막혔다.

"와……. 그건 생각지도 못했네. 그럼 여기 CCTV 좀 부탁드립니다."

"여긴 됐고. 주차장 CCTV만 주시면 됩니다."

잠자코 있던 신재가 불쑥 나섰다. 관리인은 따라오라며 관리소로 향했다. 관리인을 따라가며 태을이 의아하게 신재를 보았다.

"여기 거를 봐야지. 송정혜 얼굴을 모르잖아."

"얼굴 알아."

처음 납골당에 왔을 때, 자신의 옆에 있던 여자의 얼굴을 신재는 기억하고 있었다. 그때에는 느끼지 못했는데 지금 생각하니 자신을 보고 황급히 자리를 떠났던 것도 같았다.

"근데, 이림은 또 누군데."

"이 모든 일의 시작. 그리고 내 생각엔⋯⋯. 형님을 이 세계로 데려온 사람."

두 사람의 얼굴이 굳어 있었다. 복잡하게 얽힌 머릿속이 어지러웠다.

어수선점

황실 전용기에서 내려서는 곤의 얼굴은 온통 비통함에 젖어 있었다. 환하게 떠오른 해가 무색했다. 곤의 마음은 밤보다도 더 어두운 칠흑과도 같았다.

검은 상복을 입은 궁인들이 전용기 앞에 도열했다. 근위대가 곤의 걸음을 지켰다. 계단을 밟고 내려와 땅을 디디던 곤의 의식이 순간 희미해졌다. 핏기 없이 희게 질린 얼굴로 곤은 정신을 다잡으며 걸음을 뗐다. 곤이 지나는 자리마다 궁인들과 종친들이 허리를 숙여 조아렸다. 애달픈 눈들이 곤의 뒤를 밟았다.

"……마마님!"

곤의 뒤에 섰던 모비서가 비명을 내지른 건 그때였다. 곤이 놀라 돌아보자 노상궁이 혼절한 채 모비서에게 안겨 있었다. 광경을 지켜보던 이들의 오열하는 소리가 커졌다. 이십오 년 만의 국장이었다. 간신히 버티고 있던 곤을 부영군의 부고가 결국 무너뜨렸다. 이십오 년 전과 같은 지점에 곤은 서 있었다. 핏빛의 폐허였다. 절망스러웠다. 또 한 명, 사랑하는 이가 떠났다는 사실이, 살아남은 것은 또 자신뿐이라는 사실이.

곤은 홀로 의전 차량에 올라 장례가 치러질 절로 향했다. 대한제국은 온통 슬픔에 잠겨 있었고, 거리에는 황실 문양이 새겨진 흰색 깃발이 나부꼈다. 시민 분향소가 세워진 광화문에는 훌륭한 황실의 어른이었던 부영군이자 뛰어난 의학박사였던 이종인 교수를 향한 조문 행렬이 길게 늘어섰다.

장례는 임시로 설치된 예장도감에서 예장으로 치러질 예정이었다. 의전 차량이 도착한 절에도 이미 수많은 곳에서 보낸 근조 화환들이 줄지어 있었다. 국제의료 구호산업의 수장으로서 수많은 개발도상국의 인명 또한 구해왔기에 주한대사들을 비롯한 각계 인사들도 조의를 표해왔다.

법당 한가운데 종인의 영정사진이 걸려 있었다. 미소를 짓고 있는 종인 앞에 곤은 침통한 표정으로 서 있었다. 어린 시절처럼 소리 내 울 수도 없었다. 곤은 허옇게 말라붙은 입술을 깨물며 슬픔을 삼켰다. 목탁 소리와 독경讀經 소리만이 법당을 지키는 근위대의 삼엄한 분위기 속에 울려 퍼졌다. 더는 종인의 웃고 있는 얼굴을 바라볼 수도 없어 곤은 텅 빈 눈으로 타들어가는 향로만을 바라보았다.

사진으로 남아 있는 종인과의 추억이 차례로 떠올랐다. 봄 소풍 때, 종인은 기꺼이 아버지 대신 어린 곤의 손을 잡고 웃어주었다. 종종 함께 바둑을 두었고, 새해면 어김없이 함께 해돋이를 보았다. 곤의 눈에 붉은 핏줄이 돋았다. 여러 번 울음을 참아낸 곤의 목울대가 울렁였다. 오늘만큼은 타이 때문에 목이 졸리는 듯한 기분도 참아낼 수 있었다. 종인을 보내는 것보다는 쉬웠기에. 그렇게 곤은 힘겹게 버티고 서 있었다.

"……총리님."

다른 이에게는 들리지 않을 작은 목소리로 김비서가 서령을 불렀다. 두 사람도 법당 한편에서 장례 의식에 참여 중이었다. 김비서가 서령을 부른 건 다름이 아니었다.

"방금……. 웃으셨어요."

그리 말하는 김비서의 표정에 당황이 어려 있었다. 서령이 작게 피식거린 것을 옆에 있던 김비서가 본 탓이다. 이 법당 어디에도 웃을 일 같은 건 없었다.

서령은 올라가는 입꼬리를 간신히 끌어내렸다. 서령은 곤을 뚫어져라 보고 있었다. 절망에 빠진 곤을 보는 기분이 꽤, 괜찮았다.

∞

장례식을 마친 다음 날, 곤은 종인의 집을 찾았다. 이번 사망 사건에 대한 모든 수사권은 황제에게 있었다. 모든 조사 또한 곤이 직접 진행할 예정이었다.

외국에서 돌아온 상주 승헌이 종인의 집에서 유품을 정리하고 있었다. 승헌의 입에서 날 선 말이 쏟아져 나왔다. 종인의 피가 흐른다고 생각하기 어려울 만큼 질이 낮기도 했다.

"자식 새끼까지 내팽개치고, 평생을 황실, 황실, 하다 가셨는데, 황족의 의복이 이게, 가구 꼬락서니 하며, 나 참."

승헌은 종인의 손때가 묻은 오래된 옷장부터 책상, 이곳저곳을 함부로 휘젓고 다니며 곤에게 들으란 듯 지껄였다.

"오늘 기사 보셨어요? '향년 76세, 한평생 국가와 황실에 헌신한 의롭고 소박한 삶이었다'. 의로운 거야 그렇다 쳐도 소박하단 프레임은 왜 씌우는 겁니까. 빌모레가 팔십인데 끝까지 부려먹어놓고는, 소박? 소박당했네. 우리 아버지 소박당했어."

곤은 거실 한편에 우두커니 서 있었다. 주먹에 힘이 들어가는 것을 느꼈다. 항상 종인의 가족들에게는 미안한 마음이 있었다. 아버지와 떨어져 살며 외국을 전전해야 했으니까. 그러나 대한제국에는 한 발짝도 들어오지 말라고, 황실 근처에는 얼씬도 하지 말라고, 종인은 승헌에게 유독 냉엄했다. 종인이 왜 그리 필요 이상으로 매정했는지 알 것도 같았다.

승헌은 종인의 장자였고, 종인이 없는 지금은 대한제국 계승 서열 2위가 될 터였다. 종인이 살아 있을 때도 늘 아버지만 없으면 서열 2위라고 생각했던 그였다. 그는 권력을, 황실을 탐내고도 남을 만한 이였다.

"그냥 이 집은 제가 쓰면 되겠죠. LA 집은 정리하고 있고, 입국일 정해지는 대로 병원도 정리하겠습니다. 황실 주치의도 그렇고 재단 일도 제가 보는 게 맞고……. 황실 병원 센터장 발표랑 계승 서열 발표는 같은 날 하시죠."

곤은 억눌린 발음으로 가볍기 그지없는 종인의 아들을 불렀다.

"형님."

"예, 폐하."

"형님께서는 대한제국에 못 들어오십니다."

승헌이 험악하게 얼굴을 구겼다.

"폐하."

"물론 제 뒤도 못 이으십니다. 대한제국 서열 2위는, 세진입니다."

"그런 게 어딨어. 누구 맘대로!"

"형님은 49재 이후 바로 출국하셔야 합니다. 황족으로서의 품위는 계속 유지시켜드리겠습니다."

그래도 종인의 핏줄이었다. 곤으로서는 관대한 처사였다. 그러나 곤의 말에 승헌의 눈이 완전히 돌아갔다.

"곤이 너, 야!"

"밖에 누구 없어!"

더는 승헌이 저에게 무례를 범하게 할 수 없었다. 곤은 분노하면서도 승헌이 죄를 더 짓지 못하게 말을 끊고 높은 목소리로 근위대를 불렀다. 무장한 근위대가 재빠르게 곤의 앞에 대기했다.

"지금부터 49재까지 부영군의 장자 이승헌의 모든 일거수일투족을 보고한다. 그리고 49재가 끝나는 즉시 이승헌을 출국시킨다."

"예, 폐하."

근위대가 승헌의 앞을 벽처럼 가로막고 섰다. 승헌이 소리치며 곤을 불러댔으나 곤은 들리지 않는다는 듯 그를 지나쳐 종인의 집을 나섰다. 승헌의 행보가 실망스러웠고, 종인의 빈자리가 뼈아팠다.

초췌한 얼굴로 궁으로 돌아온 곤은 종인과 함께 바라보았던 은행나무 앞에 서 천천히 눈을 감았다가 떴다. 나뭇가지만 앙상하게 남은 은행나무가 곤의 처참한 심정을 대변하는 듯했다. 그때 뒤편에서 곤을 부르는 이가 있었다. 이제 막 입궁

한 종인의 제자, 황교수였다. 황교수의 얼굴을 본 곤은 깊게 숨을 들이마셨다.

"부검이…… 끝났군요……. 듣겠습니다."

"사인은 경부 압박 질식사입니다. 강한 힘으로 목이 졸렸고 요……."

이어지는 황교수의 말을 곤은 아연한 표정으로 들었다. 황교수가 가방에서 반지가 들어 있는 봉투를 꺼내 내밀었다. 사망 직후 경직된 상태에서 용의자가 억지로 끼운 것 같다는 게 황교수의 소견이었다. 보고를 마친 황교수가 자리를 떠났다.

반지를 내려다보는 곤의 눈에 핏발이 돋았다. 이제는 흐려진 목 부근의 상처가 찌를 듯이 아픈 느낌이 생생했다. 이십오 년 전 밤, 자신의 목을 조르던 이림의 손에 이 반지가 끼워져 있었다. 곤은 그날과 같이 숨이 막혔다.

'이림은 숨을 생각도, 숨길 생각도 없었다. 결국, 내 아버지의 피 위에 나를 부르고, 당숙의 피로 나를 세우는구나.'

곤은 반지를 든 봉투를 꽉 움켜쥔 채 자신을 삼킨 절망을, 동시에 발아래에서부터 차오르는 분노를 느꼈다. 곤은 미동조차 하지 않은 채로 절망과 분노에 발이 묶인 채 한참을 서 있었다. 검은 코트가 지독히도 어울리는 모습이었다. 곤이 분을 참지 못하고 이림의 반지가 든 봉투를 집어던졌을 때였다.

바닥에 떨어져야 할 봉투가 허공에 떠올랐다. 시간이 또 한

번 멈춘 것이다. 이림이 다시 대한민국으로 넘어간다. 곤은
공중에 떠올라 있는 봉투를 확 낚아챘다. 그리고 넓은 보폭으
로 저벅저벅 복도를 걸어 나갔다.

　수를 세던 곤이 우뚝 멈춰 섰다. 시간의 흐름이 기이했다.
곤이 이상함을 느낀 순간, 시간이 다시 흐르기 시작했다.

　"폐하!"

　복도를 지나던 궁인들이 깜짝 놀라 조아렸다. 그들로서는
갑작스러운 등장일 터였다. 곤을 지키고 서 있던 호필과 근위
대도 놀라서 달려왔다.

　"폐하. 방금 정원에, 죄송합니다. 제가 깜빡 딴생각을……."

　"석부대장. 내가 궁을 비울 거야. 짧게 갔다 오려 하겠으나
길어질지도 모르겠어. 연락이 안 될 거고 공식적으로 나는 서
재에……."

　말을 잇는 사이 한편에서 모비서가 다급하게 뛰어왔다. 모
비서가 들고 있는 태블릿 PC에는 기사들이 띄워져 있었다.

　"폐하, 이것 좀 보셔야 할 것 같습니다. 오늘 낮부터 국민들
사이에 이런 뉴스가 돌고 있습니다."

　곤은 엷게 찌푸리며 태블릿 PC 화면을 확인했다.

　'황제 이곤, 국민들에게 정직하지 못한 이유'

　'잦은 황제의 출궁, 그는 어디로?'

　'알고 보면 텅 빈 황실, 국민은 뭘 믿나'

서재에 있었다고 기록된 시간들에 대한 의혹이 분명했다. 머릿기사가 하나같이 황실과 황제를 비난하는 어조였다. 황제는 공인이었고 황제의 일거수일투족은 제국민들에게 공유되어야 했기 때문이었다.

"일제히 이렇게 나오는 것이, 이건 분명 의도가 있습니다. 폐하."

"구총리가, 재갈을 당겼네요. 내 발을 묶는 쪽으로."

분명히 경고했었다. 재갈을 당기려 하지 말라고. 그럼에도 이렇게 나온다는 건 심경에 변화가 생겼거나, 무언가 믿는 구석이 생겼다는 뜻도 되겠다. 무엇일까, 곤은 화를 참으며 떠올렸다. 우선은 본인을 만나 이야기를 들어보는 게 확실할 것이다.

"지금 당장 총리실 연결하세요."

곤의 지시에 모비서가 서령에게 곧장 전화를 연결했다. 그러나 총리실에서는 서령이 병가 중이라는 답변만이 돌아왔다.

"어떻게든 구총리 찾아서 연결하세요."

곤이 짜증이 인 얼굴로 성큼성큼 걸어가며 자신을 따르는 호필에게 말했다.

"석부대장. 부영군 경호팀 근위대 일지 있지. 그것 좀 가져와. 최근 육 개월 일지 모두."

∞

서재에 틀어박힌 채 곤은 일지를 보며 부영군의 최근 행적을 쫓아나갔다. 이림이 대한민국으로 떠났음을 아는데도 궁을 떠날 수 없게 된 상황이었다. 우선은 이곳에서 이림의 흔적을 쫓는 수밖에 없었다.

본가, 대한대학교, 황실병원, 학회, 도서관, 본가, 대한대학교……. 일지에 적힌 장소들에 특이점은 없었다. 그럼에도 곤은 포기하지 않았다. 이제 겨우 삼 개월 전 종인의 흔적에 닿아 있을 뿐이었다. 어딘가에 이림의 흔적이 남아 있을 수 있었다.

곤이 한창 집중하던 때에 노크 소리와 함께 모비서가 들어왔다.

"폐하, 죄송합니다. 구총리와 전혀 연락이 닿지 않습니다. 사저에서 일절 나오지를 않고 관계 부처들의 모든 보고도 서면으로 받고 있답니다. 사람을 보내볼까요."

"……그럴 필요 없습니다. 내가 했던 방법 그대로, 내게 되갚는 중이네요."

서령의 속내가 쉽게 잡히지 않았다. 곤의 미간이 깊이 패였다.

"구총리도 도착하고 싶은 어딘가가 있는 듯하니, 기다려보죠. 노상궁은요."

"아, 말씀드린다는 게. 폐하께서 보내신 죽을 반 넘게 드셨습니다. 걱정 마세요."

곤만큼이나, 아니 그보다 더 오랜 세월 종인을 가까이에서 봐온 노상궁이었다. 그녀의 상심이 이해가 되면서도 연로한 몸이 축나지는 않을까 걱정이었다. 더는 아끼는 이를 잃고 싶지 않았다. 착잡한 심정으로 곤은 끄덕였다.

어두운 밤이 지나고, 아침이 밝아올 때까지도 곤은 책상에서 일어나지 않았다. 곤은 계속해서 다음 장으로 서류를 넘겼다. 어떤 기호라도 찾고 싶었다. 서류를 넘기는 손짓이 절박하기까지 했다. 글자를 읽어내려가던 시선이 한 부분에서 멈췄다.

본가, 대한대학교, 부산-낮은 동네 어수서점, 본가……. 종인이 부산에 와 서점에 갔었다. 그리고는 다시 서울의 본가로 돌아갔다.

"낮은 동네, 어수서점……. 부산에 오셔서 오직 서점만……. 무슨 기호일까. 당숙의 이 걸음은."

곤의 옆을 지키고 있던 호필이 즉시 확인해보겠다며 나설 때였다. 곤이 자리에서 벌떡 일어났다. 호필이 놀라 곤을 보았다.

— 옮길 운運에 목숨 명命. 내 모든 생을 걸고 옮기는 걸음

이, 바로 운명이니까요.

붉은 해를 보며 종인이 건넨 말이었다. 곤은 그 말을 가슴 깊숙이 새겼었다.

"내가 일지를 확인해볼 걸 아신 거야."

곤의 눈빛이 거칠게 빛났다.

"근위대 1조 무장하고 따라와."

"네, 폐하. 근위대 1조 지금 즉시 전원 무장한다."

호필이 무전기로 근위대를 부르며 앞서 걷는 곤을 따라나섰다.

∞

어둡고 습한 지하 감옥의 한가운데, 김기환과 이상도가 곤의 발아래 무릎 꿇려졌다. 묶인 채인 그들의 몸이 바닥을 나뒹굴었다.

"몰라 묻는 것이 아니라 목숨을 구하라 묻는다. 어수서점을 아느냐. 먼저 고하는 자는 살 것이나 침묵하는 자는, 참수할 것이다."

김기환과 이상도는 같은 이림의 사람이나 근본적으로 다른 이들이었다. 김기환은 대한제국에서 오래 이림을 따랐다. 이상도는 대한민국에서 대한제국으로 넘어와 심어진 이였

다. 곤을 노려보며 입을 굳게 다문 김기환과 달리 이상도가
재빨리 입을 열었다.

"전 모릅니다! 전 진짜 아무것도 모릅니다! 서점엔 가본 적
도 없습니다!"

"넌 날 못 죽여. 넌 날 추궁해 금친왕 전하께 닿아야 하니까.
안 그래?"

동시에 호필이 총을 장전해 김기환의 머리에 가져다 댔다.
곤의 눈빛이 싸늘하게 식었다.

"네놈이 뭘 알던 그 정보로는 이림에게 닿지 못한다. 네놈
은 입을 열어도 될 만큼만 알 테니까. 그리고 무엇보다, 네놈
에게 아무것도 알고 싶지 않아졌다."

당당하던 김기환의 얼굴에 불안이 어렸다. 그러나 그는 더
욱 큰소리를 치며 객기를 부렸다.

"어, 그럼 당겨. 당겨봐. 죽일 수 있겠거든 어디 죽여보라니
까!"

"그래서 죽일 거야."

총구를 머리로 밀어내며 패악스럽게 굴던 김기환의 눈빛
이 일순 흔들렸다. 무언가 달라진 분위기를 눈치 챈 이상도가
바닥에 납작 엎드려 소리쳤다.

"폐하, 폐하, 폐하! 살려주세요! 저 새끼들이 좋은 데 있다
고 속여서! 저 다시 돌아가고 싶습니다, 돌아가겠습니다!

폐하!"

"늦었다. 네놈의 세계에서 네놈은 이미 죽었다. 네놈 손으로 지은 죄일 테니 더 잘 알겠지. 네놈은 두 세계를 혼란하게 한 죄를 이곳에서 살아 치를 것이다."

뒷짐을 지고 선 곤이 근위대 중 하나에게 눈짓하자 근위대원이 이상도를 짐짝처럼 질질 끌고 갔다. 끌려가면서도 이상도는 살려달라 애원했다. 김기환이 입가를 비틀며 곤을 비웃었다.

"참수? 웃기지 마. 대한제국법으로 참수 없어진 지가 언젠데……."

"네놈이 역적 잔당이라 잊었구나. 황제의 언은 곧, 법法이다. 근위대는 들어라. 침묵을 선택한 역적 잔당 김기환을, 참수한다. 황명이다."

"예, 폐하!"

근위대 여럿의 목소리가 하나처럼 크게 울렸다. 곤이 즉위한 후 처음으로 발효되는 황제특별법이었다. 현실을 외면하던 김기환의 얼굴이 백지장처럼 새하얗게 질려서는 무언가 외치려 했으나 입에 재갈이 물려졌다. 반대편에 있던 근위대원이 김기환의 얼굴에 검은 복면을 씌웠다. 순식간에 김기환의 시야가 새카매졌다. 욕망에 눈이 먼 역적의 마지막은 이래야 마땅했다.

∞

서점 앞에 선 소년이 요요를 바닥으로 굴렸다. 피처럼 붉은 실이 천천히 멀어졌다가 다시금 짧아지며 소년의 손안으로 돌아왔다. 낮은 동네는 루나의 구역이기도 했다. 때마침 루나가 소년의 앞에 나타났다. 소년은 언젠가 루나에게서 받은 검은색 토끼 후드를 입고 있었다. 소년이 후드 주머니에서 잭나이프를 꺼내 루나에게 내밀었다.

"여기 들어 있었어."

루나는 주머니에 손을 집어넣은 채 멍한 얼굴로 소년을 보았다.

"그거 찾으러 온 거 아니야. 너 가져. 그걸로 니 거 잘 지켜."

며칠 전 루나는 이림을 만났다. 그리 즐거운 만남은 아니었다. 납치되었고, 어느 염전 창고에 갇힌 채 마주했으니까. 이림은 루나의 앞에 루나와 똑같은 얼굴을 가진, 다른 이름을 한 이 신분증을 내밀었다. 정태을. 그녀의 이름이었고, 경찰은 그녀의 직업이었다. 경찰에게 쫓기기만 하며 살아온 루나에게는 우스운 일이었다. 얼굴은 같은데 너무 다른 삶이었다. 부모의 사랑을 받으며 컸다. 그리고 무엇보다 건강했다.

진창을 구르며 살다가 종래에는 시한부 인생이 되어버린 자신과 너무나 달랐다. 태을의 삶 자체가 루나에게는 상처였다. 자신의 삶이 얼마나 초라한지 비추는 거울 같았다. 그런데 이림은 그 삶을 자신에게 주겠다고 했다. 단 한 번의 기회였고, 잃을 것 없는 루나는 끄덕였다.

그래서 루나는 태을의 삶을 뺏으러 가던 길이었다. 루나는 목에 걸려 있던 목걸이를 빼 소년의 목에 걸어주었다. 목걸이에는 루나의 쓰러져가는 승합차 키가 걸려 있었다. 오래된 승합차는 루나의 집이기도 했다.

"내 차 어딨는지 알지? 그것도 너 가져. 그 안에 있는 것도 전부 다. 대신 루나 밥 좀 잘 챙겨줘."

루나가 돌보는 길고양이의 이름이 루나였고, 루나는 그 고양이의 이름마저도 훔쳐 썼다. 소년의 반들반들한 눈동자가 루나를 비췄다.

"어디 가?"

"어. 좀 멀리."

"또 뭐 훔치러 가?"

루나는 멈칫하며 소년을 보았다.

"……넌 신이 있다고 믿어?"

소년이 망설임 없이 고개를 끄덕였다.

"그럼 난 벌 받겠다."

무미건조하게 중얼거린 후 떠나려던 루나가 소년에게 한 번 더 물었다. 요요의 붉은 실이 눈에 띄었기 때문이었다.

"근데 그 요요 말이야. 왜 붉은 실이야?"

"내가 엮었거든."

"그런 말은 어디서 배웠어. 다시 엮어, 끊어질라. 안녕."

"그래, 안녕."

소년은 멀어지는 루나를 보며 다시금 요요를 한 번 세게 튕겼다. 구체가 빠르게 돌며 오르락내리락하기를 반복했다.

태을과 신재는 이림의 정체를 모르는데, 그들 쪽은 두 사람을 이미 알고 있었다. 따라서 태을과 신재의 수사보다도 이림의 움직임이 한발씩 더 빨랐다. 이림의 부하, 조열이 신재에게 접근해 왔다. 조열과 난투극을 벌인 신재는 온통 피투성이였고, 신재의 손에는 2G 폰만이 남아 있었다. 가지고 있으면 연락이 올 거라고……. 다른 이들에게 쓴 수법도 이런 식이었을 것이다.

태을은 과학 수사팀에 2G 폰에 남은 지문 감식을 맡기고 집으로 돌아가는 길이었다. 곤과 처음 만났던 광화문 사거리는 지날 때마다 곤을 떠올리게 했다.

태을의 생각보다도 곤이 더 늦어지고 있었다. 이제는 오지 않을까, 내일은 오지 않을까, 기대했다가 실망하기를 반복했다. 어서 곤을 만나 따져 묻고 싶은데 그럴 기회조차 주어지지 않았다. 원망할 수도 없었다. 장연지의 죽음과 신재의 뒤에 붙은 이림의 부하까지, 대한민국에서도 이렇게 하루가 멀다고 이림의 수작이 계속되는데 제국에서도 분명 여러 일이 벌어지고 있을 게 뻔했다.

터덜터덜 걸어가던 태을의 시야에 익숙한 옆모습이 걸렸다.

"저기요, 잠깐만요!"

태을은 다급히 여자를 불러 세웠다. 머리를 하나로 질끈 묶고, 청바지를 입은 캐주얼한 차림이었다. 너무나 다른 분위기였다. 그러나 분명히 같은 얼굴이었다. 돌아본 여자의 얼굴은 서령과 똑같았다.

"무슨 일이시죠?"

"……실례하겠습니다. 신분증 제시 부탁드립니다. 경찰입니다."

태을의 요구에 서령과 같은 얼굴을 한 이가 조금 미심쩍게 태을을 보았다.

"근데 보통은 경찰이 먼저 신분증을 제시하지 않나요? 범죄자 같은데, 경찰 아니고."

신재의 피가 태을의 옷에도 묻어 있었다. 피 묻은 셔츠 끝에 여자의 시선이 머무르고 있음을 깨달은 태을이 얼른 신분증을 내밀며 자신의 소속을 밝혔다. 여자가 신분증을 유심히 보더니 끄덕였다. 그리고 지갑에서 신분증을 꺼냈다.

"제가 이런 일을 처음 당해봐서요."

구은아. 신분증에 적힌 여자의 이름이었다.

"생년월일이 어떻게 되시죠?"

"820726. 제가 뭐 잘못했나요?"

"아닙니다. 확인됐습니다. 가셔도 좋습니다."

"이게 뭐라고 되게 떨리네요. 수고하세요."

신분증을 돌려받은 여자가 다시금 가던 길로 걷기 시작했다. 태을은 멍하니 여자의 뒷모습을 보았다. 그저, 서령과 같은 얼굴을 한 다른 이일까. 영과 은섭처럼, 나리와 승아처럼. 분명히 서령의 다른 존재도 대한민국에 존재할 것이다. 그런데도 태을은 쉽게 눈을 뗄 수가 없었다. 다른 사람일 텐데, 같은 사람인 듯해서.

"어, 아부지."

본능적으로 서령의 뒤를 쫓던 태을의 정신을 깨운 건 정관장으로부터 걸려 온 전화였다.

"가는 길이야. 마트에서 만나."

태을은 아버지의 물음에 답하며 집 쪽으로 발길을 돌렸다.

∞

집 근처 마트에서 태을과 정관장은 익숙하게 장을 봤다. 정관장이 카트를 밀고, 태을은 마트에서 나눠준 홍보 전단지를 보며 꼼꼼하게 물건을 골라 넣었다.

"다음은…… 생수."

태을의 말에 정관장이 한편에 있던 생수 묶음을 들어 카트에 넣었다. 카트 안은 이미 장을 본 물건들로 꽉 차 있었다. 태을이 힐끔 카트 안을 보고는 정관장을 흘겼다.

"쫌 뭐 붙은 걸로 사라고!"

덤으로 작은 생수병이 몇 개 더 붙은 생수 묶음을 다시 카트에 넣으며 태을이 물었다.

"삼겹살은 받았어?"

태을의 핀잔에 입을 비죽이던 정관장의 표정이 대번에 밝아졌다.

"삼겹살 샀어? 애가 통이 커."

신이 난 걸음으로 정관장이 카트를 밀어 정육 코너로 향했다. 태을이 미리 주문해놓은 삼겹살을 찾기 위해서였다.

"삼겹살 포장 다 됐나요?"

"어? 아까 드렸는데?"

정관장의 물음에 직원이 당황하며 태을을 봤다. 태을은 고개를 저었다.

"저한테요? 아닌데? 우리 저쪽 돌고 막 왔는데요? 아부지가 받았어?"

"안 받았는데? 난 뭐든 받을 땐 떳떳하게 받는 스타일인데. 어? 네가 받았네, 여기 있구만."

"있어? 아부지가 자꾸 정신없게 구니까 헷갈렸잖아. 가, 빨리. 죄송합니다."

가끔 가다 이렇게 정신없을 때가 있었다. 전단지에 나온 제품이랑 다른 물건이랑 비교하면서 고르느라 헷갈렸나 보다고 생각하며 태을은 정관장과 함께 정육 코너를 떠났다. 직원이 그런 두 사람을 배웅했다. 다른 손님의 고기를 썰기 위해 장갑을 끼던 직원이 다시금 태을의 뒷모습을 보았다. 분명히 태을과 똑같이 생긴 여자 손님이 고기를 받아 갔었다.

"아까 저 옷이었나?"

머리카락도 더 짧았던 것 같기도 했다. 직원은 고개를 갸웃거렸다.

틱, 틱, 틱―. 어떠한 소음도 없이 고요한 집무실 안, 곤은 집무실 벽에 걸린 벽시계를 뚫어지게 보고 있었다.

'……57247093699959574966967627724076630353 54759457138217!'

3,481초.

곤은 마지막으로 시간이 멈췄을 때의 시간을 세고 있었다. 3,481초였다. 처음 시간이 멈췄을 때는 수를 세지 못했다. 두 번째에는 121초였고, 다음은 841초, 다음은 961초, 그리고 그다음은 2,209초였다. 종인의 반지가 허공에 떠오른 채로 멈췄을 때가 2,809초.

그리고 또 한 번 시간이 멈췄다. 3,481초 동안. 너무 오래였다.

곤은 마커펜을 든 채로 칠판 위에 소수의 제곱을 암산해 적어나갔다. 손이 머리의 계산을 따라가지 못할 만큼 빠른 속도였다. 숫자를 이어나갈수록 곤의 얼굴이 어두워졌다. 믿고 싶지 않았다. 곤이 칠판에 85849까지 적었을 때, 펜 끝이 뭉개지며 숫자를 쓰던 곤의 손이 미끄러져 내렸다.

멈추는 시간이, 소수의 제곱으로 늘어나고 있었다. 이 속도면, 예순두 번째에는 하루가 멈추는 셈이 되고. 이대로 가면 어느 순간에는…… 태을과 곤의 세계가 영원히 멈추는 순간이 오고야 마는 것이다.

안 돼, 안 된다고, 소리라도 치고 싶었다. 눈앞의 칠판에는 막막하고도 암담한 숫자들이 끝없이 펼쳐져 있었다.

상황은 점점 더 안 좋은 쪽으로만 흐르고 있었다. 곤은 주먹을 쥔 채 칠판에 기대어 섰다. 태을이, 미치도록 보고 싶었다. 울고 있지는 않을까 걱정이 됐다. 시간이 영원히 멈출 수도 있다는 깨달음은 곤을 좌절하게만 했다. 어지러움이 밀려와 눈을 감은 곤이 신음할 때였다.

노크 소리와 함께 호필이 들어왔다. 곤이 돌아서 호필이 건네는 봉투를 받았다.

"폐하, 어수서점 찾았습니다. 이 간나 새끼가 주인입니다."

곤은 빠르게 봉투를 열었다. 봉투 속의 사진은 경무였다. 역모의 밤, 총을 맞고 쓰러지던 경무의 모습이 떠올랐다.

"살아 있었네. 감히 네놈이, 살아 있었어⋯⋯!"

지체할 것 없었다. 피가 흥건한 바닥 위에 곤을 세운 이들이었다. 그 피는 곤의 혈육의 피였고, 충성스럽고 무고한 근위대의 피였다.

"금일 밤, 역적 잔당의 근거지인 어수서점을 친다."

앞장서 나가는 곤의 그림자가 선명했다.

$$\infty$$

근처에 거주하는 이들을 대피시키고 서점 골목으로 들어오는 통로를 막았다. 서점 인근의 건물 옥상에는 혹시 모를 상황을 대비해 저격수들이 배치됐다. 경찰과 함께 빠르게 서점을 둘러싼 주변을 정리한 근위대를 이끌고 호필이 우두커니 선 곤의 앞에 나타났다.

"주변 정리 끝났습니다. 생포합네까?"

곤은 그 어느 때보다 차갑게 분노로 얼어붙어 있었다. 허름한 서점의 간판을 무심한 눈으로 본 곤이 마침내 명했다.

"죽여라."

커다란 굉음과 함께 유리창이 깨졌다. 산산조각이 난 유리 조각이 서점 안으로 쏟아져 내렸다. 서점을 지키고 있던 경무가 놀라 벌떡 일어섰다. 근위대가 경무를 향해 총을 겨누며 다가오고 있었다.

욕심에 눈이 먼 경무가 그 순간에도 서점 계산대 위에 쌓여 있던 지폐 다발을 챙기려들 때였다. 서점 뒷문에서 검은 옷을 입은 살수대가 우르르 쏟아져 나왔다. 살수대를 향해 총격이 가해졌다.

'탕! 탕! 탕!'

살수대와 근위대가 맞붙었다. 해운대와 같은 상황이었지만, 이번에는 달랐다. 근위대에게는 지켜야 할 대한제국민이 없었고, 역적 잔당을 처분하는 그들의 총구는 망설임이 없었다. 살수대 중 일부가 도망치듯 바깥으로 빠져나가고 있었다. 서점 바깥에서도 총성이 울려 퍼졌다. 좁고 험한 길목에서 살수대는 완전히 궁지에 몰렸다.

우르르 반대편에서 튀어나온 살수대까지 바깥에 대기 중이던 이들이 하나씩 제압해나갔다. 신음과 핏방울이 난무했다.

'탕!'

창문 밖에서 날아온 총알이 지폐 다발을 챙겨 도망치려던 경무의 심장을 관통했다. 공중으로 곤의 얼굴이 새겨진 지폐가 산산이 흩어졌다.

숨이 끊겨가는 와중에도 경무의 손이 더듬더듬 지폐를 집어 들고 있었다. 그 욕심이 끔찍했다.

"이래서……. 컥……, 내가 사람 속 모른다고……!"

숨을 헐떡거리면서도 마지막까지 분노에 찬 말을 내뱉던 경무가 눈을 뜬 채 사망했다.

숨어 있던 살수대까지 모조리 처리한 호필과 근위대가 서점 안으로 진입했다. 곤은 근위대의 엄호를 받으며 서점 안으로 저벅저벅 들어섰다. 곤의 시야에 바닥에 쓰러진 경무가 들어왔다.

"왼쪽 어깨에 총상이 있는지 확인해라."

호필이 빠르게 경무의 옷을 들춰 어깨를 확인했다. 아무 상처도 없이 깨끗한 어깨였다. 곤이 찾으려던 대한제국의 유경무가 아니었다. 그는 대한민국에서 온 유조열이었다. 이림은 대한제국의 경무와 대한민국의 조열을 바꿔치기했다. 곤은 끓어오르는 분을 삼키며 엉망이 된 서점 안을 한 바퀴 돌아보았다. 근위대가 죽은 살수대의 지문을 찍고 서점을 뒤지며 증거를 찾고 있었다.

무엇일까, 이 기호는……. 시간이 한 번 더 멈췄었다. 대한민국에서 다시 대한제국으로. 그리고 이림의 오른팔인 경무를 미리 바꿔치기했다. 곤보다 한발 더 빨랐다. 이제 와 이림에게는 위협도 되지 않을 종인을 죽였다. 그것은 곤을 절망에 빠뜨리고, 무너뜨리기 위함이었으리라.

"……!"

경찰서에서 보았던 루나의 머그샷까지 떠올린 곤의 얼굴에서 핏기가 가셨다. 태을이다. 이림의 다음 목표는.

"석부대장. 지금 즉시 이곳에서 철수하고, 금군 소집 명령을 내린다. 근위 보병대와 근위 기병대는 전원 무장 후 대기한다."

저물어가는 노을 가운데 저를 보고 환하게 웃던 태을의 얼굴이 곤의 눈앞을 스쳐 지났다. 숨이 턱 끝까지 차는 기분이었다. 어떠한 상상만으로도 숨을 쉬기가…… 힘들었다. 곤은 듣지 못할 태을에게 간절히 빌었다.

'조금만, 조금만 버텨, 정태을 경위. 내가 갈게. 내가 반드시 찾아낼게. 어딘가에, 서 있어만 줘.'

∞

어둡고 습한 공간, 바닥의 찬기가 뼛속까지 새어 들어왔다. 코끝으로 짠 내가 스몄다. 가까스로 눈꺼풀을 들어 올렸으나 몽롱한 시야에 보이는 것은 어둠뿐이었다. 손은 뒤로 묶여 있었고, 입에는 테이프가 붙어 있었다.

태을은 아침의 일을 떠올렸다. 도장에서 새벽 운동을 하고, 냉장고에서 꺼낸 생수를 마셨을 때였다. 마트에서 산, 덤으로 받은 생수였다. 갑작스럽게 시야가 흐릿해지고 어지러움을 느끼며 태을은 쓰러졌다. 그 뒤로는 기억이 뚝 끊겨 있었다.

느릿하게 눈을 깜박인 태을은 다시금 주변을 살폈다. 눈이 어둠에 적응하자 벽면에 수북하게 쌓인 소금 포대가 보였다. 염전 창고 같은 곳인가. 태을은 가까스로 몸을 움직였다. 희미한 빛이 새어 나오는 곳으로 향하자 바깥에 창고 앞을 지키고 선 이들이 보였다. 드럼통에 피워 놓은 불가에 모여 담배를 피우며 낄낄대고 있는 검은 옷의 사내들이 여덟이었다. 그중 하나의 허리춤에 차키가 매달려 달랑이는 게 보였다.

어질어질한 정신으로 태을은 차키를 든 사내의 얼굴을 확인했다. 몸에 약 기운이 남아 있는지 힘이 들어가질 않았다. 지금으로서는 아무것도 할 수 있는 게 없었다. 태을은 정신을 잃지 않으려 애썼다. 문득 고개를 돌린 태을의 시야에 한 소년이 보였다. 소년이 빤히 태을을 보고 있었다. 이런 창고에 어린애가 있을 리가 없는데, 생각하던 때였다. 담배를 피우던 남자 중 하나가 태을 쪽으로 다가왔다.

곧바로 남자는 푹, 태을의 목덜미에 거침없이 주사 바늘을 찔러 넣었다.

"다음 지시 있을 때까지 쭉 재워. 죽이지는 말고. 깨면 골치 아파."

남자의 목소리가 아득히 멀어졌다. 태을은 그대로 다시 한 번 쓰러졌다.

약에 취했던 태을이 깨어난 건 다음 날이 되어서였다. 태을은 인상을 찌푸리며 눈을 떴다. 따끔거리는 고통을 느낀 것도 잠시, 곧 입안으로 공기가 들어왔다.

"어?"

태을의 입에 붙어 있던 테이프를 떼어낸 것은 어제 잘못 본 줄 알았던 소년이었다. 소년은 검은색 토끼 후드를 입고 있었다. 혼미한 정신을 추스르며 태을이 낮은 목소리로 더듬더듬 말했다.

"애기가…… 왜 이런 데 있어. 얼른…… 도망쳐."

"난 위험을 알려. 그리고 적병을 물리치지."

"뭐라고?"

태을은 정신을 차리려 머리를 흔들었다. 그러다 문득 소년이 이전에 신분증을 잃었을 때 만났던 소년이라는 것을 깨달았다. 그런 상황이 아니었음에도 태을은 소년이 이곳에 있다는 게 신기하고 반가웠다. 소년 특유의 태연하고 신비한 분위기 때문일지도 몰랐다.

소년은 루나가 건넸던 잭나이프로 태을의 손을 묶고 있던 줄까지 풀어냈다. 태을은 멍하게 소년의 손놀림을 보고 있었다. 소년이 어떻게 감시를 피해 이곳에, 여기까지 온 건지, 어째서 자신을 구하고 있는 것인지. 무슨 상황인지 판단이 잘 서지 않았다. 빠르게 굴러가야 할 머릿속이 여전히 흐릿하기만 했다. 결박을 전부 푼 소년은 태을에게 제가 들고 있던 잭나이프를 건넸다.

"균형을 잡는 거야. 적이 너무 많잖아."

얼떨결에 잭나이프를 받은 태을이 떨리는 눈으로 소년을 향해 물었다.

"너 뭐야……. 누구야……!"

소년은 답 없이 태을을 내려다보고 있었다. 그때 창고 안이 밝아지며 문이 열렸다.

"여자가 깼어!"

태을이 깨어 있는 것을 발견한 남자가 소리쳤다. 태을이 벌떡 일어나며 소년을 자신의 등 뒤로 숨겼다.

"빨리 도망쳐!"

"잡아! 놓치면 안 돼!"

동시에 남자들이 태을을 향해 달려왔다. 그중 맨 앞에 선 남자의 손에는 총이 쥐어져 있었다. 태을은 본능적으로 몸을 움직여 남자의 다리를 발에 걸었다. 갑작스러운 태을의 공격에 남자가 넘어졌다. 태을은 빠르게 남자의 허벅지를 쥐고 있던 잭나이프로 찔렀다. 쓰러진 남자에게서 총을 빼앗은 태을은 남자들을 향해 조준했다.

"윽!"

남자들이 신음하며 차례로 쓰러졌다. 태을은 재빨리 어제 얼굴을 외워두었던 남자의 몸에서 차키를 빼냈다. 소년은 이미 그 자리에 없었다. 태을은 남은 힘을 다해 문을 향해 달렸다.

쾅, 커다란 창고 문을 열고 나오자 강렬한 햇볕이 눈을 찔렀다. 태을은 질끈 눈을 감았다가 떴다. 끝이 보이지 않는 염전이 눈앞에 펼쳐져 있었다. 물의 표면에 반사된 빛이 일렁였다. 바깥쪽 길가에 차 두 대가 서 있었다. 태을은 차키를 눌러 불이 들어오는 차량을 확인했다. 뒤편에서 따라붙은 남자들이 소리를 지르며 뛰어오는 게 보였다.

온몸이 식은땀 범벅이었다. 이를 악문 채 태을은 차를 타고 달렸다. 남자들이 탄 차가 바짝 달라붙어 태을의 차를 노리고 있었다. 태을은 거칠게 액셀레이터를 밟았다. 고속도로에 진입하며 태을은 휴대폰을 찾으려 주머니를 뒤적거렸다. 그러나 잡히는 게 없었다.

"아, 핸드폰. 서울로 가려면……."

룸미러로 뒤따라오는 차를 살피면서 이정표를 확인한 태을의 표정이 경악에 젖었다.

"뭐야, 부산 본궁? 여기 대한제국이야……?"

납치되어 온 곳이, 대한제국이었다.

∞

파바박, 용접을 하는 이의 손끝에서 불꽃이 거세게 튀었다. 바다를 두고 세워진 조선소는 늦은 밤까지도 용광로의 불이 활활 타오르는 가운데 인부들이 분주히 움직이고 있었다. 그 사이를 이림과 경무가 걸었다.

"서점이, 안채에 있던 애들도 모두…… 사살되었답니다."

송구스러운 듯 경무가 고개를 숙였다. 아무렇지 않게 걷고 있던 이림이 걸음을 멈추고 의외라는 눈빛으로 경무를 바라보았다.

"성군聖君이신 줄 알았더니 피도 뿌리는 군주셨던가, 조카님이."

검은 옷을 입은 남자가 절뚝거리며 이림과 경무에게 다가와 그 앞에 무릎을 꿇었다. 남자의 얼굴이 피범벅이었다. 염전 창고를 지키던 살수대 중 하나였다. 이림의 미간이 굳었다.

"여자를…… 놓쳤습니다. 죄송합니다. 서넛이 바짝 쫓고 있으니까 곧……!"

남자가 말을 끝마치기도 전에 분을 이기지 못한 이림이 들고 있던 우산에서 칼을 뽑아 남자를 베었다. 팟, 이림의 얼굴에 남자의 피가 튀었다. 바쁘게 일하던 이들이 일손을 놓고 쓰러진 남자를 보았다.

"본궁을 향해 가고 있을 게다. 잡아라. 이곤은 그년의 시체라도 구하려 할 것이니, 죽여서라도 끌고 와라. 그년과 맞바꿀 것이 있단 말이다!"

피에 물든 이림이 광기에 젖은 채 소리쳤다. 이림의 외침에 인부들이 곧바로 고개를 숙였다.

"예, 금친왕 전하!"

커다란 외침과 함께 인부들이 달려 나갔다.

얼마나 달려왔을까. 태을은 핸들을 놓고 지친 몸을 시트에 묻었다. 주사를 맞고 쓰러졌던 몸은 너덜너덜하기 짝이 없었다. 무엇 때문에, 왜 쫓기고 있는지도 모르는 채로 한참이 지났다. 가까스로 거리를 벌렸지만 언제 남자들이 탄 차가 뒤쫓아올지 몰랐다. 그러나 더는 차를 타고 갈 수도 없었다. 연료가 떨어져 시동이 꺼졌기 때문이었다. 태을은 절망했다. 형사 생활을 하며 많은 위기 상황을 맞았지만, 오늘에야말로 죽음이 목전에 다가온 기분이었다.

"……하."

잠시도 쉴 틈이 없었다. 한숨을 내쉰 태을은 가지고 온 총의 탄창을 확인했다. 세 발이 남아 있었다. 태을은 총을 든 채로 차에서 내렸다. 인적이 드문 도로변이었다. 먼 곳에서 도시의 불빛이 일렁이고 있었다. 부산 도심이 먼 듯 가까웠다. 도심을 바라보고 선 태을의 뒤에서 전조등 빛이 쏟아졌다. 태을은 두려운 눈으로 뒤를 보았다. 남자들의 차가 태을을 향해 맹렬히 달려오고 있었다.

한 번 더 한숨을 내쉰 태을은 아랫입술을 꽉 깨물었다. 더, 단단해져야 했다. 호흡을 가다듬은 태을은 차의 바퀴를 향해 총을 조준했다. 탕, 방아쇠를 당기자 날아간 총알이 정확히 차의 앞바퀴에 가 박혔다. 고요한 도로변에 거대한 폭발음이 일었다. 남자들이 탄 차가 뒤집히며 가드레일을 뚫고 논밭 아래로 굴러떨어졌다. 태을은 불빛을 향해 하염없이 달리기 시작했다.

땀에 젖은 머리카락은 헝클어진 채였고, 입술은 보기 흉하게 갈라져 있었다. 점점 다리의 힘이 풀려갈 때였다. 여전히 인적 없는 도로 위였다. 조금만 더 가면 될 것 같은데, 자꾸만 멀어졌다. 정신이 가물해질 때마다 태을은 살고 싶어졌다. 곤을 만나야 했다.

태을의 눈에 공중전화 부스가 보였다. 태을은 절박하고 다급한 마음으로 공중전화 부스 안으로 달려들었다. 거칠게 수화기를 집어 들고 긴급 버튼을 누르려다가 위쪽에 붙은 포스터를 발견했다.

'2020 신년맞이 황제 폐하께 인사말 전하기'

황실의 문양이 새겨진 포스터에는 음성 메시지를 남길 수 있는 전화번호가 적혀 있었다. 태을은 울컥하는 마음을 겨우 추스르며 포스터에 적힌 번호를 꾹, 꾹, 눌렀다.

—삐 소리가 나면 대한제국 황제 폐하께 일 분간 신년인사를 남겨주세요.

삐, 하고 울리는 기계음이 태을의 심장을 더욱 거세게 뛰게 했다.

"이곤……."

이름을 부르는 것만으로도 감당할 수 없는 불안이, 너무나 큰 안도가 동시에 찾아와서 태을은 그대로 무너지고 싶었다. 그러나 태을은 울음을 참으며 메시지를 녹음하기 시작했다. 이렇게 무너질 수는 없었다.

"나야, 정태을. 믿기지 않겠지만 나 지금 대한제국에 있어. 누군가한테 쫓기고 있는데……. 나는 지금…… 궁 쪽으로 가고 있어……. 얼른 갈게. 내가 지금 가고 있으니까……!"

—녹음이 완료되었습니다. 이용해주셔서 감사합니다.

전화가 끊긴 기계음이 반복해 들려왔다. 태을은 빈 수화기를 붙잡고 울먹였다.

"이거 들으면……. 나 찾아줘……."

그렁하던 눈가에서 눈물이 한 방울 흘러내렸다. 적요한 도로 위에 굉음이 일었다. 태을은 번뜩 고개를 돌렸다. 커다란 트럭이 공중전화 부스를 향해 내달리고 있었다. 태을은 부스 밖으로 몸을 날렸다. 태을이 몸을 날리기 무섭게 트럭이 부스를 들이박았다. 간발의 차이로 몸을 피한 태을의 위로 요란한 소리와 함께 유리 조각들이 쏟아졌다. 날카로운 유리와 공중전화 부스의 파편들이 태을의 몸을 찔러댔다.

여기저기 찢기고 부딪쳐 성한 곳이 없는 태을은 그대로 바닥에 쓰러졌다. 트럭에서 사내가 내려 쓰러진 태을을 확인하려 할 때였다. 태을은 온 정신을 가다듬고 일격을 가했다. 한쪽에서 사내들이 우르르 몰려왔다. 이림이 보낸 살수대였다. 태을에게 남은 건 두 발의 총알뿐이었다. 살수대는 수십이었고. 덜덜 떨리는 손으로 태을은 살수대를 겨눴다. 어떻게든 버티고 싶었다.

제발, 제발.

죽음의 신이 제 앞에 손을 내밀고 있는 것 같았다. 이렇게 끝나는 건가, 태을이 끝을 예감할 때였다.

태을의 머리 위로 불이 밝혀졌다. 헬기가 비춘 조명이었다. 태을은 놀란 채 뒤에서 달려오는 수십의 기마대를 바라보았다. 그 선두에 맥시무스를 탄 곤이 있었다. 곤은 엉망이 된 채 멀리 서 있는 태을을 발견하고는 격노했다. 심장이 멈출 것만 같았다.

"지켜라! 대한제국 황후 되실 분이다."

냉엄한 곤의 목소리가 울려 퍼짐과 동시에 기마대가 돌격했다. 태을의 앞을 벽처럼 막아서고 있던 살수대가 쓰러지고 무너지며 그 대열이 흩어졌다. 기마대는 무기만 든 살수대가 상대할 만한 병력이 아니었다. 말발굽에 살수대의 뼈가 으스러지고, 살이 짓이겨졌다. 기마대의 검에 베인 살수대의 몸에서 피가 쏟아져 나왔다. 곤이 손에 든 사인검으로 거침없이 역적의 잔당들을 베어냈다. 곤의 얼굴 위로 진한 피가 흘러내렸다.

이림의 다음 목표가 태을이라는 사실을 인지한 순간부터 곤은 쉬지 않고 태을을 찾아 헤맸다. 곤은 국가안전정보국의 협조를 받아 대한제국 전역의 CCTV 속에서 태을의 모습을 추적했다. 태을의 선명한 사진 하나 가진 게 없었다. 예전에 녹화된 CCTV 속 태을의 얼굴이 곤이 내밀 수 있는 유일한 단서였다. 그런데다 추적 범위를 특정할 수조차 없어 시간이 꽤 걸릴 듯했다.

속이 타들어가던 곤을 구한 건 병원에 있던 은섭의 전화였다. 강형사로부터 연락이 왔다고 했다. 루나의 행적이 이상하다고. 루나를 쫓고 있던 강형사는 태을을 루나라고 착각한 채였다. 강형사가 보내온 CCTV에는 고속도로 옆 갓길의 태을이 찍혀 있었다. 새벽의 어둠 속을 죽기 살기로 달리는 태을이, 골목 구석에 쭈그려 숨을 돌리며 눈을 감는 태을이, 다시 휑한 광장 위를 뛰고 있는 태을이.

그렇게 궁이 있는 방향으로 향하는 태을을 찾을 수 있었다. 간발의 차이였다. 조금이라도 늦었다면, 상상만으로도 끔찍했다. 태을을 영영 보지 못할 수도 있었다는 가정이 곤의 피를 차게 식게 만들었다. 사인검이 태을 쪽으로 도망치던 살수대의 등을 가차없이 뺐다.

마침내, 곤이 태을에 앞에 서 있었다.

"하……."

제게 점점 가까워지는 곤을 보며 태을은 비로소 참아왔던 눈물을 왈칵 쏟아냈다. 후두둑 떨어지는 눈물이 처연하고도 처절했다. 곤이었다. 다른 누구도 아닌 곤이 제게로 오고 있었고, 태을은 살아 있었다.

손님이 비는 시간, 설거지를 하며 나리는 최근의 은섭에 대해 생각했다. 아무래도 뭔가 달라졌다. 은섭의 변화를 나리가 눈치 채지 못할 리 없었다. 말수도 적어지고, 답지 않게 각을 잡고 다녔다. 가끔 엉뚱한 데 빠져드는 은섭인지라 걱정스러웠다.

"아, 이 새끼. 또 이상한 꿈 생긴 거 아냐?"

손님이 들어오는 종소리에 나리가 얼른 고무장갑을 벗고 물기를 털어냈다.

"어서 오세요."

나리가 밝은 목소리로 손님을 맞았다. 도도한 표정으로 카

폐를 두리번거리며 들어오는 이는 서령이었다. 서령은 구은
아의 스타일인 청바지와 운동화 대신 정장 바지에 구두를 택
했다. 대한민국의 구은아는 이제 이곳에 없으니까. 카운터로
다가와 흥미로운 눈길로 메뉴를 살핀 서령이 밀크티를 선택
했다.

"주세요. 가져갈게요."

"5,800원입니다."

서령은 현금을 손바닥에 올려놓고 하나씩 셌다. 익숙하지
않은 화폐들마저도 흥미로웠다. 같은 인물이 존재하는 또 다
른 세계가 있었다는 사실보다 흥미로운 것은 없겠지만.

"여기요."

"잠시만 기다려주세요."

딸랑이는 종소리가 한 번 더 울리며 새로운 손님이 들어왔
다. 나리가 문 쪽을 보고는 성의 없이 인사했다.

"왔냐? 잠깐 있어."

무의식적으로 고개를 돌린 서령은 일순 굳었다. 문으로 들
어오는 남자가 조영과 같은 얼굴을 하고 있었다. 두 사람의
시선이 맞부딪친 채 멈췄다. 너무 놀라 눈을 피할 생각조차
하지 못하고 있었다.

일 초, 이 초, 삼 초. 두 사람에게만 긴 정적이었다. 음료를
만들던 나리가 영에게 말을 걸지 않았다면, 깨지지 않을 수도

있었다.

"아직 은비까비 안 끝났어. 왜 이렇게 일찍 왔는데?"

눈을 한 번 깜박인 영은 아무렇지 않게 서령을 지나쳐 카운터로 향했다. 은섭을 흉내 내기 위한 사투리는 이제 제법 익숙해졌고, 자신도 있었다. 영은 뻔뻔한 표정을 연기했다.

"내 잡채 도."

"언제 적 잡채를. 머리채 잡힐래?"

"니가 잡채 가지러 오래매. 준다 했음 줘야지. 도, 빨리."

서령의 바로 옆에서 나리와 영이 티격태격 하고 있었다. 서령은 곁눈질로 그런 영을 살폈다. 불안하고, 초조했다. 온 신경이 영에게 쏠려 있을 때 나리가 서령의 앞에 음료를 올려놓았다. 나리는 서령의 눈치를 살폈다. 서령이 영을 신경 쓰고 있는 게 느껴졌다. 손님 앞에서 사담으로 무례를 범한 것 같아 나리가 얼른 사과했다.

"음료 나왔습니다. 죄송해요. 이유식 노나 먹던 사이거든요."

서령은 짐짓 아무렇지 않게 끄덕였다. 나리가 내민 음료를 한 모금 마시고는 입꼬리를 올렸다.

"맛있네요."

"또 오세요!"

뒤돌아 나가는 서령에게 나리가 인사했다. 그리고는 영의 모습을 훑었다.

"야, 손님 계신 거 안 보여? 머리는 왜 잘랐어. 머리채도 못 잡게!"

나리가 씩씩대며 영을 째려보았다. 그러나 영은 나리의 말이 하나도 들리지 않는 듯했다. 카페 밖으로 나서는 서령에게 신경이 온통 쏠려 있었다. 서령이 완전히 카페를 벗어나고, 문이 닫히기 무섭게 영이 나리를 재촉했다.

"나리야, 차 좀 빌리자. 앞에 있는 차."

"면허도 없는 게. 죽을래?"

얼마 전에 발급받은 은섭의 면허증을 영이 지체 없이 꺼내 들었다. 나리는 놀라다가 이내 영을 데리고 앞마당으로 향했다. 앞마당엔 나리의 차가 줄지어 세워져 있었다. 영은 그중에서 하나를 고르기만 하면 됐다.

문제라면 차가 하나같이 화려하다는 거였다. 영은 되는 대로 빨간색 스포츠카를 골라 탄 채 서령의 뒤를 밟았다. 서령의 차와 간격을 두고 운전하며 영은 은섭의 휴대폰으로 태을에게 전화를 걸었다.

'태으리 누나'

한참 신호가 가도 태을이 받지 않았다. 영은 찌푸리며 전화를 끊고 신재에게 전화를 걸었다. 얼마 가지 않아 신재가 답했다.

─조은섭?

"조영입니다. 정형사님이 전화를 안 받습니다. 여의도 쪽으로 좀 와주십시오. 도움이 필요합니다."

─너 은섭이 폰도 갖고 있냐? 무슨 일인데. 나한테 빚져도 괜찮겠어?

"기다리겠습니다."

두말하지 않고, 영은 전화를 끊었다. 그리고 서령의 차를 따라가는 데 집중했다.

큰 도로에서 우회전해 4차선 도로로 진입하자 이전보다는 차량이 줄어 있었다. 영은 액셀레이터를 꽉 밟았다. 엔진 소리를 내며 서령의 차를 추월한 스포츠카가 끼익, 소리를 내며 사선으로 끼어들어 서령의 차 앞을 막아섰다. 반사적으로 브레이크를 밟은 서령의 차에서도 듣기 싫은 소음이 일었다. 차에서 내린 영이 성큼성큼 서령 쪽으로 다가섰다.

영은 운전석에 탄 서령을 창문 너머로 가만히 보았다. 잠시 그런 영을 마주보던 서령이 마찬가지로 차에서 내렸다. 두 사람의 시선이 서늘하게 부딪쳤다.

"야."

서령의 붉은 입술에서 나온 첫마디는 야, 였다. 영으로서는 전혀 예상치 못한 첫마디였다.

"운전 똑바로 안 해? 죽을 뻔했잖아."

얼굴을 구기며 서령이 말을 마구 내뱉었다. 도도하고 빈틈 없이 우아한 대한제국의 총리에게는 어울리지 않는 말투였 다. 영의 반듯한 이마에 주름이 졌다. 눈앞의 여자는 생각보 다도 더 악질일 수도 있을 것 같았다. 아니, 이미 대한민국에 와 있다는 것만으로도 그렇겠지만.

"여기서 죽으면 안 되시죠. 구서령 총리님."

"나랏밥 먹게 생겼단 소린가 내가? 사람 잘못 본 거 같은데."

"맞게 본 거 같습니다만."

빈정대며 부인하는 서령이었지만, 영은 흔들리지 않고 차 갑게 대꾸했다. 서령과 똑같이 생긴 여자가 대한민국에도 있 을 수는 있었다. 그러나 눈앞의 여자는 분명히 자신을 알아보 았다. 구서령이 아니라면, 그럴 수는 없었다. 서령이 짜증스 럽게 목소리를 한 톤 높였다.

"사람 잘못 봤다니까. 왜 사람을 잘못 보고 그러지? 위험하 게?"

서령의 마지막 말이 의미심장했다. 이상한 낌새를 느낀 영 이 고개를 돌리려는 순간, 그것보다 빠르게 총알이 날아들 었다.

검은색 차량에 탑승한 살수대가 창문을 열고 영을 향해 총 을 쏜 것이었다. 총알을 맞은 영은 털썩, 도로 위로 쓰러졌다. 갑작스러운 총소리에 길을 지나던 시민들이 비명을 지르며 쓰러진 영을 향해 몰려들었다.

"신고해야 되는 거 아냐?"

"112, 112 불러!"

시끌벅적해진 주변을 살피며 서령은 사람들 사이에 섞여 있다가 이내 차에 올랐다. 고통에 헐떡이면서도 영은 서령을 눈으로 뒤쫓았다. 지금 당장 쫓아가야 하는데 몸을 일으킬 수 없었다. 서령이 탄 흰색 차가 유유히 도로를 빠져 나가고 있었다. 동시에 경광등 소리와 함께 신재의 차가 뒤늦게 나타 났다.

"어, 경찰이다. 여기요! 여기 사람 쓰러졌어요."

시민 하나가 빠르게 외쳤다. 신재가 쓰러진 영을 발견하고 는 굳은 표정으로 달려왔다.

"방금 총소리 뭐야? 야, 조영. 정신 놓지 마."

반쯤 눈을 감은 영의 상태를 다급히 살피며 신재는 주변을 수습했다.

"훈련입니다. 가세요. 괜찮으니까 가세요. 훈련입니다."

사람들이 수군대며 흩어지기 시작했다. 대한민국은 총기 소지가 불가능한 나라였다. 서울 한복판에서 총격전이 벌어 지는 게 군사 훈련보다 오히려 더 비현실적이었다. 저마다 흩 어지는 사람들을 뒤로 한 채, 신재가 서둘러 영을 부축했다.

∞

　호텔에 도착해, 영은 거울 앞에서 입고 있던 방탄조끼를 벗어 던졌다. 셔츠 단추를 풀어 확인하자 총알이 박힐 뻔했던 가슴 위쪽으로 이미 시커먼 멍이 자리해 있었다. 멍을 확인한 영이 찌푸리며 셔츠 단추를 다시 잠그기 시작했다. 옷감이 스치기만 해도 가슴이 욱신거렸다. 막 방으로 들어서며 거울에 비친 영을 본 신재가 고개를 내저었다.

　"진짜 병원 안 가봐도 돼? 병원은 대한민국이 짱이야."

　"방탄조끼는 대한제국이 짱입니다. 골절 없고, 내부 장기 손상 없고, 근육 인대 파열 정돈데 그 정도야 뭐."

　"대한제국 뭐 하는 나란데 총 맞고 병원도 안 가냐."

　낮게 혀를 찬 신재가 영에게 차키를 던졌다.

　"블박 지워놨다. 나리한텐 네가 갖다줘."

　차키를 받으려 손을 뻗은 영이 윽, 하며 신음했다. 작은 움직임에도 상당한 고통이 따랐다. 신재는 휴대폰을 꺼내 태을에게 '너 어디야' 하고 메시지를 보내고는 다시 영을 추궁했다.

　"이제 이실직고 좀 하고. 대한제국 대체 뭐 하는 나란데 총질이야. 변명을 하든 설명을 하든 해. 안 하면 너부터 체포야."

　"……두 번은 없을 일입니다. 폐하 오시면 다 설명하겠습니다."

"걘 언제 오는데."

곤을 칭하는 무엄한 말투에 영의 눈썹이 곧바로 치솟았다.

"참고로 폐하의 휘를 함부로 부르면 참수입니다."

"너한테나 황제라고."

두 사람은 소파에 앉아 얘기를 이었다.

"기억하잖습니까. 폐하께서 폐하이신 거, 울고 계셨던 거."

신재가 곤란한 기색으로 말을 돌렸다.

"넌 언제부터 경호했는데."

"네 살 때부터."

"막 지어내네?"

처음 곤을 만나던 날을 떠올리며 영은 힘없이 피식 웃었다.

— 넌 이제부터 천하제일검이야.

여덟 살의 곤이 제게 내밀었던 장난감 검이 떠오른 탓이었다. 네 살의 어린 영이 무작정 우는 곤을 보고 따라 울었을 때였다. 곤은 아버지를 잃어 울고 있었던 것임에도 따라 우는 영을 달래기 위해 장난감 검을 건넸었다. 그날로 영은 곤의 천하제일검이 되었다.

곤은 어린 영을 보면서는 자주 웃었고, 영은 짓궂을 때도 있으나 대체로 제게 따뜻한 형 같았던 곤이 좋았다. 영에게 곤은 형제이자, 친구이자, 국가였다.

"폐하 여덟 살, 내가 네 살, 즉위식을 치르는 폐하를 처음 봤습니다. 그때 생각했습니다. 폐하께서 행복하시면 좋겠다고. 운명이었다고 생각합니다."

주군의 그림자가 되어 그를 지키는 운명이 달가웠던 건, 그 주군이 곤이기 때문이었다. 가만히 영의 얘기를 듣던 신재가 어렵사리 입을 열었다. 무어라 함부로 말을 하기 어려울 만큼 영과 곤의 사이가 끈끈하게 느껴졌다. 저와 태을과도 또 다르게.

"……사는 세계가 달라 그런가, 뭐라 해야 될질 모르겠네. 니네 사귀냐?"

무거워진 분위기를 희석하는 신재의 물음에 영이 픽 웃었다.

"종종 스캔들이 나긴 하죠. 근데 강형사님도, 정형사님도 지키시잖습니까. 법과 정의, 목숨 걸고. 난 그게 폐하인 겁니다."

담담해서 더 무게가 있는 말이었다. 신재는 잠시 눈을 내리깔았다. 아무리 가볍게 생각하려고 해도 가볍게 생각할 수가 없는 세계였다. 대한제국은.

"……걘 진짜 그때 왜 운 건데."

신재가 곤의 울음소리를 TV 속 화면으로 접했을 때, 신재는 너무 어렸고 아는 게 없었다. 왜 태자가 그리 섧게 울고 있는지 정확한 이유도 몰랐다.

"폐하의 첫 집무셨습니다. 선황제 폐하의 국장이."

"걔 아버지 안 계셔? 선황제는 왜."

"제 형제의 칼에. 폐하께선 그걸 다 보셨구요."

끔찍한 이야기였다. 신재의 이마에 저절로 주름이 졌다. 곤의 슬픔을 생각하면, 영은 저절로 가슴이 아팠다. 자신이 허락한 이 외에는 누구도 제 몸에 손을 대게 하지 못하는 황제. 끊임없이 그날의 흔적인 신분증을 쥐고 외로움을 달래는 황제. 이따금 악몽에 시달리고, 또 이따금 현실에 시달리는 황제. 지워지지 않는 목의 흉터를 달고 사는 그가 안타까웠다.

"그래서 그 밤 이후 폐하께선, 매일 밤 죽음을 베고 자는 황제였습니다."

"……!"

"폐하께 궁은, 가장 안전한 집이기도 가장 위험한 전장이기도 했으니까요. 이제 폐하께서는 새로운 전장으로 나아가시는 듯합니다. 그게 폐하의 운명이면, 따라야죠. 그게 어떤 전장이든."

신재는 예감했다. 그 전장에, 어쩌면 자신도 속하게 될 것 같다고. 아니 이미 속해 있을지도 몰랐다. 다른 이의 삶을 살고 있는 제 운명이 그 전장에 있는 듯했으니까.

　살기와 피비린내가 아우성치는 전장의 한복판에서 태을과 곤은 마침내 서로를 끌어안았다. 어느 때보다 뜨겁게 서로의 온기를 느꼈다. 곤은 떼어내고 싶지 않은 몸을 겨우 떼고는 태을의 상태를 살폈다. 여기저기 피가 묻어 있었고, 옷은 부분부분 해져 있었다. 언제나 용감하고, 씩씩하던 태을은 조금이라도 잘못 건드리면 금세 부서질 듯 연약해 보였다. 곤은 가슴이 찢어지는 것 같은 고통을 느꼈다.

　자신을 살피는 곤의 눈빛이 태을을 안심시켰다. 긴장했던 몸에서 힘이 쭉 빠졌다.

　"……고맙단 인사는 생략할게."

힘겹게 한마디를 내뱉고서야 태을이 비로소 웃었다. 곤의
눈시울이 붉어졌다. 고마워해야 할 사람은 곤이었다. 살아 있
어줘서 고마웠고, 홀로 긴 사투를 벌이게 해서 미안했다.

"너무 많은 걸 생략하네."

"보고 싶었어. 보고 싶었어, 보고 싶었어……."

곤은 태을의 손을 꽉 잡았다.

"가자. 궁으로."

태을이 고개를 끄덕였다. 그리고 곤의 팔을 붙잡는 듯하다
가 이내 정신을 잃고 쓰러졌다. 곤이 재빠르게 쓰러진 태을을
받아 안았다. 두 팔로 태을을 안아 올린 곤이 마음속 깊은 생
각을 삼켰다. 곤은 태을을 품에 안은 채 살수대의 시체가 널
브러진 도로를 걸어 나갔다. 고통스러웠던 긴긴밤이 끝나고,
어느덧 해가 떠오르고 있었다.

∞

곤은 자신의 침대 위에 태을을 조심스럽게 뉘였다. 신발을
벗기고, 땀에 젖은 태을의 이마를 쓰다듬는 곤의 커다란 눈망
울이 축축하게 가라앉아 있었다. 곧 노상궁과 황교수가 침전
으로 들어와 태을의 치료를 준비했다. 침대맡에 앉아 있던 곤
이 일어섰다.

"폐하. 이게 다 무슨, 아이고, 피……!"

곤의 뺨에 길게 그어진 핏자국을 보며 노상궁이 기함했다. 곤은 그제야 소매로 얼굴을 닦아냈으나 이미 피가 굳어버린 후였다. 종인의 장례식 때 쓰러진 이후로 자리보전을 하고 있던 노상궁이었다. 기운을 차리고 다시 일에 복귀한 지 얼마 안 돼 이전보다 몸이 축난 티가 났다.

"아. 묻은 거야, 묻은 거. 자넨 괜찮아? 하…… 내가 좋아하는 여인들은 다 아프네."

"제가 두 분 다 안 아프시게 최선을 다 해보겠습니다, 폐하."

황교수의 말에 곤은 태을의 자그마한 손을 한번 꼭 쥐었다가 놓았다.

"부탁드립니다."

침전을 나서는 발걸음이 쉬이 떨어지지 않았다. 곤은 문 앞에 서서 태을의 치료가 끝나기를 기다렸다.

새해 이후로 뒤숭숭했던 제국의 분위기는 간밤의 일로 완전히 뒤바뀌어 있었다. 시끄러운 것은 마찬가지였지만. 역적 잔당을 황제가 직접 토벌했다. 거기에 황후가 될 이가 있었다는 사실까지 발표했다. 제국민들의 이목이 긍정적인 쪽으로 쏠릴 만했다.

반면 몸이 아프다는 이유로 두문불출한 데다 더는 황후 후보도 아니게 된 서령의 지지율은 급락하고 있었고, 총리의 야당 의원들은 나서서 황후가 될 이를 찾아 불을 켜고 있었다. 그 흔한 이름 하나 알 수 없는 예비 황후가 황제의 침전 안에 누워 있는 것도 모르고.

황교수의 조수들과 궁인들이 수없이 들락거리며 피에 젖은 물수건을 새 수건으로 교체하고, 링거를 날랐다. 이들은 초조한 기색으로 서성이는 황제를 볼 때마다 놀라곤 했다.

"폐하."

"폐하."

문을 열고 나갈 때마다 궁인들은 여전히 우두커니 서 있는 황제를 향해 고개를 조아렸다. 근위대 오전조가 오후조로 바뀌고, 야간조로 바뀔 때까지도 그렇게 곤은 말없이 태을을 기다렸다.

시각이 자정에 가까워져서야 마지막으로 문을 열고 나온 노상궁과 황교수가 곤을 발견하고는 멈춰 섰다. 노상궁이 한숨을 내쉬었다.

"아이고, 여적지 계셨던 겁니까. 그럴 거면 들어오시지요."

"상처는 잘 치료됐습니다. 탈수 증세도 곧 회복될 겁니다."

"막 잠들었는데, 들어가보세요. 전 황교수님 식사를 좀 챙겨야 해서요."

곤은 끄덕이며 노상궁을 가볍게 안고 토닥였다. 노상궁과 황교수에게 고마움을 표한 곤이 곧바로 침전으로 들어섰다.

태을은 손목에 링거를 꽂은 채 잠들어 있었다. 여기저기 난 상처 위에 덧대어진 거즈가 또 한 번 곤의 마음을 아프게 했다. 태을이 깰까봐 숨죽인 채로 곤은 태을을 보았다. 많이도 보고 싶었던 얼굴이라.

얼마나 그렇게 바라보았을까. 태을의 눈꺼풀이 미세하게 떨렸다. 태을은 힘겹게 눈꺼풀을 들어 올렸다. 커다란 손이 태을의 머리를 조심스럽게 쓰다듬었다.

"더 자."

자신을 보고 있는 곤에게 웃어줄 수 없어 태을은 안타까웠다. 눈을 떴을 때 보이는 이가 곤이라는 사실이 태을을 얼마나 기쁘게 하는지 곤은 알까.

"왜 재워…… 이제야 제대로 보는데…… 나 되게 엉망이지?"

곤이 피식 웃었다.

"절대. 지금 거대한 반창고 같거든? 근데 엄청 예쁜 반창고야."

"근데 나…… 어떻게 찾았어?"

"나 여기선 꽤 멀쩡하다니까."

"……도장 사무실에서 물을 마시다가 정신을 잃었어……. 덕분에 기미의 중요성을 알았지……."

대한민국에서 납치를 당해 차원을 넘어왔다는 얘기였다.

곤 때문이었다. 이림이 태을을 노리는 건, 모두. 작고 사랑스러운 연인의 창백한 얼굴이 곤의 가슴을 찔렀다. 미안하고 또 미안해서 곤은 떨어지지 않는 입술을 열었다.

"그 얘긴 천천히 해도 돼. 다 나으면 그때."

"……난 그게 우리의 마지막인 줄 알았어. 그때 대숲에서."

태을을 내려다보는 곤의 검은 눈동자가 깊어졌다. 미안한 일이 너무 많았다. 밝고 씩씩하고 용감한 정태을 경위를 울게 했고, 아프게 했고, 기다리게 했다.

"그간…… 많은 일들이 있었어. 그래서 못 갔어."

"다행이다. 난 그 문이 닫힌 줄 알고……."

"걱정하지 마. 만약 그 문이 닫히면, 온 우주의 문을 열게. 그래서 자네를 보러 갈게."

겨우, 태을은 입꼬리를 올렸다. 눈가에는 눈물이 맺혔다.

"음. 꼭 와……. 근데, 은섭이는?"

"아, 그게. 은섭 군이…… 병원에 있어. 다행히 몸은 괜찮고. 많은 일 중 하나였어."

"그랬구나……. 나 일어나면 제일 먼저 은섭이 보러 가자. 보고 싶네."

"지금 내 앞에서 딴놈이 보고 싶다고 하는 거야?"

"조영도 잘 있어."

태을이 눈을 감으며 영의 소식을 전했다. 곤은 미소 지으며 잠드는 태을을 가만히 지켰다. 한시름 놓고 나니 새삼 태을이 이곳에 있다는 게 믿기지 않았다. 애를 태운 심장 끝 쪽에 까맣게 그을음이라도 인 것인지 평온하게 눈을 감은 태을을 보고 있는 것만으로도 가슴이 저릿했다. 곤은 떠올리면 늘 절박해질 만큼 소중한 태을의 이마 위에 가볍게 입을 맞췄다.

자고 일어난 태을은 몸이 한결 나아진 것을 느꼈다. 링거까지 모두 빼낸 후, 가벼워진 몸으로 태을은 수라간으로 향했다. 손수 솥밥을 해주었던 그곳에서 곤이 기다리고 있다고 했다. 태을이 수라간에 도착했을 때, 수라간 앞이 소란스러웠다. 궁인들이 고개를 갸웃거리며 웅성거리고 있었다. 태을이 다가가자 그중 태을을 알아본 이가 얼른 인사했다. 태을은 얼떨결에 마주 고개 숙여 인사했다.

"무슨 일…… 있나요?"

"그게……. 폐하께서…… 군복을 입고 쌀을 씻고 계시거든요."

"네?"

태을은 열린 문틈 사이로 고개를 내밀었다. 궁인들의 말대로 곤이 새하얀 해군 제복을 입은 채 쌀을 씻으며 음식을 준

비하고 있었다. 태을은 하, 작게 웃음을 터뜨렸다. 제복 팔소매를 걷어 올린 채 건장한 체격으로 쌀을 씻고 있는 모습이 생경해 조금 우습기도 했고, 집중한 모습이 낯설 만큼 멋있기도 했다. 그 뜻을 아니까.

— 쌀을 씻고 군복을 입었지.

— 뭐? 가장 영광스러운 순간이 뭐 어째?

— 사실이야. 예를 들면 청혼을 하는 순간이라던가.

수라간으로 들어선 태을은 곤의 행동을 멍하니 지켜보았다. 그런 태을을 보며 곤이 즐거운 듯 웃었다. 곧 태을의 앞에 부드럽고 뽀얀 생선살이 올려진 솥밥이 놓였다.

"자네가 오늘만 산다서, 자네 웃으라고 해봤지. 내가 더 많이 웃었지만."

태을은 숟가락을 들어 한 입 크게 밥을 먹었다. 김이 모락모락 나는 밥은 맛있고, 따듯했다. 곤의 위로와 다정이, 그리고 고백이 너무나도 따듯해서. 태을은 괜히 퉁명스레 대꾸했다.

"배가 고파서 멀리 못 간 거야. 사람이 어떻게 중간이 없어."

곤이 피식 웃음을 흘리며 태을이 맛있게 밥을 먹는 모습을 지켜보았다.

식사를 마친 후, 두 사람은 상의원에 들렀다. 태을이 입고 왔던 옷은 엉망이 돼 더는 입을 수 없었고, 그렇다고 계속 환자복을 입고 있을 수도 없었다. 상의원 궁인 규봉이 커다란 행거를 태을의 앞에 내놓았다. 빼곡하게 들어찬 옷이 몇 벌인지도 가늠하기 힘들었다.

"자네가 평소 즐겨 입는 스타일로 준비했어. 편하게 골라 입어."

"왜 평소 입는 스타일만 준비해. 다른 스타일도 준비해보지. 드레스는 없어?"

"드레스는 저쪽."

또 다른 궁인이 행거 두 줄을 끌고 나왔다. 태을이 평생 입어본 적 없는 화려한 드레스들이 줄줄이 걸려 있었다. 태을은 당황하며 처음 규봉이 가지고 왔던 옷들 중 하나를 얼른 골랐다.

"농담인데. 이걸로 할게."

"그럴 줄 알고 자랑한 거야. 나 예쁜 드레스도 많다고."

곤의 농담에 태을이 작게 웃음을 터뜨렸다. 옷을 들고 돌아서던 태을의 입가에서 웃음이 뚝 그쳤다. 상의원 한편에서 궁인들이 손보고 있는 곤의 옷이 지나치게 익숙했다. 어두운 바탕에 금색 자수실이 꽃 모양으로 촘촘하게 새겨진 옷은 불쑥 마당으로 찾아와 꽃을 내밀던 날의 곤이 입고 있던 옷이었다.

곤에게 그 일을 따져 물으리라 생각했는데, 막상 물을 수가 없었다. 두려웠다.

"저 옷은…… 뭐야? 언제 입는 옷이야?"

"가장 영광스러운 순간에. 예를 들면, 손에 꽃을 든 어떤 순간? 무슨 꽃 좋아해?"

꽃 한번도 주지 않았다면서 미안해하더니, 꽃을 주고서는 홀쩍 떠나버렸다. 그것이 이별이었음을 태을은 직감했다. 태을은 불쑥 눈물이 나려는 것을 참으며 딱딱하게 답했다.

"나 꽃 안 좋아해. 그만 가자. 은섭이 보고 싶어."

"어. 피팅룸으로 안내 부탁하네."

"예, 폐하. 이쪽입니다."

태을이 규봉의 안내를 받으며 옷을 들고 떠났다. 곤은 태을의 뒷모습을 보다, 고개를 돌려 수선 중인 옷을 유심히 바라보았다.

"폐하 곧 도착하신답니다. 1층에서 엘리베이터를 타셨답니다."

"음, 그래. 점검은 내가 하지."

병실 문 앞을 지키고 있던 근위대가 소식을 전해오자 은섭이 목소리를 깔며 답했다. 제법 영에 가까운 목소리였다. 꾸벅, 묵례한 근위대가 자리를 떠나자 은섭은 병실에 놓인 꽃병이며 테이블 아래를 뒤적이며 확인했다. 도청기 등을 찾던 영을 흉내 내본 것이었다.

"글마는 요래요래 하든데."

"섭!"

"……뭐고. 이 목소리, 뭐고……."

문 쪽에서 들려온 명랑한 부름에 은섭이 놀라 돌아보았다. 태을과 곤이 은섭을 향해 서 있었다. 은섭의 눈가가 촉촉해졌다. 은섭이 달려가 깁스로 고정하지 않은 다른 팔로 태을을 와락 안았다.

"누나! 이기 진짜 뭐고. 꿈이가 생시가. 태으리 누나 맞나. 진짜 맞나."

곤이 있었다지만, 익숙한 얼굴이 궁에 있었다지만, 혼자 다른 세계에 뚝 떨어져 시간을 보내는 일이 쉽지만은 않았을 것이다. 제아무리 밝고 호기심 많은 은섭이라도 그랬을 테다. 더군다나 평소처럼 행동하지도 못하고, 영의 역할을 대신해야 했으니 그 수고가 정말이지 컸다. 걸핏하면 은섭을 구박했던 태을이지만 오늘만큼은 다정하게 은섭의 등을 토닥였다.

"잘 있었어? 니가 그렇게 용감했다면서."

태을의 말에 은섭이 눈물을 뚝 그치고는 짝다리를 짚고 섰다. 의기양양한 표정과 자세가 일품이었다.

"누나 잘 들으리. 어떤 놈이 행님한테 총을 딱 쏘는데, 와 내 그 총알이 딱 보이드라고. 그래가 마 내 본능적으로! 뭐고, 이거. 누나는 와 이지경인데. 이라고 넘어왔나?"

이제야 태을의 얼굴을 제대로 본 은섭이 의아하게 물었다. 형사인 태을이 다치는 일이 아예 없던 일은 아니라지만, 이번에는 정도가 심해 보였다. 태을은 별거 아니란 듯 여상히 답했다.

"일이 좀 있었어. 조은섭 너 아주 여기서 벼슬하겠는데."

"내 뭐 맘만 무면 삼정승도 껌이지 뭐. 그건 뭔데요. 내 낍니까."

"자네가 먹고 싶다던 롤케이크. 내 손수 식전 빵집에 들러서 특별히 부탁해서 만들었어."

"아 뭘 또 이래까지. 거 크게 함 잘라보이소."

"잘 알겠지만 그건 직접. 이 식전 빵집을 사달라면 사줘도."

테이블 위에 올린 롤케이크 상자를 열던 은섭이 반색했다.

"진짜죠 행님? 진짭니데이? 존명. 내 저번에 실수해가 황도 회사를 날렸거든. 아까워 죽는 줄 알았다."

설명을 덧붙이는 은섭에 곤이 웃었고, 태을이 롤케이크를 자르며 말했다.

"그럼 다음엔 차문 열어달라고 해봐."

"대박, 내 왜 그 생각을. 와, 롤케이크 맛있네. 우리 은비까비 있었으모 들이마실 맛이네."

롤케이크를 한 입 크게 베어문 은섭이 은비와 까비가 보고 싶은지 아쉬운 목소리로 말했다. 은비와 까비는 은섭이 대학교 4학년 때 태어난 한참 어린 동생들로 이제야 유치원에 다니고 있었다. 거의 은섭이 키운 아이들이니 눈에 밟히는 게 당연했다. 태을이 은섭을 안심시켰다.

"은비까비 밥 잘 먹고, 출석률 좋고, 씩씩하고. 거기 은섭이는 은비한테 들킨 것 같고."

"그래 내 조심하라 했는데!"

"나리는 안 물어봐?"

"나리이? 내 뭐 나리는 하나도 생각이……. 밸로 안 보고 싶……."

궁에서 승아를 마주칠 때마다 나리를 떠올렸으면서 은섭은 객쩍게 얼버무렸다.

"조영이랑 사이 안 좋아. 인물이 전만 못해졌대."

곧바로 은섭의 얼굴에 화색이 돌았다.

"내, 얘기했거든. 스타일이 이래가 안 된다. 내 금마 그럴 줄 알았다!"

어깨가 잔뜩 올라간 채로 은섭이 으스댔다. 태을이 피식 웃으며 롤케이크를 곤에게도 내주었다. 태을과 은섭의 대화를 들으며 곤은 내내 흐뭇한 얼굴이었다. 잠시간의 평화가 입 안에 들어온 롤케이크처럼 부드럽고 달콤하기만 했다.

∞

　태을이 납치되었던 염전 창고는 대한제국의 과학 수사대
가 조사 중이었다. 수사 현장을 찾은 곤과 태을의 인상이 저
절로 찌푸려질 만큼 창고 안은 온통 핏자국투성이였다. 두 사
람은 창고 밖으로 나와 염전밭을 걸었다. 죽을 각오로 도망쳐
나와야 했던 길, 태을은 그날의 절박함을 기억했다.

　"나 여기 데려온 거……. 이림이겠지? 짐작 가는 이유 있어?"

　"혹시, 그자의 손에 들린 우산 봤어?"

　"우산? 이림을 보진 못했어. 살수대만."

　곤은 끄덕이며 설명을 이었다. 대한제국을 찾아온 이림의
손에는 늘 기다란 우산이 들려 있었다.

　"내가 전에 말했었지. 우린 서로가 원하는 것을 반씩 가지
고 있다고. 그는 그걸 우산에 숨긴 것 같고, 나는 그걸……."

　"채찍에, 숨겼구나."

　곤이 끄덕였다.

　"그도 이제는 눈치 챘을 거야. 내 것이 어딨는지."

　"그래서 날 데려왔구나. 바꾸려고. 그걸 뺏기면, 뺏긴 쪽은
문이 닫히는구나."

　더는 차원의 문을 넘을 수 없게 된다. 곤이 채찍 없이 대나
무 숲을 찾았을 때, 어떠한 문도 생기지 않았던 것처럼. 잠시

생각하던 태을은 찌푸렸다.

"그럼 이제 누가 먼저 뺏느냐의 싸움인 거야?"

"아니, 뺏기지 않아야 하는 싸움이야. 이건 전부 아니면 전무인 싸움이거든."

"근데 이 싸움에서, 당신은 불리하겠구나."

태을의 말이 느려졌다. 붉은 노을이 내려앉고 있었다.

"……날 보러 오려면, 반드시 그걸 지닐 테니까."

"그러니 어떡해야겠어. 구박하면 안 되겠지."

"하……."

너무 많은 시련이 두 사람 사이에 놓여 있었다. 그저 같이 있고 싶을 뿐이었는데 어렵고도 고됐다. 곤이 감수해야 할 위험이 눈물겨웠고, 그럼에도 보고 싶어 하는 서로가 애달팠다. 눈물이 많아진 태을의 볼을 곤이 감쌌다. 웃는 모습만 보고 싶은데, 요즘에는 더 자주 울게 하는 것 같았다.

"걱정 마. 내 것 중 그 어느 것도 안 뺏겨. 그래도 걱정되면 우리 같이 기도하러 갈까? 우리에게도…… 신의 가호가 있기를."

낮고 조용한 목소리로 곤이 물었다. 눈물을 참으며 태을은 끄덕였다. 떨어져 있는 서로를 위해서 할 수 있는 일은 서로를 위해 기도하는 일뿐이므로.

더는 가혹하지 않기를. 태을 또한 운명에게 빌고 싶었다.

손을 꼭 잡은 채 곤과 태을은 성당 앞으로 걸었다. 은은한 조명이 주변을 밝히고, 오래된 나무들은 성당 건물을 지키듯 둘러싸고 있었다.

"내가 자네 세계에 갔을 때 찾아봤는데, 이 성당 두 세계에서 유일하게 같은 곳이다."

"진짜? 이 성당을 왜 찾아봤는데?"

"여기 우리 부모님이 결혼한 곳이거든."

태을은 주변을 한 번 더 둘러보았다. 아담한 성당 건물이 조금 더 특별하게 느껴졌다.

"아바마마가 세미나에서 강연하는 어마마마를 보고 첫눈

에 반하셨대. 세계 과학 아카데미 세미나에서. 어마마마만 과학
자셨거든."

"어머니 닮았구나."

"어. 아바마마가 청혼을 하셨는데, 어마마마가 카톨릭 신자
셨던 거야. 그래서 아바마마는 육 개월 동안 교리 공부를 하
셨대. 한 번도 안 빠지고 매주 이곳에서."

처음 듣게 된 곤의 부모님 얘기를 태을은 신기한 마음으로
경청했다. 곤이 로맨티스트인 건 아버지를 닮은 것 같다고,
태을은 생각했다.

"그렇게 두 분은 결혼을 하셨고 나를 낳으시고 어마마마
만…… 삼 년 뒤에 돌아가셨대. 원래도 몸이 많이 약하셨다
고. 내 기억에는 없는, 모두 다 들은 얘기고 처음 하는 얘긴데,
자네가 듣고 있으니까, 좋다."

태을은 대견한 눈으로 곤을 올려다보았다.

"……참 잘 컸네. 이곤. 우린 참 많은 걸 생략했구나. 난 다
섯 살 때."

"……?"

"우리 엄마 아빠 같이 도장을 운영하셨어. 엄만 엄청 인기
많은 사범님이셨는데, 암으로. 엄마의 검은 띠를…… 아직도
매고 있지."

"참 잘 컸네. 정태을."

곤은 태을의 손을 더욱 꼭 잡았다. 맞잡은 두 손으로 서로의 온기가 느껴졌다.

건물을 둘러보던 젊은 신부가 곤을 발견하고는 다가왔다. 놀란 기색이 역력했다.

"안녕하세요, 신부님."

"오신다는 연락을 전혀 못 받아가지고……!"

"공식 일정 아닙니다. 근처에 왔다가요. 신부님 혹시 비밀 잘 지키십니까?"

"예? 아, 하느님은 제 입에 파수꾼을 세우시고 그 문을 지키라 하셨습니다."

"그럼 사진 한 장만 찍어주시겠습니까. 이 사람 사진이 갖고 싶어서요."

사진은 생각지도 못한 태을이었다. 곤도 저처럼 자신의 사진을 갖고 싶었다는 사실에 태을은 가슴 한편이 저릿했다. 신부가 금세 당황한 기색을 지우고는 답했다.

"물론입니다, 폐하. 비밀은 꼭 지켜드리겠습니다."

곤은 자신의 휴대폰을 꺼내 신부에게 건넸다. 신부가 사진을 찍으려 멀어지는 동안, 곤은 태을과 자세를 잡았다. 태을의 어깨를 곤이 감싸 쥐었다. 처음 함께 사진을 찍으려니 어색하기도 해 태을은 힐끗 곤을 올려다보았다. 곤이 태을을 보며 싱긋, 웃고 있었다. 그 웃음에 무장해제되어 태을도 입꼬리를 올렸다.

태을의 예쁜 미소가 곤의 마음을 흡족하게 했다. 두 사람의 얼굴에 잔잔하고도 사랑스러운 미소가 떠올랐다.

"찍겠습니다. 쓰리, 투……!"

신부의 말은 이어지지 못했다.

또 한 번, 시간이 멈췄다. 바람에 잘게 흔들리던 나뭇가지도, 신부의 옷자락도, 태을의 머리카락도. 아무것도 움직이지 않았다. 곤 혼자만이 멈춰진 시간 속에 태을을 감싸안은 채 서 있었다. 멈춰진 태을의 미소가 아름다웠다.

노란 은행나무 아래서 머리를 묶던 태을을 이렇게 바라봤던 때도 있었다. 그때는 아름다운 것을 보아 좋았다. 여러 번 태을과 사랑에 빠졌고, 그때의 순간 또한 곤이 태을에게 빠졌던 순간이었다. 그러나 '순간'일 때가 좋았다.

멈춰 있는 태을을 보는 일이 괴로웠다. 곤은 머릿속으로 계속해 오일러의 수를 세어 나갔다. 영원히 멈출 것만 같은 시간 속에 곤은 완벽하게 혼자였다. 사랑하는 이를 곁에 두고도. 지구 밖 우주에 홀로 내던져진 것처럼 고요하고 쓸쓸했다. 사무치게 외로웠다.

멀리 선 근위대원들도 길 밖의 사람들도 모두 멈춰 있었다. 이렇게 계속되면 언젠가 진정, 영원히 멈출 것이다. 곤과 이림만을 제외한 세상이.

툭, 곤의 눈에서 눈물이 떨어졌다. 곤은 얼른 눈물을 닦고 심호흡하며 다시 태을의 어깨에 손을 올렸다. 아무렇지 않게 처음처럼 웃어 보였다.

4,489초. 1시간 14분 49초가 지나 있었다.

탁, 시간이 다시 흐르기 시작하며 바람이 느껴졌다.

"원!"

신부의 외침과 함께 휴대폰에 태을과 곤의 다정한 한때가 사진으로 남았다.

∞

창문을 타고 빗물이 흘러내렸다. 곤과 태을이 궁으로 돌아온 지 얼마 안 돼 비가 쏟아지기 시작했다. 빗방울이 창문을 두드리는 소리가 울려 퍼지는 가운데 태을은 황교수의 조수에게 몸에 남은 상처를 치료받았다. 곤은 뒤에서 그 모습을 지켜보았다. 혹 상처들이 흉터로 남을까 걱정했던 곤이다. 다행히 하루 사이 상처는 많이 아물었고 흉터도 점점 흐려지고 있었다.

침대에 기대앉아 팔을 내어주고 있던 태을의 시선이 방 한편에 놓인 검에 닿았다. 사인검은 유리로 된 함에 보관되어 있었다. 태을을 구하러 오던 곤의 손에 들려 있던 검이었다.

태을이 생각에 빠지려던 때, 조수가 치료를 마쳤다.

"다 됐습니다. 약은 삼 일치고 항생제 들어 있으니까 술은 절대 안 됩니다. 아까 물어보셔가지고."

가지고 온 도구들을 챙긴 조수가 인사를 하고 물러났다. 곤이 태을의 곁으로 와 질책했다.

"수울?"

"소독, 소독. 딱 한잔만 할라 그런 거지. 이게 혈액 순환도 빨리 되고 그래야 빨리 낫고…… 아, 갑자기 되게 피곤하네. 그만 가. 나 잘 거야."

"여러 번 말하지만 여기 내 방이야."

"아 맞다……. 그럼 그동안 어디서 잤어?"

"여기서."

곤이 침대에 걸터앉으며 답했다. 태을의 눈이 토끼처럼 커졌다.

"여기서? 어떻게?"

"자네 잘 때 옆에서. 침대가 이렇게 넓은데."

능글거리며 얼굴을 붙여오는 곤의 어깨를 태을이 찰싹, 때렸다. 창문가에 천둥 번개가 들이치며 곤이 커다란 신음과 함께 어깨를 감쌌다. 태을이 눈가를 찌푸렸다.

"엄살 부리지 마. 그렇게 세게 안 때렸어."

"여기가 뜨겁고 아파. 불에 덴 것처럼. 영이가 전에 얘기한 그 상처."

"진짜야? 봐봐. 어디."

손을 뻗은 태을이 곤이 걸치고 있던 로브를 확 들춰냈다. 한 번 더 거친 소리를 내며 하늘에 번개가 내리쳤다. 동시에 곤의 어깨에 남은 상처가 번쩍 하며 빛났다. 곤이 숨을 몰아쉬며 입술을 깨물었다. 고통스러운 신음이 새어 나왔다.

"이거 왜 이래?"

태을이 걱정되고 놀라운 마음에 소리쳤다.

번개가 친 그 순간, 고통을 느낀 건 곤뿐만이 아니었다. 지하 감옥에 있던 이상도는 옆구리 쪽 고통을 이기지 못하고 주저앉았다. 조선소를 걷고 있던 경무는 발목 쪽에 고통을 느끼고 상처를 확인했다. 번쩍거리며 타들어가는 듯한 고통을 남기는 상처, 그것은 이림의 얼굴에도 남아 있는 것이었다.

그러니까 곤의 어깨에 남은 건 상처라기보다는 표식에 가까웠다. 곤은 고통을 참으며 태을을 살폈다.

"천둥과 번개의 길을 지나온 부작용인 것 같아. 자넨 괜찮아? 안 아파?"

"어, 난 괜찮은 것 같은데."

걱정스럽게 곤을 보던 태을이 휙 제 어깨를 드러내 보였다.

"봐봐. 나도 있어?"

흰 어깨가 여실히 드러나 곤이 놀라 눈을 가렸다.

"아, 놀라라."

"여름에 이 정도는 다 보잖아. 제대로 봐봐."

태을이 다가서며 조금 더 어깨를 드러냈다.

"아, 이 여자 진짜. 이게 더 아프네. 자넨 없어."

곤은 투덜대면서도 안도했다. 특정인에게만 나타나는 부작용인지 문을 넘는다고 해서 반드시 생기는 상처는 아닌 듯했다.

"혹시 그건가? 예를 들면 그런 거 있잖아. 벼락 맞을 놈."

"참수 좀 끊어볼랬더니."

한쪽 눈썹을 들어 올린 채 곤이 제법 사납게 인상을 찌푸렸음에도 태을은 눈 하나 깜짝하지 않았다. 당연하기도 했다. 곤이 제게 화를 낼 리 없으니까. 태을은 오히려 뻔뻔하게 제 목을 들이밀었다.

"해보시던가."

매끈하고 새하얀 목이 곤 앞에 들이밀어져 있었다. 짓궂은 웃음을 지은 것도 잠시였다. 단번에 거칠게 다가간 곤이 태을의 목에 입을 맞췄다. 타인이 닿을 일 없는 얇은 피부 위로 부드러운 입술이, 뜨거운 숨이 진하게 닿았다. 태을이 예민하게 반응하며 신음을 흘렸다.

"야, 이건⋯⋯!"

항변하려는 태을의 입을 곤이 입술로 막았다. 곤이 늘 참는 기분이라는 걸 태을은 알 필요가 있었다.

"나한테 야, 너, 이거저거라고 해도 참수라고 분명히 말했는데."

"죽는다? 진짜······."

말끝은 곤의 입안에 삼켜졌다. 뜨겁게 키스하며 곤이 태을의 몸을 살며시 밀었다. 벌어진 입술 사이로 더운 숨이 오갔다. 긴장한 태을의 손이 곤의 옷소매를 세게 말아쥐었다. 잠시 입술을 뗀 곤이 침대에 누운 태을의 얼굴을 뚫어지게 보다가 이내 참지 못하고 다시금 붉어진 입술을 삼켰다.

모
든
걸
음
과
시
간
을

　점심시간이 조금 지난 한적한 식당 안으로 들어서는 지영
을 주인이 반갑게 맞았다. 평범해 보이는 칼국수 가게는 몇
대째 비법을 전수해 이어온 나름 유서 깊은 가게인지라 고위
층 인사들도 종종 찾는 곳이었다.

　"어서 오세요. 저쪽으로 앉으세요."

　"룸은 안 돼요?"

　주인이 비어 있는 자리로 지영을 안내하려는데, 지영이 룸
쪽을 보며 물었다. 지영은 대형 제약회사 창업주의 손녀이자
재벌가의 며느리로 날 때부터 귀한 몸으로 자랐다. 본래도 모
르는 이들과 섞여 밥 먹는 걸 좋아하지 않는데, 출산을 앞두

고 있어 더 신경이 쓰였다. 주인이 난처한 기색을 표했다.

"룸은 총리님이 식사 중이시라서요."

지영은 의아하다는 듯 룸 쪽을 두리번댔다. 닫힌 문 앞에는 경호원 한 명 없었다. 아무튼 서령이라면 잘 아는 사이니 문제될 것 없었다.

"서령 언니요? 경호도 없이? 들깨 칼국수요."

주문을 하며 지영은 더 묻지도 않고 룸으로 향했다. 미닫이 문을 열자 서령이 혼자 국수를 먹고 있었다.

"오랜만이에요, 언니. 언니 혼자 있대서. 앉아도 되죠?"

"그러든가."

힐끗 지영을 본 서령이 무심히 답했다. 대학 선후배로 잘 아는 사이인 것과 별개로 두 사람의 사이는 그리 좋지 못했다. 지영은 가난한 생선 가게 딸 주제에 총리 자리를 꿰차고 앉아 콧대 높게 구는 서령이 탐탁지 않았고, 서령에게도 지영이 그랬다. 출생부터 태도까지 죄다 맘에 들지 않기는 마찬가지란 말이었다. 노력한 것도 없이, 다 가지고 태어난 주제에.

"아팠다면서요."

"어. 그래서 이게 첫 끼야. 그러니까 우리 뜨거운 거 앞에 놓고 말 섞지 말자. 너 먹으라고 앉으란 거 아니야. 애 먹으라고 그런 거지."

냉랭하게 답하는 서령에도 지영은 아랑곳하지 않았다. 부른 배를 조심스럽게 쓰다듬으며 뿌듯한 얼굴로 자랑했다.

"아들인가봐. 나, 엄청 먹어요. 성별 검사 안 했거든요."

"딸이래."

서령이 픽, 보이지 않게 지영을 비웃었다.

"네?"

"뭐 시켰어?"

"나올 거예요. 근데 아랍 순방 때 우리 남편 동행한다면서요?"

"윤회장이 가정적이구나. 와이프랑 일 얘기도 하고. 시간 낭비 많이 하네."

지영의 미간에 주름이 패였다. 화가 나는 걸 참으며 지영은 지영대로 반격했다.

"요즘 시간 낭비의 아이콘은 언니 아닌가? 사 년 내내 들인 공 아까워서 어떡해요. 황후 못 될 것 같은데."

"뭔 소리야?"

"몰라요? 언니 진짜 많이 아팠어요? 폐하가 황후 되실 분 공표하셨잖아요."

"핸드폰 좀 쓰자."

테이블 위에 놓인 지영의 휴대폰을 낚아챈 서령이 심지어는 지영의 손을 끌어다가 지문을 찍어 잠금을 해제했다. 순식간에 휴대폰을 빼앗긴 지영이 황당한 표정으로 지영을 보았다.

"핸드폰도 안 들고 왔어요?"

서령은 지영의 말을 흘려들으며 인터넷을 켜 기사들을 보았다.

'이곤 황제, 황후 공표!'

'황실과 구총리, 오랜 밀월 끝났나…….'

화면을 내리며 기사를 읽는 서령의 입매가 비틀렸다. 다친 태을을 안고 가는, 비장하기까지 한 곤의 사진이 기사 곳곳에 걸려 있었다. 확 일그러지는 서령의 얼굴을 보며 지영은 진심으로 즐거워졌다.

"언닌 진짜 연임해야겠어요. 안 그럼 이제 언닌 그냥, 생선 가게 집 딸이니까."

남은 물을 들이마신 후, 물잔을 소리 나게 테이블에 내려놓은 서령이 자리에서 일어섰다. 어느새 표정을 감추고 지영을 향한 비웃음을 입에 건 채였다.

"출산 잘해라. 꼭 대한제국에서 출산하고."

의미심장한 말을 남기고 나가는 서령의 뒷모습을 지영이 노려보았다.

"뭐야, 기분 나쁘게."

덕담이 아니라 꼭, 저주 같았다.

∞

곤과 함께 복도를 걷던 호필이 무전을 받고서 곤에게 다가와 보고했다.

"폐하. 이상도가 통증을 호소한답니다."

"통증?"

"예. 불에 타는 듯하고, 비만 오면 저런답니다."

어젯밤부터 내린 비가 종일 계속되고 있었다. 통증…… 곤이 느낀 통증과 같은 증상일 것이다. 태을에게는 반응이 없었는데, 이상도에게는 있다. 차원의 문과 관련된 것만은 분명해 보였다. 굳은 얼굴로 곤은 복도에 선 채 잠시 생각에 빠졌다. 반대편에서 잰걸음으로 모비서가 다가왔다.

"폐하, 방금 구총리가 입궁했습니다. 연락도 없이요."

"드디어 병이 나았나 보네요. 지금 어딨습니까."

절대 연락이 닿지 않던 서령이 제 발로 찾아왔다. 곤은 이상도에 대한 생각을 미뤄두고 걸음을 옮겼다. 집무실 창밖으로 내리는 빗줄기가 거세져 있었다. 빗줄기 때문에 궁 곳곳에 켜놓은 조명조차 잘 보이지 않을 만큼 바깥이 깜깜했다.

서령은 곤의 책상 앞에 꼿꼿이 선 채 곤을 기다리고 있었다. 곤이 자기 책상에 자리를 잡고 앉았다.

"병가가 꽤 길었던데. 몸은 괜찮습니까."

"예, 폐하. 뜻밖의 뉴스가 절 일으켰지 뭡니까."

"그 얘긴 내 얘기 끝나고 합시다. 구총리, 결국 재갈을 당겼던데. 이유가 뭡니까. 내 발을 묶은 이유 말입니다."

"제가 발을 안 묶었으면 폐하께선 어디로 가시는 길이셨을까요? 청혼을 하러 가셨을까요?"

며칠 만에 나타난 서령은 여전했고, 곤은 물러서지 않고 대꾸했다.

"좋습니다. 그 얘기부터 하죠. 그래야 대화가 될 듯하니. 보도 내용은 다 사실입니다. 내가, 사랑하는 여인입니다. 모든 걸음과 모든 시간을 응원하게 되는."

차갑던 서령의 눈동자가 일순 흔들렸다. 서령은 곤을 자신의 욕망을 이룰 도구라 생각했다. 그러나 매 순간이 그랬던 것만은 아니다. 한순간은 진짜로 눈앞의 남자가 갖고 싶었다. 다정하고 친절하나 차갑고 외로운 남자를. 언젠가부터는 뒤바뀌었던 것 같기도 했다. 황후가 되기 위해 남자를 갖고 싶었던 순간과 남자를 갖고 싶어 황후가 되고 싶었던 순간이. 어차피 결과는 같았으므로 중요하지 않다 생각했지만.

서령은 생각을 멈췄다. 이제 와서는 어차피 다 끝난 이야기였다.

"늘 정직하시네요, 폐하께선. 이런 순간조차도요."

"……."

"그 여자, 전과자던데요 폐하. 국민들을 다 속이실 생각이십니까?"

"이 일에 구총리의 응원은 바라지 않습니다."

"아니요. 아닙니다, 폐하. 전 폐하 옆자리가 좋았던 겁니다. 그곳이 폐하를 가장 잘 볼 수 있는 곳이니까요. 근데 그곳은 제 자리가 아니라고 하시니 이제 어떡할까요. 폐하의 반대편에 서야 폐하가 잘 보이려나."

서릿발 같은 눈으로 곤이 경고했다.

"멈추세요, 구총리. 이 이상 선을 넘으면⋯⋯!"

"난 세상 가장 낮은 곳에서 세상 가장 높은 황제를 향해 걸어왔는데, 넌 태어날 때부터 높았던 너라서, 고작 사랑으로 움직이는구나."

어떠한 광기가 서령에게 서려 있었다. 서령은 앞도 뒤도 돌아보지 않고 이미 선을 넘은 후였다.

"이제 제 심장은 무엇에 뛸까요, 폐하. 정직과 충성심은 아닐 것 같은데."

쓴웃음을 지으며 서령이 곤을 직시했다. 곤이 서령을 내치려 할 때였다. 하늘이 갈라지는 듯한 천둥소리가 방 안을 쩌렁쩌렁하게 울렸다. 곤은 혹여 몸의 이상을 들킬까 이를 악물며 어깨 위의 고통을 참아냈다.

"악!"

소리를 내며 비틀거린 건 서령 쪽이었다. 곤이 고개를 들어 서령을 보았다. 서령의 왼쪽 목에서 쇄골까지 곤의 어깨 위에 새겨진 표식과 같은 표식이 불꽃처럼 타올랐다. 원인 모를 고통에 서령은 정신이 혼미해졌다. 곤이 놀란 눈빛으로 자신을 뚫어지게 보고 있었다. 서령은 서둘러 자리를 정리했다.

"제가 회복이 덜 됐나 봅니다. 이만 가보겠습니다. 국정 보고 때 뵙죠."

자리에서 일어나 떠나는 서령의 뒷모습을 곤은 끝까지 지켜보다 책상에 놓인 수화기를 들었다.

"내가 지시했던 역적 김기환의 부검 결과 나왔는지 국과수 연결하세요."

아늑하고 소박하게 꾸며진 노상궁의 방에 향긋한 차 향기가 맴돌았다. 태을은 노상궁의 초대로 그녀의 방에 와 있었다. 마주 앉은 이 시간이 어색하기도 했지만, 드디어 노상궁이 자신을 받아들여준 듯해 좋았다. 어쨌든 곤에게 소중한 사람이니까. 태을과 같이 곤을 걱정하는 이니까, 태을은 노상궁이 싫지 않았다.

"바닷가라 비가 잦아요. 다 좋은데 그게 맹점이야. 차 들어요. 그간 내 처사가 퍽 서운했을 텐데, 폐하를 지킴에 그리했거니, 이해 바랍니다."

"별말씀을요."

"지금부터 내가 뭘 좀 물을 것인데 더 묻지도 말고 대답만 할 수 있겠소? 누설도 발설도 말고. 나랏일을 하는 사람인 듯해서 믿어볼까 하는데."

찻잔을 내려놓은 태을이 끄덕였다.

"말씀하세요."

"내 이름은 노옥남이오. 아버지 함자는 노기섭, 어머니 함자는 신정애, 여동생은 노영남. 난 1932년 황해도 벽성에서 태어났소. 열일곱에 떠나서 고향 소식을 못 들은 지 어언 육십칠 년이오. 그래서 묻소."

노상궁이 묻고자 하는 게 무엇인지 감도 오지 않아 태을은 그저 노상궁을 보고 있었다. 주름진 눈가에 세월의 흔적이 고스란히 묻어났다.

"그 전쟁은 어찌 됐소."

"……?"

"1950년 6월에 일어난, 그 전쟁 말이오."

"그 전쟁을 어, 어떻게…… 아세요……?"

태을이 놀라고 떨리는 마음으로 물었다. 설마…….

"짐작하는 그 이유가 맞소."

노상궁이 차분히 고백했다. 오래, 아무도 모르게 지켜온 비밀이었다. 노상궁은 그 비밀을 태을에게 털어놓았다.

"고요한 어느 새벽에 천둥 같은 대포 소리에 지옥이 열렸지. 그 전쟁으로 부모, 형제를 다 잃고 넋을 놓았는데 어느 한 사내가 나타나 전쟁 없는 세상으로 가겠느냐 하길래 이 책 한 권만 들고, 마지막인 줄도 모르고 고향을 떠났지. 폐하의 조부이신 해종황제 폐하셨소."

상 위에 올라온 책은 김소월 시인의 시집 초판본이었다. 누렇게 해진 책을 내려다보며 태을은 무어라 형용할 수 없는 감정을 느꼈다.

"그 후 그쪽의 역사는 어찌 됐습니까."

잠시간 방 안에는 침묵이 돌았다.

"……전쟁이 나고 삼 년 뒤, 휴전을 했습니다. 지금은 남북으로 나뉜 분단국가라 서울에서 황해도는 갈 수 없는 곳이구요. 죄송합니다. 맘 아픈 얘길 전해서."

"아니요. 소식 들었으니 됐소. 서글펐던 날도 많았지만, 이제는 알아요."

"……."

"그것까지도 다 내 운명이었음을. 손님께서 이곳에 오셨듯 말입니다."

태을이 그러한 것처럼 노상궁도, 곤도, 모두가 각자의 운명

앞에 서 있었다. 태을은 거대한 운명 앞에서 묵묵히 오랜 시간 자신의 길을 걸어온 노상궁을 보았다. 노상궁은 단단한 눈빛으로 자신을 보는 태을에게 정중히 부탁의 말을 전했다.

노상궁의 방을 나와 복도를 걸으며 태을은 노상궁의 마지막 말을 기억했다.

"정태을 경위의 신분증이 폐하께 간 그때부터, 폐하의 운명의 길잡이는 정태을 경위인 것 같네요. 부디 폐하를 잘 부탁합니다."

태을은 맞은편에서 걸어오는 서령을 보고는 멈춰 섰다. 무엇이 불편한지 서령은 자신의 목 부근을 매만지고 있었다. 서령도 이내 태을을 발견했다. 태을을 보는 서령의 눈빛이 이전보다도 더 매서웠다. 가까이 선 서령의 눈빛을 보자 태을은 확신할 수 있었다. 그날, 광화문에서 본 '구은아'는 구은아가 아니었다. 서령인 것 같았다. 거기까지 생각이 닿자 머릿속이 더욱더 복잡해졌다.

"또 보네요."

"그러네요."

"우리 광화문에서 만났었죠, 구두도 사시던데. 구은아 씨."

광화문에서 태을을 지나친 여자는 값비싼 구두 가게에 들어갔었다. 태을의 말에 서령이 여유롭게 웃었다.

"아, 미안해요. 대한제국서 나 헷갈리는 사람 처음 봐서."

웃고 있던 서령이 돌변하며 싸늘해졌다.

"난 KU 빌딩에서 본 거 말한 건데. 이젠 구서령 총리쯤 알아야 되지 않나? 대한제국에서 살 거면? 나라가 들썩하게 청혼도 받으셨던데."

"나랑 만난 전후로 뭐 했어요? 구두만 사진 않았을 거고."

"건방 떨지 말고 비켜. 너 아직 내 앞 못 막아."

"네 발로 걸어왔어. 멈춘 것도 너고. 마음이 무겁지. 죄책감이란 게 그렇게 무거운 거야."

태을의 단호한 말이 서령의 분노에 불을 지폈다. 분한 마음을 억누르며 서령이 태을의 가까이 위협적으로 다가섰다.

"너 만난 전후로 뭐 했는지 궁금해? 물론 구두만 사진 않았지."

"……!"

"물론 KU 빌딩에서 본 날 말하는 거야."

곧 서령은 획, 태을을 스쳐 지났다. 태을이 서령이 지난 자리를 돌아보았다. 높은 구두를 신고 도도하게 걷는 서령의 뒷모습이 언제나처럼 당당했다. 무언가 있다. 분명히. 태을이 노려보았다. 순간적으로 서령이 움찔하며 미묘하게 비틀거렸다. 태을은 똑똑히 보았다. 서령의 목 위에 곤과 같은 표식이 번쩍이고 있었다.

태을은 곤의 집무실로 뛰기 시작했다.

"알겠습니다. 지금 곧 가죠."

전화를 끊은 곤은 막 집무실로 들어오는 태을에게 설명했다.

"미안한데 먼저 자고 있어. 국과수 부검의가 역적 김기환에게서 표식을 발견했어. 지금 확인하러 가야 해."

"그 표식, 구서령한테도 있는 거 알아?"

"자네도 봤어?"

"복도에서 마주쳤어. 구서령도 차원의 문을 넘은 거야. 대한민국에서 내가 봤거든. 방금 확인도 했고."

태을의 설명으로 인해 곤에게 의문으로 남아 있던 모든 것이 끼워 맞춰졌다.

"그래서 내 발을 묶었던 거구나. 내 반대편, 이림한테 가기 위해서."

"이제 내가 안다는 걸 구서령도 아는데 괜찮을까? 범인들도 가진 패 다 털리면 막나가는 법인데."

"그래 주면 외려 좋은데. 내가 막나가자 마음먹으면 날 이길 자는 없거든. 나한테 맡기고 좀 쉬고 있어. 같이 가고 싶지만……."

"알아. 나 노출되어서 좋을 거 하나 없는 거."

"서둘러보겠지만 오전에나 돌아올 거야. 은섭 군 데리고 같이 올게."

곤은 태을의 어깨를 쓰다듬었다. 태을은 씁쓸하게 끄덕였다. 곤이 나간 드넓은 집무실이 휑했다. 혼자 남은 궁 안이 오늘따라 유독 넓게 느껴졌다.

∞

예상대로 아침이 되어서야 곤은 궁으로 돌아왔다. 국과수에 다녀온 일은 나름의 성과가 있었다. 부검의가 말한 대로 김기환의 사체에는 곤과 같은 표식이 있었다.

문제는 부검의가 이 표식을 처음 발견한 게 아니라는 점이었다. 부검의는 십일 년 동안 세 번, 이와 같은 표식을 봤다고 말했다. 세 명 다 존속 살해로 형을 살았던 공통점이 있었다고도 덧붙였다.

대한민국에서 대한제국으로 넘어온 이들. 자신을 죽이고 온 그들이 누군가에게 정체를 들켰다면, 가족일 가능성이 컸다. 곤은 부검의에게 같은 케이스가 더 있는지 확인을 부탁했다.

그런데 돌아온 궁에 태을이 없었다.

"외출이요. 내 손님이?"

오전 보고를 위해 들렀던 모비서가 끄덕였다.

"네. 건장한 대원을 붙여 달래서 근위대 수석 훈련생인 장미륵 대원을 붙였습니다. 업무용 핸드폰도 지급했구요."

"번호 뭡니까. 어딜 가고 싶음 나랑 가지 왜……."

"폐하께선 할 일이 태산이실 테니 혼자 다녀오겠다고 하시던데요."

아쉬운 마음으로 책상을 두들기던 곤의 손가락이 멈췄다. 혼자 보낸 게 미안했고, 할 수 있는 게 별로 없는 이곳에서도 나름대로 제 일을 찾아 하려는 태을이 고마웠다. 그저 궁 안에 안전하게 있기를 바라는 것은 제 욕심일 것이다. 용감하고, 씩씩한 여인이라 매일 더 좋아진다는 것도 사실이었으니까. 태산처럼 쌓인 일을 서둘러 해결하기 위해 곤은 휴대폰을 내려놓았다.

"급한 불부터 끄죠."

"급한 불이 여럿입니다만 가장 큰 불부터 끄겠습니다. 혼인 언제 하실 예정이십니까? 황후 얘기로 대단히 시끄럽습니다. 한번은 공식으로 발표를 해야 할 것 같은데, 밀어붙일까요, 미뤄볼까요."

"일단 미룹시다. 청혼에 대한 답을 아직 못 들었거든요. 못 났죠?"

"진짜요?"

"지금은 구총리의 집무 정지가 더 급합니다. 일단 교도소부터 다녀오세요. KU 그룹 최회장한테 본인을 대리할 자를 보내라고 하세요. 오늘 당장. 회사를 택할지 전 부인을 택할지 선택해서 들어오라고 하세요. 두 번 걸음 하는 일 없었으면 한다고도 전하고."

"예, 폐하."

단호하고 빠르게 내뱉는 곤의 눈이 형형했다. 모비서가 간명하게 답했다.

이어서 노상궁이 곤을 찾았다. 곤이 궁에 들어왔음에도 바로 곤을 보러 오지 않았던 노상궁이었다. 곤이 어두운 얼굴로 물었다.

"자네가 안 보일 땐 딱 두 가진데. 부적을 하러 갔거나 궁에 일이 있거나."

"예, 폐하. 두 번쨉니다. 실은…… 야객을 잡았습니다. 그 과정에서 닭도 새로 들였구요."

이전에 태을의 신분증을 가져간 야객을 잡았다는 뜻이었다. 거기까지는 놀랍지 않았으나 그다음 얘기가 곤의 신경을 날카롭게 했다.

"독살 시도가 있었어?"

노상궁이 끄덕이며 사진을 건넸다.

"궁인 박숙진이 야객이었습니다. 박대원에게 들으니 그자가 역적의 서점에도 드나들었고 서점에서 나와 그런 걸 태우 더랍니다."

실제로는 진짜 박숙진도 아니었다. 진짜 박숙진은 평안도에서 민선영이라는 이름으로 살고 있었고, 오래 전 아들을 잃은 기록이 있는 민선영이 박숙진이 되어 입궁해 궁인으로 있었던 것이다. 궁에 들어오려면 입궁 보증인이 필요하니 신분을 바꿔치기한 것 같았다.

사진을 확인한 곤의 손에 힘이 들어갔다. 사진 속에는 신재가 자신의 어머니와 밥을 먹고 있는 한때가 찍혀 있었다. 신재가 어떻게 대한제국에서 대한민국으로 넘어오게 됐는지, 어렵지 않게 추측할 수 있었다.

"정체가 발각된 현장에서 곧장 피를 토했습니다."

"쓰임이 있는 부모가…… 이자였구나. 아직, 밥값도 못 갚았는데. 상태는 어떤데, 위중한가."

"아닙니다. 깨어났습니다. 근데 그 물건이 폐하와의 독대를 요구합니다."

곤은 자리에서 일어섰다. 무슨 꿍꿍이인지는 몰라도 민선영의 말을 들어볼 필요가 있을 듯했다.

∞

궁인들의 출입이 드문 별궁 한편에 초췌한 낯을 한 선영이 있었다. 환자복을 입고 링거를 끌며 선영이 곤 앞에 허리를 숙였다.

"독대를 청했다고. 그리 오랫동안 나를 속여놓고."

"……폐하를 뵈었습니다. 강신재……. 제 아들과, 함께 계신 폐하를요."

가만히 선영을 내려다보던 곤의 눈이 커졌다. 이쪽이 신재의 친모인 것만은 확실해졌다.

"이림이 준 마지막 사진이었고……. 사진과 함께 독을 받았습니다."

노상궁이 알아낸 대로 선영은 이림의 본거지였던 서점을 오가며 궁의 소식을 전하고, 이림의 지시에 따랐다. 그 대가로 신재의 소식을 들었다. 그런데 이림이 그녀에게 신재와 곤이 함께 있는 사진을 건네며 그녀를 버렸다. 쓰임을 다하지 못했으니 그 사진이 그녀에게 전하는 마지막 사진이 될 것이라고 했다.

기력이 쇠한 듯 초라한 모습이었으나 선영의 눈빛만은 독기가 어려 있었다. 아들을 위해 자신을 물론, 아들의 인생까지 뒤바꾼 선영이었다. 또다시 아들을 위해 못할 일이 없었다. 기막힌 우연인지 필연인지 신재가 곤을 만났다. 이제 신재 또한 이림의 눈밖에 난 것이었다.

"해서 전 도박을 했습니다. 폐하께 독을 타는 대신, 제가 마셨습니다. 죽으면 그렇게 죗값을 치르려 했고 살면 이렇게 독대를 청할 작정으로요."

"……."

"염치없지만 이제 제 아들의 생사권을 폐하께 맡깁니다. 그 아이는 죄가 없습니다! 제발, 제발…… 제 아들을 살펴주세요, 폐하!"

눈물을 쏟아내며 선영이 처절하게 빌었다. 끔찍할 정도의 모정이었다. 곤은 굳은 얼굴로 바닥에 무릎 꿇은 선영의 굽은 등을 내려다보았다.

부엌 가득 구수한 된장찌개 냄새가 퍼졌다. 찌개 외에도 식탁 위에는 김치며 김, 콩나물무침, 계란 장조림 같은 평범하지만 맛 좋은 반찬이 가득했다. 정관장은 찌개를 한 숟갈 떠먹으며 멍하니 음식들을 보고만 있는 딸을 재촉했다.

"역시 집된장이야. 찌개가 아주 예술이다."

태을이 대한제국으로 납치된 사이, 루나는 이림의 말대로 그 자리를 차지하고 앉아 있었다. 루나는 물끄러미 정관장을 보았다. 정관장이 왜 그러냐는 듯 눈짓했다.

"뭐야, 그 눈빛은. 반찬 투정이야? 그 눈빛 거둬. 계란 장조림까지 오늘 라인업 훌륭해."

"……아부지."

입이 잘 떨어지지 않았다. 아버지라는 말을 발음을 해본 적은 있었던가. 누군가와 마주 앉아 식탁에서 밥을 먹는 것부터가 익숙하지 않은 일이었다. 오늘따라 자신의 딸이 유난스럽게 군다고 생각하며 루나를 바라보는 정관장의 눈에는 온기가 어려 있었다.

"어. 왜."

"나 착한 딸이야?"

태을 답지 않은 질문에 정관장이 능청스럽게 답했다.

"그럼. 달에 하루는 꼭 착하지. 29일, 월급날마다. 일주일 남았네!"

정관장이 신이 나서 노래하듯 답하고는 자리에서 일어났다.

"먹고 개수대에 넣어놔. 아빠 나간다."

허겁지겁 정관장이 집을 나서고, 루나는 여전히 식지 않고 김이 나는 된장찌개를 보다가 숟가락을 들었다. 처음으로 '집'이라고 불릴 만한 곳에서 먹어보는 된장찌개가 꽤 맛있었다. 조금 짠 것 같기도 했지만.

밥을 다 먹고 난 후, 루나는 태을의 방으로 들어갔다. 방 안을 둘러본 루나는 책상 위의 책들과 사진들을 훑고서는 옷장의 옷가지들을 확인했다. 그리고 커다란 사자 인형이 누워 있는 침대로 가 인형을 휙 바닥에 던지고 그 자리에 누웠다. 푹

신한 침대 역시 루나가 가져본 적 없는 것 중 하나였다.

같은 얼굴을 한 태을이 누려온 것들은 루나가 일생 동안 단 한 번도 가진 적 없는 것들뿐이었다. 빛 가까이에 다가서서야 자신이 얼마나 깊은 어둠 속에 있었는지 깨닫게 된 셈이었다. 루나는 상처받은 얼굴로 천장을 올려다보았다. 오래된 야광 별이 천장에 붙어 있었다.

"……쌍둥이자리네. 재수 없어."

루나는 거칠게 몸을 일으켰다.

연못이 내다보이는 정자 앞에서 곤은 뒷짐을 진 채 고요한 물결을 바라보았다. 바람이 일 때면 그제야 물이 일렁이고 있었다. 곤이 일을 모두 마치고도 태을은 돌아오지 않았다. 곤은 궁의 초입에 만들어진 이곳 정자에서 태을을 기다리고 있었다.

떨어진 지 하루밖에 되지 않았는데도 어서 태을을 만나고 싶었다. 각자의 세계에 있을 때에는 어떻게 그렇게 오래 떨어져 있었는지 믿을 수 없을 정도로 일 분 일 초가 아까웠다. 어쩌면 허락된 시간이 한정적이라 시간의 흐름이 더 촉박하게 느껴지는 것일 수도 있겠지만.

한편에서는 호필이 전화로 태을과 함께 떠난 미륵을 재촉하고 있었다. 곤이 기다리고 있으니 호필도 애가 탄 탓이었다.

"세주문 보인다 한 게 언젠데 코빼기가 안 보이네. 날래 뛰지 않고 뭐하간! 손님은 니가 업고 뛰라우!"

다행히 마침 태을과 미륵이 멀리서부터 뛰어오는 게 보였다.

"근위대는 여기서 대기한다."

명령을 내린 곤이 성큼성큼 뛰어오는 태을을 향해 다가갔다. 늦어진 것에 대해 미륵이 나서 곤에게 고개를 숙였다. 곤이 괜찮다는 듯 가보라고 눈짓하자 미륵이 얼른 자리를 비켰다.

"걱정했잖아. 근위대원까지 대동해서 어딜 갔다니까. 전환왜 안 받아."

급하게 뛰어온 태을이 숨을 몰아쉬었다. 곤의 물음에 기가 찼다.

"내가 뭐 받을 새도 없이 저 사람 전화가 한 천번은 울리던데? 이렇게 걱정할까봐 근위대 대동하고 갔구만."

태을의 답에 곤이 머쓱하게 웃었다. 곤을 흘기는 태을의 입가에도 미소가 걸려 있었다. 근위대로부터 멀어진 두 사람은 정자를 돌아 은행나무 정원이 있는 쪽으로 향했다. 태을이 목소리를 낮췄다.

"이림의 대숲을 찾을 거 같아."

태을이 납치되었을 때, 중간중간 약 기운이 덜할 때가 있었다. 시간이 지나자 그때의 기억이 드문드문 떠올랐다. 염전 창고에 도착하기 전, 염전 창고로 향하던 길에 대한 기억이었다. 그곳에선 달짝지근한 솜사탕 냄새가 났었다. 찾아보니 근거리에 계수나무 군락지가 있었다.

"기억나는 단서가 있어서 쫓아봤는데 내가 정신이 들었던 숲은 찾았어. 그 근처에 대숲이 있는지는 이쪽 장미가 계속 찾기로 했고."

오늘 태을과 함께한 근위대 수석 훈련생 미륵의 성이 장 씨였다. 강력 3팀의 장미카엘과 같은 얼굴을 하고 있었다. 별명까지 똑같은 게 신기했고, 대한민국의 장미보다도 믿음이 갔다.

"찾기만 하면 대숲 앞을 지켜서면 되잖아."

태을이 거기까지 말하자 곤은 멈춰선 채로 태을을 빤히 보았다.

"······왜, 아냐?"

태을이 많이도 쫓아왔음을 곤은 깨닫고 있었다. 더는 태을에게 숨길 것도 감출 것도 없었다. 그저 슬픈 얘기는 혼자만 가지고 있고 싶었다. 그럴 수 없음을 알면서도. 곤은 착잡한 마음으로 입을 열었다.

"차원의 문이 열리는 순간 시간이 멈춰. 횟수를 거듭할수록 멈추는 시간이 더 길어지고 있어."

그사이 이림이 몇 번 더 바쁘게도 차원의 문을 열고, 닫았고, 곤은 멈춘 시간에 홀로 오래도록 있었다.

"……이젠 한 시간도 넘게 멈춰."

"사람을 세우면 외려 그들이 위험해지는구나. 이림만 움직일 테니까."

현실을 깨달은 태을이 멍하니 중얼거렸다.

"그러네. 안 해본 생각이 아닐 텐데……. 근데, 시간이 그렇게 오래 멈춘다고?"

태을의 물음에 곤이 끄덕였다. 곤을 올려다보던 태을이 불쑥 곤의 허리를 끌어안았다. 모두가 멈춘 시간 속에서 곤이 홀로 서 있다는 것을 눈치 챈 것이다.

"그 시간 동안 당신은……. 혼자겠구나."

"몇 번은, 자네가 함께 있었어."

곤이 태을을 마주 안았다. 무언가 풀릴 듯하면, 어디선가 꼬인 매듭이 나타났다. 태을은 곤의 가슴에 얼굴을 묻은 채 낙담했다.

"……우리에게 방법이 있긴 한 걸까? 이걸 되돌릴 방법이?"

"시간이 멈추는 건 식적이 반으로 갈라져서 반쪽짜리 힘만 쓰게 되니까 생기는 균열인 것 같아. 그러니까 어쩌면…… 다시 하나가 되면 괜찮아지지 않을까."

"어떻게 다시 하나가 되는데? 이림이 가진 걸 뺏거나 당신이 가진 걸 뺏기거나, 둘 중 하나겠구나."

"이림이 반쪽을 손에 넣기 전에 그걸 막거나."

태을이 놀라서 물었다.

"그건 과거잖아."

"그 문 안에 공간의 축만 있는 게 아니라 시간의 축도 존재한다면 가능해져. 그러면 이십오 년 전 내가 자네의 신분증을 주운 게 설명이 되거든."

"존재해?"

"아직은 모르겠어."

이림이 문 안에서 시간을 유예한다는 것을 알게 됐을 때, 곤은 그 문 안을 계속해 달렸었다. 길이 뒤집히고, 다시 되돌려졌다. 부유하는 붉은 풍선들은 왼쪽에 있기도 또 오른쪽에 있기도 했다.

"그 문 안을 달려는 봤는데, 아무리 오래 달려도 끝에 닿지는 못했거든. 그 공간은 딛고 달리는 바닥이 하늘이기도 땅이기도 겉이기도 속이기도 했어. 내가 어디를 가나 위로, 아래로, 옆으로 빨간 풍선이 보였거든. 뫼비우스의 띠처럼."

가만히 태을은 곤의 이야기를 들었다.

"하나 확실한 건 내가 동전을 띄워봤거든? 근데 떠올라.

자네의 꽃씨는 가라앉았었잖아. 생명이 있는 것들은 가라앉나봐."

"진짜?"

태을이 반색하며 주머니에서 작은 봉투를 꺼냈다.

"나 오늘 또 꽃씨 샀는데."

태을이 손에 든 건 희망이었다. 태을이 희망을 잃지 않아주어서 곤은 고맙고, 아팠다.

"……정말 믿는 거야? 그곳에 꽃이 필 거라고?"

"무슨 걱정하는지 알아."

"……!"

"그 식적이 하나가 되면…… 그 문이, 영영 닫히는 건 아닐까……. 맞지?"

곤은 아무런 대답도 할 수 없었다.

"열일곱 개 중 열 번째야. 미리 겁먹지 말 것. 그 일은 아직 일어나지 않았어."

곤에게는 지켜야 할 열일곱 가지가 있었다. 그중 아직 태을이 말해주지 않은 것들이 남아 있었는데, 이제 하나가 더 생겨났다. 겁이 나는 건 태을도 마찬가지일 텐데, 미리 겁먹지 말자고 말한다.

태을은 곤이 혼자서 너무 많은 짐을 지지 않기를 바랐다. 거대한 운명은 이제 태을의 것이기도 하니까. 아니, 처음부터 태을의 것이기도 했으니까. 그 운명을 태을은 이미 많이 사랑하고 있었다.

"또 모르잖아. 그 띠가 끊어질 수도 있지만 반대로 늘어날 수도 있는 거잖아. 설명할 수 없는 일은 이미 차고 넘치니까."

슬픈 눈으로 자신을 보는 곤에게 태을이 씩씩하게 말했다.

"눈앞에 있잖아. 설명할 수 없는 일. 내가 이곤을 사랑하게 돼버렸는데."

"……그러네."

그제야 곤이 웃었다. 태을도 그를 향해 웃었다.

"근데 열일곱 개 중 아홉 번째야."

"아……. 아홉 번째구나. 누가 보면 아주 앞에 여덟 개는 잘 지킨 줄. 아니 이 타이밍에는 토닥토닥……. 됐고, 새벽에 봐."

장난스럽게 말하는 곤에게 토라진 듯 태을이 몸을 휙 돌려서는 앞서 나갔다. 그런 태을을 곤은 손도 대지 않고 붙잡았다.

"근위대는 일 보 앞으로."

멀리 기둥 뒤에 있던 근위대가 한 걸음 밖으로 나서며 모습을 드러냈다. 태을이 멈칫하는 사이 곤이 긴 다리로 훌쩍 다가와 태을의 어깨를 감쌌다. 태을의 귓가에 곤이 낮게 속삭였다.

"새벽은 같이 봐."

근위대가 다시 기둥 뒤로 물러서, 두 사람은 함께 달빛이 비추는 회랑을 걸었다.

"여친을 이렇게 잡는 남친이 어딨지?"

"달리 어떻게 잡지?"

"진심을 담아 잡아야지."

"나도 뭘 담긴 했는데 잘못 담았군."

"뭘 담았는데?"

"조바심."

불안하지만, 함께 있음에 행복한 두 사람의 웃음소리가 궁 안에 조용히 스며들었다.

새벽녘, 곤은 태을과 은섭을 데리고 또 한 번 차원의 문을 넘었다.

오
늘
단
하
루
만

대낮부터 자신을 불러낸 영을 신재가 불만스러운 눈빛으로 보았다. 그리 좋은 사이는 아니었던 것 같은데, 두 사람은 어느새 치킨 집에 마주 보고 앉아 치킨을 먹고 있었다.

"이곤이 돈도 안 주고 갔냐? 왜 대한민국 공무원 삥을 뜯어."

게다가 영의 앞에는 술잔까지 놓여 있었다. 신재가 투덜거리며 혀를 찼다. 그런 신재에게 영은 다른 말하지 않고 직설적으로 물었다.

"근데 강현민이 누굽니까."

"……총 맞은 놈이 술 마셔도 돼?"

"지키다 보면 다치고, 다치다 보면 지켜지는 겁니다."

"허세는."

"기세죠, 모든 싸움은. 아직 답 안 하셨는데, 대한제국에서 이름이 강현민이었습니까?"

더는 말을 돌릴 수도 없었다. 신재는 별수 없이 시인했다.

"어, 그런 거 같아. 가면 좀 찾아봐줄래?"

영은 대답 대신 잔에 든 술을 한 모금 마시며 궁에서 본 궁인 민선영의 얼굴과 송정혜를 뒤쫓다 만난 신재 어머니의 얼굴을 떠올렸다. 어차피 같은 얼굴이었지만.

"더 궁금한 거 없습니까? 더 찾고 싶은 거라든지…… 어머니?"

떠보듯 묻는 영의 어머니라는 말에 신재는 표정을 굳혔다가 이내 자신 없이 중얼거렸다.

"……뭐든. 어머니든 언니든 오빠든. 그거 물어보려고 불렀어?"

"고백은 왜 안 합니까?"

"……?"

"좋아하잖습니까, 정태을 경위. 나도 아는 걸 본인이 모를 리는 없고."

오늘따라 영의 질문들이 송곳처럼 날카로웠다. 참으로 예리하게 아픈 곳을 찔러댔다. 신재가 인상을 구겼다.

"네가 이래서 총을 맞는구나. 다음엔 나도 쏜다."

"우리 폐하와 정형사님, 안 될 일입니다. 두 세계는 너무 멉니다."

"그런 이유면 더더욱 말 아껴. 같은 세계에 있어도 다른 세계보다 먼 사이도 있어."

말을 마친 신재는 자리에서 일어났다. 영이 도발하듯 올려다보았다.

"이렇게 가면 진짠데."

영과 신재의 시선이 첨예하게 대립했다. 그러나 이내 쓸쓸해진 건 신재였다.

"어, 진짜야."

답을 하고 나서던 신재는 곤과 맞닥뜨렸다. 황제라더니 양반은 못 될 것 같았다. 신재는 껄끄러움을 숨기지 못하며 물었다.

"다시 왔네?"

"시간 좀 내주겠나. 할 얘기가 있는데."

"들을 얘기 없고 시간도 없고. 일하러 가야 해."

무뚝뚝하게 답한 신재가 미련 없이 곤으로부터 등을 돌렸다. 곤은 잠시 별궁에서 제게 무릎 꿇었던 선영을 떠올렸다. 이 세계의 사람도, 저 세계의 사람도 아닌, 떠도는 존재가 되어버린 쓸쓸한 신재의 생이 안타까웠다. 복잡한 심경으로 신재의 뒷모습을 보는데, 커다란 목소리가 들려왔다.

오랜만에 마주한 반가움에 거의 울기 직전인 영이 자리에 못 박힌 채 곤을 부르고 있었다. 처음 만난 이후로 두 사람은 이렇게나 멀리, 이렇게나 오랜 시간 떨어져본 적이 없었다. 군 복무도 함께한 사이였기에 길어야 며칠, 곤이 멋대로 사라진 며칠 정도가 전부였다.

　"잘 지냈고? 밥은 잘 먹었고? 별일 없었고? 구총리와 부딪히진 않았고?"

　영을 믿기에 이곳에 두었지만, 근위대장으로서의 영을 믿는 것과는 별개로 가족 같은 영은 걱정이 됐다. 질문을 쏟아내는 곤에게 영이 놀란 눈을 했다.

　"그걸 어떻게 아셨습니까."

　"내 어깨에 있는 표식이 구총리에게도 있는 걸 봤거든. 구총리는 걱정 마. 원하는 곳으론 절대 갈 수 없을 거야. 나는 발만 묶어놨는데, 본인은 날개가 뜯기는 고통이겠지만."

　선을 넘고 이림의 편에 선 서령을 그대로 둘 수는 없었다. 서령에게 정보를 물어다주던 서령의 전남편, KU 회장은 곤의 회유에 금세 황실에게로 돌아섰다. 우정이라고도 부르지 못할 이득만을 취하는 얄팍한 관계였다. 서령보다야 곤이 줄 수 있는 것이 훨씬 많았으니 KU 회장이 돌아서는 것은 당연했고. 서령을 돕던 로비스트인 비선 또한 마찬가지였다. KU 회장과 서령의 사이를 오가며 말을 전하던 비선은 도리어 서령의 약점을 가장 많이 알고 있는 사람이기도 했다.

녹음된 KU 회장과 서령의 대화에는 서령이 역적 잔당들을 수소문하고 다녔다는 내용이 담겨 있었다. 실제 의도가 어떻게 됐든 역적과 함께 역모를 모의하려는 의도로 간주될 수 있었다. 거기에다 궁에 사람을 심고, 보안을 뚫고 감히 황제를 도청했다는 사실까지도 밝혀졌다. 끝이었다.

역적을 쫓고, 궁의 보안을 뚫었다. 서령은 즉시 총리직을 잃게 되었다. 이제 그녀와 이림이 어떻게 나올지는 두고 볼 일이었다. 가장 높은 곳에 있고자 했던 그녀의 심장이 어디로 떨지.

"어떻게⋯⋯."

"방법은 가서 직접 들어. 입에 담기 싫어서."

불쾌한 기분에 곤의 미간이 찌푸려졌다.

"근데 저 여기 있는 건 어떻게 아셨습니까? 혹시 조은섭 폰에 GPS 어플 까셨습니까?"

"은섭 군이 내 폰에 깔았지. 은섭 군 동생들에게 들키진 않았고?"

"⋯⋯절대로요."

영의 눈빛이 거세게 흔들리고 있었다. 그의 미숙한 거짓말에 곤은 웃음을 삼켰다.

∞

흰색 태권도복을 입은 은섭의 동생, 은비와 까비가 테이블에 앉아 발을 달랑거리며 나리가 내준 음료를 마시고 있었다. 은비의 옆으로 앉은 나리가 귀엽다는 듯 은비를 바라보았다.

"은비야, 너 오빠 면허 딴 거 알아?"

"금마 우리 오빠 아이에요."

나리가 깜짝 놀라 은비를 보았다.

"그치? 이상하지? 역시 우리 은비 아는구나! 아니, 은비야 언니 얘기 좀 들어봐⋯⋯!"

"오빠야!"

나리의 말을 끊으며 은비가 벌떡 일어나 까비의 손을 잡고 달려 나갔다. 저 멀리서 걸어오던 은섭이 은비와 까비를 발견하고는 마구 달려왔다.

"똥강아지들!"

환하게 웃으며 은섭이 은비와 까비를 품 안에 안았다. 얼마나 보고 싶었는지 몰랐다. 은섭은 괜스레 코끝이 찡해지는 걸 간신히 참았다. 방금은 지네 오빠 아니라더니, 나리가 기가 막혀서 은섭을 힐끗 보고는 은비에게 따져 물었다.

"야, 조은비. 니네 오빠 아니라매 방금!"

"야는 우리 오빠 맞아요."

"뭐가 맞는데. 얘는 왜 맞는…… 것, 같지?"

제대로 은섭을 마주한 나리는 다시금 달라진 은섭의 느낌에 멍해졌다. 최근 입고 다니던 양복 차림인 것도, 머리가 짧아진 것도 똑같은데 이제는 다시 은섭 같았다. 이상했다. 멍하게 선 나리를 보며 은섭이 씨익, 시원하게 웃었다.

"명나리. 니 딱 보니까 내 보고 싶었는데? 나는 니 마이 보고 싶었다."

은섭이 고민하지 않고 나리를 확 끌어안았다. 어제도 봤으면서, 보고 싶긴 뭐가 보고 싶었냐고 말해야 하는데 은섭의 품속이 나쁘지 않았다. 듣고 보니 괜히, 정말 보고 싶었던 것 같기도 하고. 나리는 은섭을 밀어내지 않고 가만히 있었다.

그 모습을 지켜보던 은비가 까비의 눈을 가리며 은섭을 타박했다.

"뭐 하노, 얼라가 본다!"

제 허리까지도 안 오는 귀여운 생명체가 나무라는 게 또 귀여워서 은섭은 얼른 은비와 까비를, 나리까지도 함께 끌어안았다.

"억만금을 줘도 내랑 금마랑 안 바꿀 이유가 여 다 있네."

마침 날도 좋았다. 은섭은 아끼는 이들을 끌어안고 마음껏 행복해했다.

∞

우체국 건물을 나서며 신재는 주머니에 손을 꽂았다. 사망한 장연지 명의의 우편물을 찾으러 영장을 받아 찾아온 우체국이었다. 그런데 우체국 직원은 조금 전 태을이 찾아왔다고 했다. 연차를 쓴 태을이 나타나지 않은 지 며칠째였다. 연차를 써놓고 일을 하고 있었던 건지, 신재는 괜스레 주변을 두리번거렸다. 조금 전 찾아갔다고 했으니 혹시 태을이 있을까 싶어서였다.

어딘가에서 들려오는 고양이 울음소리가 신재를 붙잡아 세웠다. 골목을 돌자 쭈그린 채 고양이를 쓰다듬고 있는 루나가 보였다. 신재의 입꼬리가 습관적으로 올라갔다. 신재는 주머니에서 손을 빼며 빠른 걸음으로 루나에게 가서 섰다. 신재의 발소리에 루나의 손에 머리를 비비고 있던 고양이가 후다닥 담 너머로 사라졌다. 루나가 고개를 들었다.

"연차 내고 꼴랑 여기 와 있냐? 전환 왜 안 받아. 너 대체 뭐 하고 다니는 거야."

루나는 말없이 천천히 일어나 신재의 눈을 빤히 보았다.

"여긴 어떻게 알고 왔어. 나 다친 거 보고도 몰라? 왜 수사를 혼자 해 위험하게."

타박하는 듯한 말투였지만, 걱정이 한가득이었다. 밑바닥

생활의 기본은 눈치였다. 루나는 비릿한 웃음을 삼켰다. 눈치도 빠른 데다가 애정에 굶주려 있어서일까, 루나는 본능적으로 이런 종류의 냄새를 잘 맡았다. 눈앞의 남자는 정태을을 좋아한다. 태을의 주변 사람들이 그렇듯 인간적으로 좋아하는 건 당연했고, 그 이상으로도 좋아하는 게 느껴졌다.

대답 없이 자신을 뚫어지게 보고만 있는 루나가 이상했다. 너무 가깝게 들여다보는 것도 같아 신재는 눈썹을 찡그렸다.

"……너 괜찮아? 어디 아파?"

태을을 향한 근심 어린 물음이 루나는 귀찮았다. 많은 말을 해봐야 태을이 아니라는 사실만 들키고 말 것이다. 빠르게 판단한 루나의 팔이 신재를 확 끌어안았다. 그리고 곧장 신재의 입을 막아버렸다.

"……!"

루나와 신재의 입술이 맞붙었다. 신재는 차마 루나를 밀어내지도 못하고 완전히 굳었다. 신재의 심장이 거칠게 뛰고 있었다.

"너, 지금!"

입술이 떨어지기 무섭게 신재가 감정을 주체하지 못하며 소리쳤다. 엄청난 일을 저지른 주제에 루나는 태연하기만 했다. 조금 전 무슨 일이 일어난 건지, 신재는 여전히 얼떨떨하고 당혹스러웠다, 마침 휴대폰 벨소리가 울렸다.

"아부지다. 잠깐만."

휴대폰을 들고서 루나가 신재로부터 멀어졌다. 사라지는 루나의 뒷모습을 보며 신재는 정신을 차리려 안간힘을 썼다. 머릿속에 들어오는 게 아무것도 없었지만, 일단은 루나를 쫓아야 한다는 사실만이 분명했다. 그러나 골목 바깥으로 나간 루나는 흔적도 없이 사라져 있었다. 헛것이라도 본 것 같아 신재는 넋이 나간 채였다. 그때 누군가 신재를 돌려세웠다.

"형님! 여깄었어? 내 핸드폰 위치가 이 근처던데."

태을은 정관장의 휴대폰으로 자신의 휴대폰에 전화를 걸고 있었다. 대한민국으로 돌아와 집으로 갔던 태을은 기가 막히게도 루나가 제집에서 아버지와 밥까지 먹으며 태을이 없던 시간을 보냈다는 걸 깨닫고 난 차였다.

"정태을⋯⋯!"

신재는 떨리는 목소리로 태을의 이름을 불렀다. 정말로 태을이었다. 이번에야말로.

"형님 혹시⋯⋯."

반쯤 혼이 빠진 듯한 표정의 신재를 태을이 살폈다. 신재는 마른침을 삼켰다. 이제야 이해가 됐다. 자신은 루나에게 당한 것뿐인 데도 긴장이 됐다. 나쁜 마음을 먹다 들킨 사람처럼.

"봤구나, 나. 아니, 나랑 같은 얼굴. 만난 거야?"

"넌, 이제 온 거야?"

"……그렇게 됐어. 정말 그래? 그 얼굴, 나랑 정말 똑같애? 얘 내 핸드폰도 가지고 있어."

화가 나면서도 순수하게 호기심이 이는지 묻는 태을의 눈동자가 맑기만 했다. 아까 전 보았던 루나와는 확실히 다른 분위기였다. 잠시나마 태을을 알아보지 못하고 갑작스러운 입맞춤에 휩쓸려버린 자신이 한심했다.

"신분증도 가지고 있나본데. 연차 낸 거 보니. 일단 회사로 가. 넌 연차 낸 거부터 풀어."

무뚝뚝하게 말한 후 신재는 태을의 반대편으로 걸었다.

신분증은 태을에게도 있었다. 루나가 가지고 있는 것은 처음 대한제국의 궁에 갔을 때 잃어버린 신분증일 것이다. 태을은 루나를 찾는 데 집중하며 다시금 자신의 휴대폰으로 전화를 걸었다. 한참 받지 않더니 이번에는 전화를 받는 소리가 들렸다.

"전활 받어?"

분명히 연결되었는데도 상대는 아무런 말도 없었다. 태을이 딱딱하게 물었다.

"너, 나 누군지 알지."

—알지. 정태을 경위.

흠칫할 정도로 똑같은 목소리가 들려왔다. 태을은 휴대폰을 고쳐 쥐었다.

"너 지금 어디야. 우리 만나야지. 너 나 보러 온 거잖아."

—큰일 날 소리 하네. 지금 너, 나 만나면 죽어. 안 만나는 걸 감사해.

"너 내 주변 사람들 건드리면⋯⋯!"

—건드릴 거면 너 없을 때 건드렸어. 난 너 보러 온 거야. 곧 보자. 핸드폰은 잘 썼다.

제 할 말만 내뱉은 루나가 툭, 전화를 끊었다. 다시 통화를 시도했으나 그새 휴대폰이 꺼져 있었다.

"네 목표는 나란 얘기지."

태을은 이를 꽉 깨물었다.

태을은 연차를 반납하고 저녁 무렵 감식반에 가 휴대폰 위치를 조회했다.

"누가 간 크게 경찰 핸드폰을 훔쳐갔대요?"

놀랍다는 듯 중얼거리며 위치를 조회하던 직원이 고개를 갸웃했다.

"근데 훔쳐간 거 맞아요? 방금 해지됐는데."

"해지요?"

"네. 본인이 직접 해지한 걸로 나오는데요?"

"와, 이젠 전화도 안 된단 소리네. 그만 가보겠습니다. 핸드폰을 새로 해야 해서요."

기가 막힌 채로 태을은 경찰서를 나섰다. 얼굴도, 목소리도, 심지어는 DNA도 같은 존재가 대한민국에 또 한 명 존재하고 있었다. 등골이 서늘한 기분이었다.

그 시각, 루나는 한산한 야외 주차장에 세워둔 봉고차 안에 있었다. 뒤로 눕혀 간이 침대처럼 만든 차 시트가 루나의 잠자리였다.

"하아……."

루나는 공벌레처럼 작게 몸을 웅크린 채 고통을 참았다. 미리 처방받아둔 약을 털어 넣었는데도 크게 소용이 없었다. 땀에 푹 젖은 얼굴은 핏기 하나 없이 희게 질려 있었다. 아팠다. 너무. 칼에도 찔려본 적 있었는데, 그때보다도 고통스러웠다. 그냥 이대로 죽어버리고 싶을 만큼 아팠다. 고통에 몸부림치던 루나가 뒤척거리다 천장을 보고 누웠다.

봉고차 천장에 붙여 놓은 야광별은 지나치게 희미했다. 희미한 빛은 루나를 제대로 비추지도 못했다. 어서 고통이 지나가길 기다리는 루나의 뺨 위로 눈물이 한 줄기 흘러내렸다.

∞

이른 아침, 욕실에서 나온 태을이 수건으로 물기가 묻은 얼굴을 닦으며 정관장을 찾았다. 빨래 바구니에 수건을 던지고 부엌 쪽으로 걸어오며 태을이 말을 이었다.

"아부지, 나 오늘 늦으니까 문단속 잘해. 아무나 문 열어주지 말고. 특히 아는 사람일수록 더 열어주면 안 돼."

태을의 말을 들었는지 말았는지, 부엌에서 거실 쪽으로 나오는 정관장은 딴소리였다.

"일요일인데 출근해?"

"어. 아부지 핸드폰은 식탁에 놨으니까 무슨 일 있음 바로 전화하고."

"내 맘이야."

딸이 무얼 걱정하는지도 모르고. 태을은 낮게 한숨을 쉬며 곧장 현관 쪽으로 가 신발을 신었다. 아니, 신으려고 할 때였다.

"자넨 얼른 들어."

"잘 먹겠습니다."

부엌에서 들려오는 목소리가 너무나 친숙했다. 태을은 휙 고개를 돌려 부엌 쪽을 보았다. 그제야 정관장에 가려 보이지 않던, 식탁에 앉아 있는 곤이 보였다. 곤이 태을을 보며 상쾌하게 웃었다. 태을이 당황해 부엌 쪽으로 오자 정관장이 그제야 설명했다.

"아, 마주 이 친구가 오랜만에 온 거야. 그래서 숟가락 하나 더 놨어. 넌 빨리 가. 나간다며."

그대로 나갈 수도 없는 일이었다. 태을은 은근슬쩍 식탁 가까이로 갔다.

"아니…… 그게……. 이 삼겹살 내가 산 삼겹살 아닌가?"

"야, 넌 내 집에 삼십 년째 살잖아. 근데 너 얼굴이, 뭘 발랐는데 막 반짝반짝허다? 남친 생겼냐?"

평소보다 신경을 아주 조금 더 쓴 건 사실이었다. 지금은 곤이 대한민국에 와 있으니까. 그러나 태을은 시치미를 떼며 부정했다.

"아부지, 무슨, 나 이거 맨얼굴……. 어."

"어?"

부정하다 갑자기 긍정하는 태을의 말뜻을 정관장이 이해하지 못하고 되물었다. 태을이 힐끔 식탁에 바른 자세로 앉아 있는 곤을 보다 짧고 굵게 설명했다.

"남친 생겼다고. 여기 왔네."

"어?"

이번에 놀란 건 잠자코 있던 곤이었다. 정관장이 눈을 크게 뜬 채 곤 쪽으로 시선을 돌렸다. 조금 전까지도 수라를 받듯

위풍당당하게 앉아 있던 곤이 벌떡 자리에서 일어났다.

"아, 전 좀 아련한 쪽으로 인사드릴 계획을 갖고 있었는데. 이렇게 뵙습니다. 아련했어도 지금도 결론은 같습니다. 따님을 좋아하고 있는 이곤입니다. 잘 부탁드립니다."

곤은 잘도 제 이름을 정관장에게 알려주었다. 누구든 부르면 참수라던 그 이름이었다. 태을은 두 사람의 세계가 점점 가까워지는 것 같아 조금 웃었다.

"어…… 아…… 내가 지금 너무 놀래가지고."

처음으로 태을의 남자친구를 소개받게 된 정관장은 어쩔 줄 몰라 말을 더듬었다. 막상 폭탄을 던진 태을은 뻔뻔하게 어느새 자리를 잡고서 삼겹살을 접시에 옮기고 있었다. 곤과 정관장도 이내 자리에 앉아 어색하게 식사를 이어갔다. 정관장은 여태까진 굳이 물을 필요 없어 묻지 않았던 주제를 조심스럽게 꺼냈다.

"근데 말이야 전부터 궁금했는데, 자네는 뭐 하는 사람인가."

제대로 대답할 방법이 없었다. 태을은 빠르게 정관장의 시선을 돌렸다.

"아부지. 딱 보면 모르겠어? 얼굴에 사자성어 딱 써 있잖아. 멋진 사람."

정관장은 태을의 의외의 모습에 놀랐고, 곤은 환하게 웃었다. 단란한 아침 식사 시간이었다.

밥을 다 먹은 후, 곤은 태을과 함께 집을 나왔다.

"아버님께서 많이 놀라신 것 같은데. 아련하게 키운 딸이 이런 신원불상자를 만나서."

"저녁에 만나러 갈려고 했지. 이렇게 턱 와 있을 줄 알았나. 지금은 구서령 동선 확인하러 가봐야 해서."

"이렇게 오지 않으면 인사도 못하고 갈까봐."

마당을 나서던 태을의 걸음이 멈췄다. 즐겁던 태을의 표정이 금세 어두워졌다.

"가는 거야? 오늘? 지금?"

"……가지 말까? 오늘 하루만…… 더 있을까?"

두 사람의 대화가 금세 애달파졌다. 언제나 부족했다. 함께 할 수 있는 시간이.

"잡으면…… 잡힐 거야?"

"진심 담았어?"

그제야 태을이 웃으며 고개를 끄덕였다. 함께하고자 하는 마음에는 진심뿐이었으니까.

"끝나는 대로 갈게. 그리고 한참 전에 사놓은 건데, 이거 받아 가라고……. 그 펑계로 한번 잡아볼까 싶어서…… 사놨었지."

마당에 세워둔 차 문을 연 태을이 뒷좌석에서 쇼핑백 하나를 꺼내 건넸다. 펑계를 만들려고 했다는 태을의 말이 마음

아팠다. 연인이 되어서도 그런 핑계가 필요하다는 게. 가만히 쇼핑백을 건네받고 선 곤에게 태을이 얼른 덧붙였다.

"그냥 시커멓고 입으면 누가 누군지 모르겠고 그런 기준으로 산 거야. 눈에 안 띄는 옷은 없어 보여서."

"내가 입으면 불가능한데. 고마워. 예쁘게 잘 입을게."

"예쁘게 잘 입으면 안 된다니까!"

"불가능하다니까."

뻔뻔하게 말한 곤이 쇼핑백 안에 든 옷들을 꺼냈다. 곤은 이리저리 옷을 돌려 보았다. 어디선가 본 것만 같은 옷이었다. 태을이 그럴 줄 알았다는 듯 끄덕였다.

"그래, 딱 그런 거 고른 거라니까. 입어봐. 보러 갈게. 전화 잘 받고."

인사를 한 태을이 차를 타고 떠났다. 곤은 다시 한 번 더 태을이 준 옷을 살폈다. 그냥 평범한 옷이라서가 아니었다. 태을이 준 검은색 점퍼는 정말로 어디선가 본 적 있는 옷 같았다.

상
사
화
의
꽃
말

신재와 태을은 구은아의 주소지로 등록돼 있는 아파트를 찾았다. 루나를 찾는 일은 태을에게 급하지 않았다. 루나가 노리는 것은 태을이었고, 그렇다면 어차피 자신을 찾아올 거라는 생각이었다. 복도식으로 된 아파트 문 앞에서 태을은 계속해 벨을 눌렀다. 그러나 벨소리만 공허히 울릴 뿐, 안쪽에서는 전혀 반응이 없었다.

서령이 대한민국으로 넘어왔었다면, 분명히 대한민국의 구은아에게 일신상의 변화가 있었을 것이다. 불길한 쪽으로밖에 일이 예상되지 않았다. 태을은 구은아의 이름을 부르며 주먹으로 문을 여러 번 두드렸다.

문고리에 걸린 주머니가 묵직했다. 신재는 주머니 속 주스들을 꺼내 개수와 유통기한을 확인했다.

"최소 4일은 안 들어온 거 같은데."

"그러니까 빨리 찾아야 해. 구서령이 이쪽에 와서 자기 자신을 안 찾아봤을 리 없어. 찾았다면 가만히 뒀을 리 없고."

태을은 막 도착한 메시지를 읽었다. 구은아의 실종신고가 오늘자로 접수되었다는 장미의 연락이었다. 때마침 신재에게도 2G 폰의 지문 감식 결과가 나왔음을 알리는 전화가 걸려왔다. 잠시 뒤 신재에게 2G 폰을 주고 간 조열의 머그샷 사진이 첨부된 문자가 전송되었다.

"2G 폰 지문 결과 나왔는데, 그 새끼 전과자였어. 십구 년 전에 요양 시설을 털어서 삼 년 살고 나왔는데 그 요양원이 양선 요양원이야."

양선 요양원이라면 태을이 이미 방문한 적 있는 곳이었다.

"이성재가 사망한 곳이야. 이림과 같은 얼굴. 구서령은 이림과 이곳에 넘어왔고. 만약 구은아가 실종이 아니라 사망이라면, 구은아는 양선 요양원에 있어."

두 사람은 곧바로 양선 요양원으로 향했다. 요양원으로 가는 길이 멀게만 느껴졌다. 요양원에 도착했을 때는 이미 밤이 깊은 후였다. 태을은 원무과장을 찾아가 구은아를 아는지부터 물었다. 원무과장은 이번에도 역시나 시치미를 떼며 영장

없이는 병원을 둘러보는 것조차 불가하다는 입장을 고수하고 있었다. 그럴수록 의심스러웠다. 때마침 먼저 병실 쪽을 둘러보고 온 신재가 원무과장의 앞을 막아섰다.

일순 신재를 본 원무과장의 표정이 굳었다.

"무슨 요양원이 아이디 카드 없으면 못 들어가는 병실이 반이야."

짜증스럽게 원무과장을 노려본 신재가 원무과장이 들고 있던 출입 카드를 가로챘다.

"이거 좀 빌리겠습니다."

영장 없이 왔다고 신고를 해도 좋았고, 그 때문에 징계를 먹어도 어쩔 수 없었다. 더는 물러날 수 없었다. 아이디 카드를 얻은 태을과 신재는 달려가 각자 짝수 층과 홀수 층의 병실을 뒤지기 시작했다. 벌컥벌컥, 문을 열고 다니는 신재에 지나던 직원들이 술렁였다.

병실 문 앞에 붙은 이름표들을 확인하며 성큼성큼 지나던 신재가 멈춰 섰다. 이름표에 아무 이름도 쓰여 있지 않은 병실 문 앞이었다. 신재는 묘한 위화감에 서둘러 손잡이를 돌렸다. 그러나 문이 잠겨 있었다. 아이디 카드를 가져다 대자 그제야 문이 열렸다.

분명 비어 있어야 하는데 가습기가 틀어져 있었다. 환자가 있었다. 신재는 병상을 가리고 있는 커튼을 확 걷었다.

산소 마스크를 낀 성인 남성이 누워 있었다. 툭, 신재는 손에 쥐고 있던 휴대폰을 떨어뜨렸다. 믿을 수 없었다. 아무것도 하지 못하고 허깨비처럼 선 신재의 얼굴 가득 고통이 차올랐다.

"……."

산소 마스크를 유지하는 차가운 기계음이 고요한 병실에 반복적으로 울렸다. 살아있되 살아있지 않은 시체처럼 누워 있는 것은 신재, 자신이었다.

원무과장이 왜 제 앞에서 무력하게 아이디 카드를 빼앗길 수밖에 없는지 신재는 깨달았다. 신재는 무너지는 몸을 세우려 침대의 펜스를 붙잡은 채 안간힘을 다해 버텼다. 벽에 붙은 비상 버튼을 누르자 문 열리는 소리와 함께 누군가 헐레벌떡 들어왔다.

담당 직원인 듯한 여자와 눈이 마주친 신재는 또 한 번 놀라고 말았다. 철물점에서 만난 적 있는 이상도의 부인, 박수연이었다.

"그때 그…… 형사님 맞으시죠?"

수연이 두 신재를 번갈아 보았다.

"어쩐지 닮았다 했어요. 형사님 가족이셨구나. 형사님이 버튼 누르신 거예요?"

"어떻게, 여기 계십니까?"

"아 그게, 몰랐는데 애 아빠한테 좋은 친구가 있었던 모양이에요. 급한 빚도 갚아주고 여기 취직도 시켜주고 그래서요."

"다른 가족은 온 적 없습니까?"

"없었어요. 안 그래도 가족 중에 누가 오면 전화 꼭 받으라고 하던데. 전화 갈 거라고요."

조열이 주었던 2G 폰을 떠올린 신재가 굳은 얼굴로 고개를 숙였다. 마주한 진실에 가슴이 좀처럼 진정되지 않았다.

∞

"넌 가기 전에 정리할 거 없어?"

호텔로 온 곤이 태을이 준 쇼핑백을 내려놓으며 영에게 물었다. 영은 고개를 저었다.

"없습니다. 아예 없던 것처럼 왔다 갈 생각이라. 그건 뭡니까."

"내가 이 세계에서 눈에 안 띄길 바라는 누군가의 마음?"

곤이 쇼핑백 속 옷가지를 뒤적이며 웃었다. 영은 기분 좋게 웃는 곤을 보며 조금 더 깊은 고민에 빠졌다. 신재의 어머니를 쫓다 송정혜를 만났다. 이지훈의 어머니이자, 곤의 어머니와 같은 얼굴을 한 자. 이 이야기를 해야 할지…….

"폐하, 저랑 술 한잔 하시겠습니까?"

"술?"

곤이 조금 놀라 영을 돌아보았다. 대한제국에서야 언제나 곤을 지키는 몸이었기에 술은 입에 잘 대지 않던 영이 먼저 술을 먹자고 하니 놀라는 게 당연했다.

"무슨 할 얘기 있어?"

"잠깐 나갔다 오겠습니다. 냉장고에 소주가 없어서요. 정형 사님께 배웠는데 좋더라고요."

술을 사러 나가는 영을 유심히 보다가 곤은 테이블 위에 올려둔 휴대폰을 집어 들었다. 곤 역시 이야기하기 망설이는 소식이 있었다. '정태을 형님이란 자'의 이름을 한참 보다가 곤은 통화 버튼을 눌렀다. 신재는 곤과 할 얘기가 없다고 했지만, 그래도 신재가 알아야 할 이야기였다. 그러나 한참 신호음이 울릴 뿐 신재는 전화를 받지 않았다.

무거운 마음으로 휴대폰을 다시 내려둔 곤은 영을 기다리며 쇼핑백 속 옷을 꺼내 입었다. 상하의 모두 검은색이었다. 밤중에 숨어든 저격수라고 해도 이상할 것 없는 옷차림이었다.

"정말 시커멓군."

거울에 비친 자신의 모습을 돌아보던 곤은 벨소리에 현관 쪽으로 향했다. 영이 키를 놓고 간 모양이었다. 문을 열자, 영 대신 태을이 서 있었다.

태을은 대한제국에서 곤이 선물한 캐러멜색 코트를 입고 맥주 봉지를 흔들며 미소 지었다. 곤이 반갑게 태을을 맞았다.

"이렇게 빨리는 기대 안 했는데. 땡땡이치고 온 거 아니야?"

"땡땡이도 능력이야. 들어가도 돼?"

곤이 옆으로 비켜서자 태을이 문 안쪽으로 들어섰다. 두 사람은 맥주 캔을 올려둔 채 소파에 마주 앉았다.

"조영은? 같이 마시면 좋은데."

주변을 두리번거리며 묻는 태을에 한 모금, 맥주를 마시던 곤이 캔을 내려놓고서는 말없이 태을을 보았다.

"내가 상사화 키우는 방법을 검색해봤거든? 키워보려고. 근데 키우기 엄청 어려운 꽃이더라. 상사화 꽃말이 뭔지 알아?"

"……."

"이루어질 수 없는 사랑이래."

반가운 미소로 태을을 맞았던 곤의 표정이 점차 굳어갔다. 태을을 바라보는 곤의 눈빛이 날카로웠다. 멀리 시선을 두었던 태을이 곤을 빤히 보았다.

"왜 그렇게 봐?"

묻는 말끝이 미묘하게 흔들렸다.

"안 속을 줄 알았는데."

곤은 태을을 흉내 내고 있는 루나를 노려보았다.

"이 얼굴엔 속수무책이군."

"무슨…… 말이야."

"자네 눈 속엔 불안이 있군. 정태을에겐 없는 것. 자넨, 정태을이 아니군."

루나를 쏘아본 곤이 자리에서 일어났다. 루나가 벗어둔 태을의 코트 속에 신분증 줄이 삐져 나와 있었다. 곤은 줄을 낚아채 신분증을 확인했다. 태을이 궁에서 잃어버린 그 신분증이 맞았다. 이림이 루나를 이곳에 보낸 것이 확실했다.

"자네가 루나겠고."

"여기도 그 얘기야? 안 그래도 루나 때문에 머리 아파서 온 건데."

시치미를 뗐으나 이미 늦었다. 태을을 가장하던 루나의 표정은 깨어진 지 오래였다. 신분증을 내려다보던 곤이 유리창에 비친 자신의 모습을 다시금 보았다. 어디선가 보았던 모습이었다.

태을의 신분증을 가진, 검은 색 옷을 입은 이. 키가 크고, 총을 잘 다루며, 천존고의 구조를 잘 알았던 이. 적이 누군지 분명히 알았고, 모든 것을 걸고 저를 위해 싸운 이.

이십육 년 전 밤, 꺼져가던 의식 속 보았던 뒷모습의 주인공은 곤, 바로 자신이었다.

"나를 구한 건…… 나였어. 이렇게…… 완성되는 거였구나."

깨달음과 동시에 곤의 눈앞이 흐릿해졌다. 곤은 곧바로 자신이 독에 당했음을 깨달았다. 곤이 한 모금 마신 맥주와 루나를 번갈아 노려보았다. 루나의 입가에 비릿한 웃음이 걸렸다. 여덟 살, 태을의 신분증을 쥔 채 쓰러져 있던 그 밤처럼 곤은 다시금 바닥에 쿵, 쓰러졌다.

기다렸다는 듯 루나는 쓰러진 곤에게로 다가갔다. 몸을 뒤지려 점퍼 안쪽으로 손을 넣으려던 때였다. 탁, 흐릿한 정신으로 곤이 루나의 손목을 잡았다.

"……채찍을 찾는 거면…… 헛수고야."

루나는 잡힌 손목을 빼내려 애쓰며 이를 악물었다.

"둘 중 하나는 주셔야죠, 폐하. 채찍이든 목숨이든. 폐하의 목숨은 이림이 원하고 채찍은 제가 갖고 싶거든요. 여기에 있는 것들은 애초에 내 것이 아니니까……. 채찍으로 통 칠게요."

루나가 확 손을 빼냈다. 동시에 문 쪽에서 카드키 소리와 함께 영이 들어오는 발소리가 울렸다. 당황한 루나는 재빨리 벽 쪽으로 몸을 숨겼다.

"폐…… 폐하!"

복도를 지나 소파 쪽으로 들어오던 영이 쓰러진 곤을 발견하고는 다급히 달려왔다. 영이 들고 있던 봉지가 바닥에 떨어지며 술병들이 와르르 바닥을 굴렀다. 영이 곤의 몸을 붙잡기 무섭게 숨어 있던 루나가 문을 향해 도망쳤다. 획, 영이 고개를 돌려 루나의 뒷모습을 확인했다. 가물어지는 정신을 간신히 다잡으며 곤이 영에게 명했다.

"저자를…… 잡아……."

동시에 울컥, 곤의 입에서 피가 터져 나왔다.

"전 폐하가 먼접니다."

"채찍 먼저. 옷장 여덟 번째 회색 코트, 안주머니."

영의 눈이 사정없이 떨렸다. 빠르게 곤의 휴대폰을 집어 든 영이 어딘가로 전화하며 옷장으로 향했다.

신재와 헤어져 구은아를 찾아 지하까지 내려온 태을은 시체 안치실을 발견하고는 곧장 그곳으로 들어갔다. 시체 안치까지 가능한 곳, 이림이 왜 요양원을 사람을 바꿔치기하는 장소로 선택했는지는 명백했다. 음산한 기운이 감도는 시체 안치실의 냉동고 문을 태을은 차례로 열었다. 그러나 모두 비어 있을 뿐 시체는 발견되지 않았다. 태을이 초조한 기분으로 네 번째 문을 열었을 때였다. 덜컥, 무게감이 느껴졌다.

태을은 천천히 문을 끌어당겼다. 이내 눈을 감고 있는 익숙한 얼굴이 드러났다. 태을은 냉동고 문을 전부 열었다.

누워 있는 창백한 사체는 구은아였다. 태을은 떨리는 눈으로 구은아의 사체를 내려다보았다. 끔찍했다. 헛된 욕망으로 다른 누구도 아닌, 자기 자신을 죽이는 이들이. 그리고 그 모든 것을 주관하는 이림이.

착잡한 심경으로 태을은 전화를 걸었다.

"3팀 정태을입니다. 감식 요청드립니다. 실종자 구은아 시신 찾았거든요. 주소는 문자로 보내겠습니다."

전화를 마친 태을의 휴대폰이 다시금 진동했다. 곤의 번호였다.

—정형사님 접니다.

그러나 들려온 목소리를 영의 것이었다. 무언가 쫓기듯 다급한 목소리였다. 숨이 찬 것도 같았다. 태을은 무슨 일이 생겼음을 직감했다.

—폐하께서 음독을 하신 것 같습니다. 당장 치료할 곳이 필요합니다.

"상태…… 상태는요?"

믿고 싶지 않은 소식이었다. 정신을 차리려 애쓰며 영의 설명을 들었다.

"제가 지금 지방이라, 바로 전화할게요. 전화 한통 갈 거니까, 그분 지시 따라요."

영과 전화를 끊은 태을은 부들부들 떨며 다시 누군가에게로 전화를 걸었다. 국과수에서 일하는 희주였다. 그녀는 강력 3팀의 팀장인 박팀장의 아내이기도 해, 태을이나 신재, 은섭까지도 잘 알고 지내는 사이였다. 태을의 목소리에 울음이 섞였다.

정신을 잃기 직전이었다. 곤을 살려야 한다는 의지만이 태을을 버티게 하고 있었다.

"과장님. 응급이고, 음독이에요. 근데 신분이 없어서 병원엔 갈 수 없어요."

당황한 희주의 목소리가 들려왔다. 손이 너무 떨려 휴대폰을 떨어뜨릴 것만 같았다. 태을은 두 손으로 휴대폰을 꽉 쥐었다. 하염없이 눈물이 흘러내렸다. 제발.

"제발, 도와주세요."

희주에게, 이름 모를 신에게, 태을은 간절히 빌었다.

∞

영업 시간이 지나 문을 닫은 개인 병원 안에 영이 서 있었다. 불이 밝혀진 곳은 희주와 곤이 있는 진료실뿐이었다. 문 밖에서 대기하라는 희주의 말에 영은 초조한 마음으로 곤의 치료를 기다렸다. 그의 어깨에 곤이 쏟아낸 검붉은 피가 묻어 있었다. 영은 벽에 기댄 채 곤이 조금만 견뎌주길 간절히 바랐다.

한참을 기다리고 있을 때였다. 복도 끝 쪽에서 뛰어오는 발소리가 들렸다.

"아직······이에요?"

양선 요양원에서부터 서울까지, 한달음에 달려온 태을이었다. 영은 그런 태을을 그저 바라보았다. 때마침 희주가 진료실 안에서 나왔다.

"과장님!"

문밖으로 나온 희주가 태을과 영을 번갈아 보며 설명했다.

"음독 맞아. 그래도 은섭이가 판단이 빨라서 살았어. 곧 깨어날 거니까 너무 걱정하진 말고. 근데 누군데 병원을 못 가. 신분은 왜 없고."

"······죄송합니다. 나중에 다 설명드릴게요."

다행이었다. 태을은 놀란 가슴을 쓸어내렸다. 그러면서도 고개를 숙이고 희주에게 양해를 구했다. 궁금한 게 사실이었지만, 독에 당한 것만 보아도 쉽게 말할 만한 사정이 아닐 것 같긴 했다. 희주는 끄덕였다.

"박팀장한테도 비밀이야?"

"네······. 죄송합니다."

"알았어. 여기 친구 병원이라 주말 동안만이야. 그 후엔 안 돼. 상태 잘 살펴봐. 난 내일 출근 전에 다시 들릴게."

여러 번 고개를 숙이며 태을이 희주에게 감사를 전했다. 태을은 애가 타다 못해 창백한 얼굴을 하고 있었다. 태을이 이렇게나 약해 보이는 건 처음이었다. 희주는 태을의 어깨를 한 번 두드리고는 멀어졌다.

희주가 떠나고, 곤이 있는 진료실로 들어가려는 태을을 영이 막아섰다. 영의 눈이 꽤나 서늘했다.

"들어가실 수 없습니다."

멍하니 태을이 영을 올려다보았다.

"폐하를 독살하려고 했던 자가, 정태을 경위와 같은 얼굴이었습니다. 지금도 그자가 아니란 보장이 없고."

충격에 빠진 태을을 두고 진료실로 들어간 영이 문을 닫았다. 문 닫히는 소리가 태을에겐 꽤 잔인했다. 그러나 들어가겠다고 우길 수 없었다. 자신의 얼굴을 한 자가, 곤에게 위협이었으니까. 자신의 얼굴에 곤마저 속았을 테니까.

조명도 없이 어두컴컴한 복도에 태을은 주저앉았다. 태을의 뺨 위로 다시금 그쳤던 눈물이 툭, 떨어졌다. 한참 주저앉아 있던 태을은 손등으로 눈물을 닦아내며 은섭에게 연락했다.

"……은비까비 데리고 우리 집 가 있어. 아부지랑 너, 은비까비 넷이 딱 붙어 있어. 만약에 내가 집에 들어오면 바로 나한테 전화해. 무슨 얘긴지 알지."

―뭔 얘긴데. 누나가 들어오는데 와 전화를…….

문득 깨달은 듯 은섭의 목소리가 낮아졌다. 태을은 아랫입술을 깨물었다.

　　─지금 내 생각이 맞나?

　　"응. 맞아. 너만 믿는다."

　　가까스로 은섭에게 당부의 말을 전화고 태을은 전화를 끊었다. 아침이 밝아오고 있었다.

∞

　　힘겹게 눈을 뜬 곤은 낯선 천장을 바라보다 산소 마스크를 떼냈다. 곤이 손을 움직이자 곁을 지키고 있던 영이 단박에 달려와 곤을 불렀다.

　　"폐하! 정신 드십니까! 잘 견디셨습니다, 폐하."

　　영이 감격에 겨워 말했다. 그러나 걱정과 불안이 다 가시지는 않은 눈빛이었다. 곤은 지난밤을 회상했다. 태을이 찾아온다고 했었는데, 루나가 다녀갔다. 목숨을 잃을 뻔했고 그 대가처럼 많은 것을 깨달았다.

　　"정태을 경위도, 알아?"

　　"다녀는…… 갔습니다."

　　아침이 되어 복도를 찾았을 때, 태을은 그 자리에 없었다. 답하는 영의 표정이 단번에 흐려졌다. 곤에게 독을 먹인 게 루나라는 것을 아는 영이었다. 곤은 영이 태을을 자신의 곁에 두지 않았으리라 생각했다. 끄덕이는 곤을 보던 영이 다시금, 이제껏 참아왔던 말을 꺼냈다.

"폐하. 궁으로 돌아가셔야 합니다. 이 세계에선 폐하를 지킬 방도가 없습니다."

"……그 얘기부터 해봐. 아까 술 한잔하면서 하려던 얘기 뭐였는지."

"폐하 이러고 계신데 제가 정신이 있었겠습니까? 까먹었습니다."

곤의 몸 상태가 회복되지도 않은 상황에서 할 말은 아닌 듯해 영은 거짓말을 했다. 거짓말임이 드러나서 곤은 헛웃음을 지으며 몸을 일으켜 세웠다.

"안 까먹은 거 같다만. 더 생각해야 하는 얘기면 다녀와서 듣자."

"더 누워 계셔야 합니다."

"정태을 경위에게, 인사도 없이 떠나서 미안하다고 전해 줘."

침대 밖으로 나온 곤은 그 자리에서 손목에 꽂힌 주사 바늘을 빼냈다.

"넌 내가 돌아올 때까지 계속 정태을 경위를 지킨다."

"폐하!"

곤의 명령에 영이 기함했다. 곤을 지키고자 하는 영의 마음을 잘 알기에, 곤은 씁쓸한 마음으로 영을 보았다. 이림이 노리는 것에는 태을도 포함이었고, 태을의 위험은 곧 곤의 위험이었다. 그러니 태을을 지키는 것이 곤을 지키는 것임을 영이 알아주길 곤은 바랐다.

곤은, 곤 스스로가 지켜야 했다. 곤은 결연한 눈으로 영을 보았다.

"영아. 나를 구한 건 나였어. 그리고 오늘인가봐."

대나무 숲이 세찬 바람에 흔들리며 내는 스산한 소리와 함께, 공허하고도 구슬픈 피리 소리가 아주 먼 곳에서부터 들려오고 있었다. 피리 소리는 점점 선명해졌다. 마치 곤을 부르고 있는 것처럼.

"역모의 밤에 들었던 그 피리 소리가 들리기 시작했거든."

곤은 피리 소리를 따라 달리기 시작했다.

피리 소리를 듣고 달리기 시작한 것은 곤뿐만이 아니었다. 이림에게도 공허한 피리 울음이 들렸다. 자신의 대숲을 향해 달리며 이림은 피리 소리를 처음 듣던 날을 떠올렸다. 그날, 어린 곤을 구하러 온 검은 사내.

이림은 뒤늦게 깨달았다. 그 사내가 현재의 곤과 닮았다는 것을. 어린 곤을 구한 것은 미래의 곤이었다. 어떻게, 어떻게, 미래에서부터 그곳에 도달할 수 있었던 것인가. 당간지주로 향하는 이림의 얼굴이 매섭게 구겨졌다.

곤은 우뚝하니 곧게 선 당간지주로, 이림은 패이고 깎여 기괴한 형태의 당간지주로 각자 뛰어들었다.

동시에 문 안으로 들어선 두 사람은 피리 소리를 따라 계속 해서 달렸다. 같은 곳을 향해 달리고 있음에도 두 사람은 만나지지 않았다.

　끝없이 달려가는 곤의 문 안에, 태을이 뿌려두었던 꽃씨가 싹을 틔우기 시작한 것은 그때였다. 빛도, 바람도, 공기도 없는 무의 세계에 시간이 흐르기 시작한 것이다.

　"차원의 문 안에서 식적이 하나가 되면, 그 문 안에 시공간의 축이 동시에 생겨요."

　깊숙한 골목 한편에서, 소년은 정혜에게 옛 이야기를 전하는 중이었다. 태을을 구했던 그 소년이었다.

　손에 붕대를 감은 채 정혜는 쭈그리고 앉아 흥미롭게 소년의 얘기를 듣고 있었다. 몇 번째인지 모를 자해 시도가 이번에도 미수로 돌아갔고, 정혜는 망연자실한 채 집 앞 골목에서 담배를 피우려던 중이었다. 정혜의 남편을, 아들을 죽인 이림은 자신을 죽지도 못하게 매번 살려내었다. 남편처럼, 아들처럼 차라리 죽고 싶었다. 그러나 조카를 위한 미끼라고 했던가, 그 조카가 제 아들과 같은 얼굴을 하고 있다고 했던가. 정혜는 약 때문에 몽롱한 정신으로 근심은 뒤로 하고, 소년의 얘기에 집중했다.

　"비로소 하나가 된 식적은 스스로를 구하고 싶은 순간으로 데려가죠."

"그래서 그 둘은…… 어디로 갔는데?"

"황제도, 역적도, 같은 곳으로 갔어요. 역모의 밤으로."

"……왜?"

"황제는 역적으로부터 두 세계를 구하고 싶고. 역적은, 역모에 실패하는 어리석은 자신을 구하고 싶거든요."

피리 소리를 따라 달려 이림이 도착한 곳은 1994년의 대한제국이었고, 자신이 동생을 베고 역모를 일으키기 한 시간 전이었다.

뚜벅, 뚜벅, 일흔 살의 이림은 우산을 든 채 익숙한 뒷모습에게로 향했다. 역모를 준비하는 마흔네 살의 이림이었다. 마흔넷의 이림이 경악에 젖어 일흔의 이림을 보았다.

"너……! 어째서 내 얼굴을 하고 있는 거야!"

"보고도 모르겠느냐. 나는 너다. 2020년에서 온 너."

"2020년에서 왔어? 2020년이면 내가 칠십일 텐데, 넌 얼굴이 그대로네?"

"넌 이미 답을 알고 있다. 돌이켜보니 그렇더구나. 이 역모의 이유도 그거고."

"그거구나! 식적의 비밀이 사실이었구나! 또 다른 세상이란 진짜였어!"

"이제 믿겠나. 그럼 내가 빠른 길을 알려주마. 지금 향할 곳은 천존고가 아니라 태자의 침전이다. 태자부터 죽여라. 과거가 죽으면 미래는 사라질 테니. 태자가 오늘 이 역모를 막아서는 자다."

일흔의 이림이 마흔넷의 이림에게 말했다. 마흔넷 이림의 눈은 일흔 이림이 쥔 장우산에 가 있었다.

"지금 자장가를 들으며 자고 있는 그 여덟 살짜리 말이야?"

"나도 그리 생각하다 식적의 반밖에 못 가졌다. 그러니 잔말 말고 시키는 대로 해. 태자를 베고 온전한 식적을 가져오너라. 내가 갖는 것이 곧 니가 갖는 것이니."

마흔넷 이림의 표정이 묘했다. 일흔 이림은 초조해졌다.

"두 개의 다른 세상이 있음을 내 눈으로 확인했고, 그 안에 불멸이 있음은 네 눈으로 확인 중이다. 내가 그 증명이 아니겠느냐. 그러니 당장 태자부터 치란 말이다. 온전한 식적으로 얼마나 더 많은 세상의 문을 열지 아직도 모르겠느냐!"

"그러니까, 너는 실패했단 얘기군. 나이를 먹어도 여전히 어리석구나, 너는. 아니, 나는."

반쪽짜리 식적을 들고 있는 자기 자신이 한심하고 미련했다. 마흔넷 이림이 일흔 이림의 우산을 빼앗아 그 안에 든 검을 빼 들었다. 그리고 거침없이 일흔 이림의 목을 베었다. 단번에 목을 베인 일흔 이림이 피를 흘리며 쓰러졌다.

"역모는 내가 하겠다. 네놈이 아니라. 온전한 식적도 내가 갖겠다. 네놈이 아니라."

과거에도 현재에도 언제나 세상 유일무이한 신이 되고자 하는 욕망에 갇혀 있는 이가 바로 이림이었다. 마흔넷 이림이 우산을 마구 흔들자 식적이 일흔 이림의 피 위로 툭 떨어졌다. 식적을 주워든 마흔넷 이림의 눈이 독사처럼 빛났다. 그러나 그 순간 일흔 이림의 피가 용암처럼 식적을 태우며, 식적이 소멸했다.

모든 시간 모든 우주에서 일어나고 있는 일을 보는 소년의 눈동자가 검게 빛났다.

"역적은 스스로를 구하지 못했네요. 그 대신, 지금의 자신을 만들었죠."

소년의 얘기에 빠져들던 정혜가 문득 물었다.

"넌 마치, 본 것처럼 말하네? 근데 넌 누구니? 이 동네 살아?"

"난 위험을 알려요. 그리고 적병을 물리치죠. 그리고 나도 날 구하고 온전히 하나가 되고 싶거든요."

"네 얘기 재밌네. 그래서 황제는 어떻게 됐는데?"

"운명을 따라가고 있죠. 길을 잃지 않고 무사히 돌아올 수 있을까요? 반쪽짜리 식적은 힘이 없는데."

일흔 이림의 식적이 소멸했다. 소년은 무표정한 눈으로 먼 곳을 보았다.

∞

마침내 곤이 도착한 곳은, 이림과 마찬가지로 1994년의 대한제국이었다. 대숲을 지나 마구간에 다다르자 마구간에서 막 맥시무스가 태어나고 있었다. 맥시무스가 태어난 밤, 바로 역모의 밤이었다. 곤은 마구간을 지나 궁을 향해 미친 듯이 달렸다.

'탕, 탕!'

이미 어진이 세워진 복도 위로 총성이 지난 후였다. 곤은 죽은 근위대원의 손에 들린 총을 집어 들었다. 천존고로 향하는 곤의 걸음이 비장했다.

곤은 정확하게 이림의 수하들이 서 있는 곳으로 총을 쏘았다. 거침없이 총알을 날리는 곤에 이림의 수하들이 속수무책으로 쓰러졌다. 이림과 이림의 일당이 빠르게 사라지자 곤은 무거운 걸음으로 아버지 이호의 곁으로 갔다. 그리웠던 아버지와의 재회에 곤은 애환에 젖었다. 피에 젖은 아버지의 숨은 이미 끊긴 후였다. 떨리는 손으로 곤은 눈도 감지 못하고 죽은 아버지의 눈을 감겨주었다.

그리고 어린 자신에게로 다가가 맥을 짚었다. 살아 있다. 자신이 살아 있음을 확인한 곤은 이림의 뒤를 뒤쫓기 위해 빠르게 움직였다. 그때, 정신을 잃었던 어린 곤이 가까스로 곤을 붙잡으려 하다 주머니 밖으로 흘러나온 신분증의 줄을 잡아당겼다. 태을의 신분증이었다.

곤은 다시 복도를 달렸다. 저 멀리 천존고로 달려오는 노상궁이 보였다. 이십육 년이 지난 지금보다 훨씬 젊어 보이는 노상궁이었다. 곤은 노상궁과 정면으로 맞닥뜨렸다.

"웬놈이냐……! 역적의 잔당이냐……!"

노상궁이 경계하며 물었다.

"자네, 나를 만났었어? 믿기 힘들겠지만 난 자네의 주군이야."

"주군이라니. 어디 감히!"

"난 자네에게 아주 많은 빚을 지며 살고 있어. 그리고 자네의 말대로 운명을 향해 가고 있는 중이야. 그러니 부디, 지금은 나를 놓쳐줘. 부탁이야."

곤이 진지한 어조로 노상궁에게 부탁했다. 처음 보는 사내가 낯설지 않았다. 노상궁은 그의 말에 흔들렸다. 그사이 곤은 노상궁을 지나 핏자국을 따라, 궁에서 바깥으로 통하는 회랑을 달려 나갔다.

그러나 이내 핏자국이 끊겨 있었다. 어디로 도망쳤을까. 곤은 사방을 둘러보았다. 별궁에 있던 근위대들이 멀리서부터 역적의 소식을 듣고 달려오는 게 보였다. 그렇다면, 후문으로 도주 중이라는 얘기였다.

곤은 후문으로 향하는 가장 빠른 길로 향했다. 후문으로 이어지는 길목으로 들어서자 다시금 핏자국이 보였다. 동시에 후문을 잠그고 있는 사내가 보였다.

"돌아서."

곤은 사내의 머리 뒤에 총구를 겨눈 채 낮게 말했다. 총구의 서늘한 감촉에 놀란 사내가 손을 번쩍 든 채, 돌아섰다. 돌아선 사내의 얼굴을 본 곤의 표정이 급격하게 굳었다.

그는 종인의 장자, 이승헌이었다.

"누구냐. 근위대는 아닌 것 같고. 신분을 밝혀라. 낙오자면 이럴 필요 없다."

"이승헌! 네놈이었구나. 이림의 퇴로를 만든 자가, 너였어. 네놈으로 인해 이림은 궁을 빠져 나갔고 그 길로 대한민국으로 넘어갔구나."

"누구야 넌……!"

분노에 찬 곤이 승헌의 허벅다리에 정확하게 총알을 박아 넣었다.

"악!"

고통스러운 신음과 함께 승헌이 쓰러졌다. 승헌의 다리를 관통한 총알이 바닥을 굴렀다. 곤은 피에 젖은 총알을 주워든 채, 후문을 빠져 나갔다.

∞

이제 다시 돌아가야 할 때였다. 천둥 번개가 이는 것처럼 번쩍거리는 당간지주를 향해 곤은 뛰어들었다. 그리고 대숲을 지나 거리로 나온 곤은 무언가 어그러졌다는 느낌을 지울 수 없었다.

건물의 모습과 지나는 사람들, 대한민국의 모습이 익숙한 듯 낯설었다. 시간이 멈춘 사람들의 곁으로 곤은 뚜벅뚜벅 다가갔다. 회색빛 종이 신문을 읽고 있던 이에게로 다가가 곤은 그 내용을 확인했다.

1994년 12월 20일. 곤은 1994년의 대한제국에서 1994년 의 대한민국으로 온 셈이었다. 곤은 뒤돌아 다시 대숲을 향했 다. 그리고 다시, 대한제국이었다. 1994년의 대한제국.

가로수마다 국장을 알리는 흰색 깃발이 걸려 있고, 전자제 품 판매점의 TV에는 곡을 하며 울고 있는 자신의 모습이 멈 춰 있었다. 분명히 제대로 빠져나왔다고 생각했는데……. 아 니었다. 일이 단단히 잘못되고 있었다. 한 번 더, 곤은 당간지 주를 뛰어넘었다.

그렇게 도착한 곳은, 이번에는 1994년 12월 22일의 대한민국이었다. 시간의 축이 사라졌다는 것을, 반쪽짜리 식적으로는 평행 이동만 가능하다는 것을 곤은 깨닫고 말았다. 곤의 머릿속이 바쁘게 돌아갔다.

차원의 문 안 시간으로 사 개월이 지나야 2020년으로 갈 수 있었다. 곤은 절망했다. 그러나 기민하게 움직였다. 과거에 머물 수밖에 없다면, 과거에서 할 수 있는 일을 하고자 했다. 1994년이라면, 대한민국의 이지훈이 아직 여덟 살이었고, 그렇다면 죽지 않았을 수도 있었다.

곤은 공중전화에서 안내 스티커의 문구에 따라 112를 눌렀다. 그리고 이성재, 이은호, 이지훈, 송정혜의 이름과 신상을 외웠다. 송정혜를 제외한 이가 모두 사망할 거라고, 곤은 제발 경찰이 자신의 말을 귀담아 들어주길 바라며 말했다.

그러나 신상을 조회하던 경찰의 목소리에 의심이 깃들었다. 지훈은 오전에 이미 사망한 상태였고, 곤이 한발 늦은 것이다. 지훈을 살리지도 못하고 도리어 곤이 용의자로 의심만 받게 되었다.

곤은 낙담한 채 전화를 끊고 주머니 속의 식적을 확인했다. 식적에 균열이 생기고 있었다. 반쪽짜리 식적을 계속해 사용하는 부작용일 것이다. 곤은 절망을 애써 삼켰다.

시간이 곤에게는 느리게, 다른 이들에게는 빠르게 흐르고 있었다.

과거에 갇혀 절망스러운 곤에게 유일한 희망은 과거의 태을과 만날 수 있다는 점이었다. 제대로 된 인사도 못하고 피리 소리를 따라 떠나온 자신은 못난 연인이었다. 곤은 과거의 태을을 몇 번 만나기로 마음먹었다. 2020년의 어느 날에서 자신을 기다리고 있을 태을이 조금이라도 덜 아프길 바라며.

너에게 가고 있어

갑자기 큰 규모의 사건이 터지는 바람에 강력 3팀 사무실 안은 무척 어수선했다. 3팀 형사들이 둘러앉은 가운데 박팀장이 서류를 넘기며 물었다.

"냉동고에서 나온 시체가 몇이야?"

"구은아 외 6구입니다. 시체들 대부분은 실종 신고가 된 사람들이었습니다."

"요양원 원장은 뭐래?"

"진술서 보면 아시겠지만 계속 이상한 소리만 합니다. 지가 여그 사람이 아니래요. 다른 세계에서 왔다고, 돌아갈란다고."

박팀장의 질문에 장미와 심형사가 각각 답했다. 심형사의 말을 듣는 태을과 신재의 표정이 구겨졌다. 정작 박팀장은 대수롭지 않게 여겼다.

"심신미약으로 나가려는 수작이구만. 양선 요양원, 1995년에 명의 이전을 했네?"

"네, 그전에는 구산 요양원이라고 강명수 씨가 했는디 넘겼대요. 강명수는 몇 년 후에 사기횡령으로 감옥 갔는디 형을 쎄게 맞아브렀답니다."

심형사의 답을 들으며 서류를 넘기던 신재의 손이 멈췄다. 강명수, 신재의 아버지와 이름이 같았다. 평범한 우연이길 바랐으나, 이제 자신의 인생에 우연 같은 건 없다는 걸 신재는 알고 있었다. 신재가 넋이 나간 사이, 박팀장 또한 머리가 아픈 듯 관자놀이 부근을 꾹꾹 눌렀다.

"정태을이, 이거 이제 설명 좀 해봐. 대체 이 사건 뭐야. 뭔 첩본데 이런 게 이렇게 줄줄줄이야."

"요양원 원장 황용석이 한 말 다 맞아요."

"그러니까 뭐가, 뭐가 다 맞어."

"다른 세계에서 온 거요."

태을이 덤덤히 답했다. 그것 말고는 설명할 길이 없었다. 그것이 진실이었으니까. 박팀장과 심형사, 장미가 무슨 헛소리를 하냐는 듯한 표정을 짓고 있었다. 그럼에도 태을은 달리 다른 답변을 내놓지 못했다.

"다른 세계 어디. 뭐 사이비야? ET야? 아니면 뭐 죽었다 살아나기라도…….."

어이없어 따져 묻던 박팀장의 말이 멈췄다. 신재가 자리에서 일어섰기 때문이다.

"강명수면……. 잠깐 나갔다 올게요."

"황용석이한테 사주한 놈 불게 하고 다 설명드리겠습니다."

태을이 신재의 뒤를 따라나섰다. 복도로 나간 신재는 급히 어딘가로 전화를 걸었다.

"어, 엄마. 나 뭐 하나만 물어볼 건데. 아버지 말이야. 혹시 옛날에 요양원 했어? 수감되기 전에."

—너 어떻게 알았어? 그게 기억나? 너 사고 후에 팔았으니까 이십 년도 더 됐는데. 그때는 요양원이 대중화된 것도 아니라 변변치 않아서 금방 팔았어.

역시 우연이길 바랐던 모든 일들이 예정된 사건이고, 사고였다. 신재는 금방이라도 무너질 듯한 표정으로 출입구 쪽으로 걷기 시작했다. 신재는 이미 절벽 위에 서 있었다. 누군가 계속 자신의 등을 떠미는 것 같았다. 아슬아슬하게 걸어가는 신재를 태을은 차마 잡을 수 없어 그저 지켜보았다.

홀로 경찰서를 떠나 온 신재가 도착한 곳은 교도소였다. 사업이 망해 빚에 떠밀리던 신재의 아버지가 이곳 교도소에 복역 중이었다. 신재는 빚을 갚는 와중에도, 제가 먹고 살기 빠

듯한 와중에도 다달이 아버지에게 영치금을 보냈다. 미우니 고우니 해도 아팠던 저를 살린 아버지라는 생각 때문이었다.

죄수복을 입고 면회실로 들어선 신재의 아버지는 반가워하는 기색 하나 없이 무심한 눈으로 신재를 훑었다.

"웬일이냐, 코빼기도 안 비치더니."

신재는 입술을 꽉 깨물었다. 아랫입술이 부들부들 떨리고 있었다. 그냥 전부 다 아니었으면, 자신이 잘못 안 것이었으면 싶다. 진짜 '강신재'를 두 눈으로 보고도 신재는 도리 없이 그렇게 바랐다. 진실을 좇고자 형사가 됐는데, 너무나 진실을 외면하고 싶었다. 진실로부터 아주 멀리 잡을 수도 없이 멀어지고 싶었다. 신재는 어렵사리 입을 뗐다.

"……아버지죠. 강현민을 강신재로 만든 사람."

일순 그늘이 져 있던 신재 아버지의 눈에 이채가 돌았다. 그것은 분명한 광기였다.

"너, 만났구나. 그 남자 만났어. 그치!"

"그래서 나였던 거죠. 이림이, 요양원이 필요해서. 냉동고가 필요해서!"

"뭐래, 너 데려다준대? 이 애비는? 애비 말은 안 하디?"

그는 완전히 미쳐 있었다. 신재는 아버지와 자신의 사이를 가로막고 있는 유리벽을 주먹으로 내리쳤다.

"어떻게 된 건지나 말하라고!"

"우리 신재는 못 깨어난대지, 애 엄만 다 죽게 생겼지. 근데 그 남자가 네 사진을 보여주는 거야. 요양원을 자기한테 팔면 너까지 껴주겠다고. 덤으로."

"……."

"그 남자한테 여기로 한번만, 한번만 오라 그래. 면회 한번만."

아버지가, 사람 같지가 않았다. 눈을 뜨고도 눈이 먼 이 같았다. 그에게 자신은 덤이었다. 그냥 덤. 신재는 덤으로 인생을 살고 있었다.

걷는 걸음마다 절망이 발에 채이는 기분이었다.

∞

집 주변에 도착한 신재는 차마 집으로 돌아가지 못하고 그 주변을 서성였다. 아버지에게는 덤이었던 자신이 어머니에게는 전부였다는 걸 안다. 그래서 신재는 죄책감에 시달릴 수밖에 없었다. 자신은 어머니의 전부인 강신재가 아니었으니까. 멍하니 닫혀 있는 철문만 바라보고 있는데 마침 양산을 든 신재의 어머니가 문밖으로 나왔다. 새로 시작한 일을 하러 가는 길이었다.

최근에는 정말로 도박을 끊은 듯한 어머니였다. 도박에 빠져 신재를 힘들게 할 때도 신재는 어머니를 진심으로 원망하지는 못했다. 어머니가 도박에 빠진 이유를 짐작해서다. 오랫동안 아들이 아팠고, 아들이 깨어난 후에는 남편의 사업이 망해 한순간에 사모님에서 빚쟁이가 됐다. 아들만 깨어나면 행복할 줄로만 알았던 그녀의 인생은 녹록지 않은 방향으로 흘렀다. 그녀는 자신의 불행을 곱씹기 싫어 그저 아무 생각 없이 앉아 있을 수 있는 도박에 빠진 거다. 그 앞에 앉아 있으면 다 잘될 것만 같기도 하니까.

신재는 자신이 깨어나던 날 자신을 끌어안고 울던 그녀를 떠올렸다. 그날 처음 알았다. 사람에게서도 좋은 냄새가 난다는 걸. 그래서 그 이후로 그녀가 도박에 빠져 경찰인 제가 제 손으로 경찰에 신고하게 만들어도, 괜찮았다. 그녀의 아들인 게 좋았다.

─엄마, 나는 내가 엄마의 아들이어서 너무 좋았어.

어느 날 신재가 한 고백에 화연은 눈물을 쏟았다. 도박에 빠져 어미 구실 못하는 저를, 아들이 견뎌주고 있었다.

─엄마가 미안해. 엄마가 다 잘못했어. 아무리 힘들어도 노름은 안 되는 건데……. 다 미안해, 우리 아들……. 엄마는 너 없음 못 살아. 엄마가 진짜 못나서 이런 말하기 미안한데……. 강신재, 넌 엄마의 기적의 아이야.

신재는 그 사랑이 벅차고 고마웠다. 그러나 이제 그래서 너무 미안했다. 말하고 싶었다. 나는 당신의 기적의 아이가 아니라고, 당신의 진짜 아들은 누워 있다고. 하지만 어떻게 말할 수 있을까. 아들이 깨어나서 그토록 기뻐했던 그녀가 얼마나 절망할지 가늠도 되지 않았다. 지난 세월은 또 얼마나 허망할지. 그녀가, 또 신재가 잃게 될 것들이 너무 두려웠다. 이미 신재는 절망뿐인데.

신재는 어머니에게 다가갈 수조차 없어 고개를 숙였다. 마음이 지옥 같았다. 신재의 마음과는 달리 희고 화사한 문양의 양산을 쓴 어머니가 점점이 멀어졌다.

∞

태을은 터벅터벅, 힘없이 걸었다.

"폐하께선 떠나셨습니다. 인사도 못하고 떠나서 미안하다고 대신 전해달라셨습니다."

영에게 전해들은 인사가 곤의 마지막이었다.

그 전에는 독에 당해 쓰러졌다는 소식이었고, 그마저도 영의 연락이었다. 그러니 태을이 곤을 마지막으로 본 건 집 앞마당에서였다. 그때만 해도 저녁에 다시 얼굴을 볼 수 있으리라 생각했다. 그러나 숱한 밤이 지나고, 계절이 바뀌어 가는데도 곤은 돌아오지 않고 있었다.

무정한 연인을 탓할 수도 없었다. 어디에선가 목숨을 걸고 자신의 운명을 상대하고 있을 테니까. 태을은 마당에 쭈그리고 앉았다. 날이 풀려 상사화 화분을 다시 마당에 내놓은 참이었다. 그러나 화분에는 여전히 아무런 변화도 생기지 않았다. 소식 없는 곤처럼.

빨랫줄에 걸린 태을의 태권도복과 검은 띠가 봄바람에 막 피어오르기 시작한 꽃나무 잎들과 함께 휘날렸다.

"……왜 안 펴……. 봄도 됐는데……. 왜 안 와……."

화분을 내려다보던 태을은 주머니에서 휴대폰을 꺼냈다. 경란에게서 온 전화였다.

— 내가 아주 이상한 걸 하나 찾아냈거든? 이 잘생긴 음성을 어디서 들어봤나 했는데, 들어봐.

잠시 사이를 두고 휴대폰을 통해 녹음된 음성이 흘러나왔다. 아주 오래 전 녹음된 듯 음질이 고르지 못했다.

— 이성재 1951년 2월 27일생. 이은호 1952년 10월 23일생. 이지훈 1987년 10월 28일생.

태을이 놀라 자리에서 벌떡 일어났다. 분명히 곤의 목소리였다.

"이거 뭐야? 어디서 났어?"

— 이거 그 사람 맞지, 그 잘생긴 워터마크. 이게 말이 돼? 그 사람이 94년도에 제보 전화를 한 기록이 있어. 지난번엔

분명 없었거든. 네가 찾던 그 첩보, 그 일가족 죽음의 용의자
가 바로 이 사람이야.

말도 안 돼. 태을은 멍하니 생각했다. 그 순간, 태을의 머리
가 깨질 듯이 아파왔다. 태을은 머리를 움켜쥐었다. 영화를
빠르게 재생한 것처럼 어떠한 장면이 순식간에 태을의 머릿
속을 스쳐 지나갔다. 새로운 기억이었다.

태을의 머릿속을 지나간 건, 태을이 다섯 살 때 기억이었
다. 어머니가 세상을 떠나고 얼마 안 된 때라 태을은 흰색 상
장喪章을 꽂은 채 고모와 함께 마당에서 빨래를 걷고 있었다.
바람이 세게 불어 빨랫줄에 걸려 있던 검은 띠가 허공을 날아
담 밖에 툭, 떨어졌다. 안봉희, 태을의 어머니 이름이 새겨진
검은 띠였다. 태을은 얼른 담장 밖으로 달려 나갔다.

그때 검은 띠를 줍고 있는 커다란 사내가 있었다.

"……정태을?"

곤이 태을에게 검은 띠를 건네며 물었다. 어린 태을은 처음
보는, 아주 잘생긴 아저씨였다. 검은 띠를 받으며 태을은 곤
을 빤히 바라보았다.

"누구세요? 내 이름 어떻게 알아요?"

"진짜 5세네. 난…… 저기 다른 시간에서 온 사람. 1994년
으로 와버려서 이십육 년의 세월을 살아내는 중이야. 금방 갈

게. 가고 있어, 자네에게."

"아, 누군지 알겠다!"

"날 안다고?"

태을이 자그마한 머리를 끄덕였다.

"유괴범."

확신에 찬 태을의 답에 곤이 웃었다. 부서질 듯한 웃음이었다.

"정말 삼십 년째 이런 성격이었군. 정태을 경위."

안녕. 쓸쓸하게 인사하던 곤의 모습이 태을의 머릿속에 선명하게 남았다.

태을은 자신이 누구와 통화하고 있는지도 잊고 정신없이 중얼거렸다.

"기억이……. 새로 생겼어. 기억이 다 나……. 나 다섯 살때……. 그 사람이 왔었어."

태을의 목소리가 거칠게 떨렸다. 수화기 너머로 경란이 황당해하는 게 느껴졌지만, 태을은 밀려오는 감정의 파도와 깨달음에 정신이 반쯤 나가 있었다.

"94년……! 94년이면 역모가 있던 해야. 그 밤으로 갔구나……. 그 밤에 대한민국으로 넘어온 거야. 그는 지금, 과거에 있어……."

알 수 없는 소리를 하는 태을에게 경란은 회의가 있다며 일
단 전화를 끊었다. 끊긴 수화음을 들으며 태을은 마당을 한
바퀴 빙 둘러 보았다. 마당은 텅 비어 있었다. 새로이 생긴 다
섯 살 기억 속의 곤은 이 앞에 서 있었는데.

"어디까지 온 거야……. 나 어디서 기다리면 되는데……,"

과거에서도 태을을 찾아온 곤이 애달팠다. 걱정할 걸 알아
서, 기다릴 걸 알아서, 자신에게 금방 오겠다고 말해주었다.
태을은 하염없이 눈물을 삼켰다.

　황실을 도청하고, 역적 잔당을 찾으려 한 죄로 서령은 궁지에 몰려 있었다. 가는 길목마다 기자들이 버티고 서 있었고, 서령의 어머니는 고개도 들고 다니지 못할 만큼 서령은 제국민들의 손가락질을 받고 있었다. 명예가 땅에 처박혔다. 원한 건 권력이지, 명예가 아니었다. 그렇다고 화가 나지 않는 것도 아니다. 저를 찬 바닥에 내팽개친 황제에 대한 애증으로 서령은 기꺼이 황제를 무너뜨릴 생각이었다.

　부영군의 장자, 승헌을 만나러 온 것도 그 때문이었다. 만나기로 한 사찰에 도착하자 승헌이 턱을 치켜든 채 서령을 내려다보고 있었다. 서령은 비웃음을 삼켰다. 저도 황실의 피를 물려받았다, 이건가. 중요한 건 그 피가 아니라, 고귀하디 고귀한 황실의 사람들에게 내려오는 보물이었다. 서령의 눈이 욕망으로 빛났다.

"식적? 그 대대로 내려오는 대나무 쪼가리? 중단된 그 공개 행사를, 나더러 다시 열란 소립니까?"

승헌의 물음에 서령은 차분히 차를 한 모금 들이켰다.

"계승 서열에서 제외되셨다면서요. 제자리 찾으셔야죠."

"그게 식적이랑 뭔 상관이냐고 글쎄."

"역적 이림이 살아 있단 소문은 들으셨을 거고, 이림이 단지 황좌만 갖겠다고 그 역모를 일으켰을까요?"

은근한 어투로 서령이 물었다. 서령이 식적의 비밀을 알게 된 건, 이림이 살아 있다는 것을 알게 된 건, 자꾸만 제게 도착하던 이상한 신문, 그리고 황제가 보았다는 역적 잔당의 뒤를 밟으면서였다. 이림은 직접 서령을 찾아 왔었다.

교과서에서 본 얼굴, 그대로였다. 전혀 늙지 않았다. 스치듯 가게에서 이림을 본 서령의 어머니가 그를 이림의 아들이라고 생각할 만했다.

서령은 이림만큼이나 욕망에 충실한 이였다. 그래서였을까. 서령은 이림의 뜻을 단번에 알아차리고, 알려주지 않은 사실까지도 꿰어냈다. 그렇게 확인하듯 다른 세계에까지 다녀온 서령이었다.

이림은 제게 선물이라도 준 것처럼 굴었지만, 서령은 우스 웠다. 이림의 힘은 모두 그가 들고 있는 열쇠에서 나오는 것이다. 그 열쇠를 이림만, 이곤만, 황실의 남자들만 가지리라는 법은 없었다. 서령은 지그시 승헌을 보았다.

"이봐요, 구총리. 아니, 이젠 구 구총리라고 해야 하나?"

"뭐 나오는 대로 편하게 부르세요."

승헌도 어느 정도 눈치를 챈 것이 분명한 눈이었다. 승헌의 눈이 욕망으로 번들거렸다. 그러나 입으로는 다른 말을 내뱉었다.

"사람 잘못 봤어, 구서령 씨. 난 폐하를 존경하고……."

서령과 나눌 생각 따위, 승헌에게는 없었다. 승헌은 당장에라도 궁으로 가 식적을 꺼내올 생각을 하며 일어섰다. 그리고 동시에 앞쪽으로 몸이 기울며 승헌이 고꾸라졌다. 앉아서 승헌을 올려다보던 서령의 미간이 찌푸려졌다. 황족의 위엄이라고는 없이 추한 모습으로 승헌이 계속 일어나지 못하고 버둥댔다. 승헌이 다리를 붙잡고 경악에 차 비명처럼 외쳤다.

"나, 나 왜 이래? 내 다리 왜 이래! 내 다리 왜 이러냐고!"

"……원래 그러셨잖아요. 젊었을 때부터 역모 막으시다가. 새삼 왜 그러세요?"

"무슨 개소리야! 나 멀쩡했어! 내 다리가 언제 이랬어!"

동시에 승헌의 머릿속에도 과거의 기억이 새롭게 생겨났

다. 젊은 자신이 의문의 사내에게 총을 맞았다. 허벅지에 생긴 총상이 선명했다. 승헌이 미친 사람처럼 숨을 몰아쉬며 헉헉댔다.

"이거 뭐야……! 이 기억 뭐야! 나 그때 성공했는데. 나 안 들켰는데……! 왜 이런 게 떠올라, 나 쏜 새끼 대체 누구야!"

발작하는 승헌을 눈살을 찌푸리며 보던 서령은 이내 자리에서 일어났다.

∞

얼마 후, 서령은 출산을 앞둔 지영이 입원해 있는 VIP 병실을 찾았다.

"병원이 아니라 무슨 호텔이네. 신선놀음 중이니?"

시작부터 비꼬며 들어서는 서령을 지영이 놀란 눈으로 보았다. 그러나 이내 당황을 감추며 웃었다.

"오랜만이네요, 언니. 집무 정지됐던데."

한마디뿐이었지만, 서령은 달라진 지영의 분위기를 눈치채고는 묘한 눈빛으로 지영을 보았다. 지영이 테이블 위에 올려진 색색의 디저트를 서령 쪽으로도 내밀었다.

"이것 좀 드세요. 이제 카메라 잡힐 일 없어서 관리 안 해도 되죠?"

"그래서 왔잖아. 너희 남편 염상원 의원이랑 친하지. 다리 좀 놔줄 수 있나?"

순간 지영의 눈빛이 크게 흔들렸다.

"너무들 하네. 벌써 안 만나줘요? 난 언니 보면 인생이 꼭 한 편의 영화 같더라."

모호하게 말한 지영이 찻잔을 들어 차를 한 모금 마셨다. 지영의 팔에 달린 은빛 팔찌가 불빛에 반사되어 빛났다. 서령은 유심히 그 팔찌를 보았다.

"너 그 팔찌 뭐야?"

"언니가 보냈잖아요. 어제 택배로 왔던데."

서령은 기가 막혀 웃었다. 지영이 찬 팔찌는 교도소 앞에서 만난 루나에게 소매치기를 당한 것이었다. 그제야 병실에 들어서면서부터 느꼈던 이상함이 이해가 됐다. 지영이, 본래의 지영이 아닌 것이다. 대한민국에서 이림이 데리고 왔을 것이다. 서령은 활짝 미소 지었다.

"아, 그래서 네가 나한테 친절해졌구나. 제법이네, 연기가? 이렇게 벌써 갈아 치울지는 몰랐네."

서령의 생각대로 대한민국에서 온 지영은 자신의 정체를 바로 알아차린 서령을 덜덜 떨며 보았다. 대한민국에서 지영의 삶은 끔찍함, 그 자체였다. 그야말로 찢어지게 가난했고, 알코올 중독자인 남편은 하루가 멀다고 지영을 손찌검했다.

대한제국의 지영이 재벌가에서 태어나 또 재벌가의 며느리가 되어 사는 동안 지영은 시궁창 속에서 살았다. 그래서 이림이 삶을 바꾸어주겠다고 했을 때, 지영은 망설이지 않았다. 더한 진창 같은 건 없을 테니까.

서령은 알 만하다는 듯한 눈빛으로 지영을 바라보다 충고했다.

"남편한텐 들키면 안 될 거야. 지금보단 연기 잘하자."

사저로 돌아온 서령은 위스키를 따르며 어머니에게 전화를 걸었다. 서령의 이미지 추락으로 한동안 장사조차 할 수 없게 된 어머니는 그녀의 동생 집에 머무르는 중이었다.

"엄마 별일 없어? 이모네 집이야?"

—어. 김비서님이 태워줘서 이모네 왔어. 여긴 기자들이 없어서 괜찮아. 넌, 괜찮아? 밥은 먹고 있어?

걱정이 한가득 담긴 어머니의 목소리에 서령은 누런빛이 도는 위스키를 그대로 입에 털어 넣었다. 알코올에 목이 타들어가는 듯했다.

"그냥 집무 정지야. 걱정하지 마. 그리고 엄마, 내가 앞으로 저녁 뭐 먹었냐고 물어보면 대답은 무조건 고등어야. 알았지."

—갑자기 무슨 소리야. 뭔 고등어.

"농담 아니야. 진짜 꼭 그렇게 대답해야 해. 안 그럼 큰일 생겨. 오늘 저녁 뭐 먹었어?"

—고등어. 됐어?

"어, 또 전화할게. 끊어."

툭, 전화를 끊은 서령은 거울로 가 제 목을 들춰 보았다. 아무런 상처도 없이 깨끗한 목이었다. 서령은 더듬더듬 표식이 생겼던 자리를 매만졌다.

"분명 알아보는 눈빛이었는데."

중얼거리던 서령의 눈매가 사나워졌다.

"대체 왜 니네 둘만 그걸 가지고 그 문을 열고, 나도 처음 겪는 고통을 나보다 더 잘 아는 건데."

서령은 서랍에서 2G 폰을 꺼냈다. 부득, 서령이 이를 갈았다.

"그거 내가 가져도 되는 거잖아. 니들 황실 남자들만 가지고 있는, 그 식적."

∞

요양원 원장에게서 실질적으로 쓸 만한 정보를 얻어내지 못한 강력 3팀은 요양원에 시체를 둔 범인을 찾기 위해 요양원을 드나든 차량의 동선을 파악하기 시작했다. 오가는 이들이 많아 며칠 밤낮을 새울 각오가 필요했다. 그나마 신재가 요양원 원장에게 주기적으로 돈을 전달한 이림의 수하, 조열의 신원을 알고 있어 그나마 다행이었다. 강력 3팀은 조열을 찾아 CCTV 녹화본을 샅샅이 뒤졌다. 광이동 31-4 규영 빌라. 그곳이 삼 개월 전 조열이 향한 곳이었다.

강력 3팀은 곧바로 빌라로 출발했다. 그러나 한발 늦어 있었다. 빌라 문을 두드렸을 때, 안에는 아무도 없었고 문틈으로 새어 나오는 가스 냄새가 코끝을 찔러왔다. 곧 커다란 폭발음과 함께 불길이 일었다. 빌라 여섯 가구를 삼킬 만큼 커다란 불이었다. 조열 쪽에서, 이림 쪽에서 먼저 경찰의 움직임을 눈치 채고 증거를 인멸한 채 몸을 피한 것이다. 가스 냄새를 맡은 태을이 폭발 전 강력 3팀을 데리고 서둘러 몸을 피했지만, 상처는 남았다.

얼굴과 손에 입은 화상도 쓰라렸지만, 결국에는 이림과 그 잔당을 잡지 못했다는 사실이 뼈아팠다. 반창고로도 가려지지 않는 아픔이었다. 요양원 사건 유력 용의자의 본거지가 불에 탔으니 수사는 제자리걸음이었다. 곤은 여전히 소식이 없었고, 이 모든 일의 원흉은 보란 듯이 두 사람을 한발 먼저 피해 다녔다.

쓸쓸한 마음으로 태을은 대나무 숲을 걸었다. 곤을 기다리며 습관처럼 걷고 있었다. 대나무 숲 입구에 자리한 공중전화 부스에 들어가 태을은 주머니를 뒤적였다. 혹시라도 돌아왔을 때, 곤이 동전이 없어 연락하지 못할까봐. 태을은 동전을 잔뜩 꺼내 반환구에 집어넣었다.

"……어디까지 왔어? 거의 다 왔어……?"

어느 과거에 머무르고 있을지, 홀로 과거를 지나는 게 외롭지는 않은지. 하염없이 기다리며 태을은 곤을 걱정했다. 그리고 그때, 태을은 머리 한편이 깨질 것 같은 느낌에 얼굴을 찌푸렸다.

스물일곱의 태을은 아버지와 신재, 은섭, 나리와 함께 치킨집에 모여 치킨을 먹고 있었다. 그해 2016년 4월에는 국회의원 선거가 있었고, 아침 무렵 투표를 한 후 모인 날이었다. 나리는 건물을 받으면 카페를 차릴까 고민했고, 은섭은 은비와 까비를 돌보느라 복학을 못하고 있다며 투덜댔다. 다들 아직 어린 티가 났다.

이런저런 얘기를 나누고 있던 테이블에서 차례로 휴대폰이 울렸다. 나리도, 은섭도 모르는 번호라 받지 않았고 세 번째로 전화가 울린 건 신재였다.

"근데, 아까부터 이 번호로 계속 전화 오고 있지 않아?"

"느낌이 딱 스팸 전화라 음성 사서함으로 돌렸는데요."

"이 전화 그거 아냐? 살인 게임. 제일 먼저 받는 사람이 죽거나 범인인데 보통."

은섭과 나리의 답에 신재가 픽 웃었다.

"대표로 죽지 뭐."

신재가 막 전화를 받을 때였다. 태을은 창밖으로 보이는 공중전화 부스에 누군가 서 있는 것을 보았다. 어디에서 본 것만 같은 남자였다. 분명 아는 사람 중에는 없는데.

"여보세요?"

─강신재?

"누구야."

─자네의 도움이 필요한 사람. 자네 왼쪽에 앉아 있는 정태을 경위 좀 바꿔주면 고맙겠는데.

"……정태을 경위 찾는데?"

의심스럽고 의문스러운 전화였다. 그러나 신재가 휴대폰을 넘겨주기도 전에 태을이 일어섰다.

"마시고들 있어. 금방 올게."

호기심 어린 눈빛들을 뒤로한 채 태을은 뛰듯이 공중전화 앞으로 향했다.

"당신, 나 알지."

수화기를 내려놓고 자신에게 온 태을을 맞으며 곤은 작게 끄덕였다. 태을은 어느새 2019년, 자신이 처음 만난 날의 태을과 가까워져 있었다. 반가웠고, 애틋했다.

"나 요만할 때 봤던, 그 사람 맞지. 우리 엄마 도복 띠. 그거, 당신이지."

"기억하네."

기억을 못할지도 모른다고 생각했는데, 태을은 분명하게 곤을 기억하고 있었다. 다섯 살 태을의 기억 속에는 그저 어머니의 검은색 도복 띠를 가져다 준 이상한 사내일지라도.

"당신, 뭐야!"

"자네를 사랑하는 사람. 자네가 사랑할 사람."

"그때랑…… 옷도 똑같네? 목소리도, 얼굴도?"

"자네가 선물한 옷이라."

곤이 입은 검은 옷을 위아래로 훑은 태을이 찌푸렸다. 미친 건가 싶었다.

"선생님? 실례지만 신분증 제시 좀 부탁드립니다."

"미리 말했어야 했는데 난 신분증이 없어. 여러 번 말하지만 미치지 않았고."

태을을 바라보며 곤이 말을 이었다.

"무슨 일이 있어도 나를 도와줄 다섯 사람이 다 모여 있어서 반가웠어. 의외였고. 제일 안 도울 것 같던 자가 나를 도와서."

곤의 시선이 가게 안에서 웃고 있는 이들을 향했다. 태을은 그의 말뜻을 이해하기 힘들었다. 답답한 얼굴을 하고 선 태을에게 곤은 또 하나의 기억을 남겼다.

"내가 정태을인 건 어떻게 알았고?"

"각오는 했었는데 자네가 날 모르는 순간은 슬프네. 그래서 온 거야. 오늘 자네의 기억으로 남기 위해서. 우린 지금 다른 시간에 살고 있거든. 나는 자네를 향해 이십오 년의 시간을 살아내고 있는 중이야. 그러니 내가 도착할 때까지, 부디 지치지 말아달라는 내 부탁 꼭 들어줘."

"……."

"우린 광화문에서 다시 만나게 될 거야. 난 단추가 많은 옷을 입었을 거고 맥시무스와 함께 올 거야. 그러니 그때…… 나에게 조금만 더 친절해주겠나? 그리고 나에게 조금만 더 시간을 내어줘. 우린 시간이 별로 없거든."

"왜 다시 만나는데?"

"그게 우리의 운명이니까. 모든 시간에 자넬 보러 오지 못하는 이유는, 식적에 균열이…… 심해지고 있기 때문이야."

아무것도 이해할 수 없음에도 태을은 곤의 말을 기억하려 곱씹었다. 잊어서는 안 될 것 같았다. 곤은 본 적 없는 스물일곱의 태을을 눈에 담았다. 곤의 눈이 쓸쓸함에 젖었다.

"이만 가볼게. 자네랑 있으면 자꾸 숫자 세는 걸 까먹어서. 안녕."

사라지는 뒷모습이 아련했다. 태을은 한참 동안 빈 공중전화 부스 앞에 서 있었다.

"……!"

새로운 기억이 또 하나 생겼다. 깨질 것 같은 두통이 가시고 나자 태을은 멍하니 지난 기억을 되새겼다. 곤의 얼굴이, 목소리가 선명했다.

"다시…… 왔었네? 2016년에도 왔었어……."

커지는 그리움에 태을이 울먹이며 고개를 숙였을 때였다. 공중전화 부스에 실시간으로 새로운 글씨가 새겨지고 있었다.

2016.4.13. 조금만 더…….

입가를 틀어막은 채 태을은 떨리는 눈으로 글씨를 보았다. 곤의 글씨였다. 곤의 메시지를 모두 읽은 태을은 이내 눈물을 터뜨렸다. 같은 장소, 다른 시간 속에 두 사람이 서 있었다.

2016.4.13. 조금만 더 기다려줘
거의 다 왔어

꾸욱, 꾸욱, 한 글자씩 눌러쓰며 곤은 눈물까지도 참아냈다.

이제 2020년까지는 4년의 시간이 남았다. 곤은 계속해 수를 세어나갔다. 곤이 다음으로 도착한 곳은 2019년의 대한제국이었고, 조정 경기장이었다. 해사 88기가 조정 경기에서 우승한 날이었고, 검은색 토끼 후드를 쓴 시계토끼를 발견한 날이었다. 루나를 태을로 착각하지 않았다면, 루나의 뒤를 쫓지 않았다면, 곤은 차원의 문을 열지 못했으리라. 어떻게든 운명은 곤을 그곳으로 데려다놓을 테지만.

곤은 영에게 승마장 출입 카드를 받아 검은색 토끼 후드 주머니에 넣었다. 토끼 후드를 일부러 벤치 위에 올려놓으며 곤은 영에게 필요한 말을 전했다.

"지금부터 내가 하는 말은 잘 기억해야 해."

"무슨 일이십니까."

"너는 언젠가 대한민국이란 곳에 넘어가게 될 거야. 그곳에 혼자 남겨질 건데 네가 할 일은 송정혜의 위치를 확인해놓는 거야. 아마도 네가 나랑 술 한잔하면서 하려고 했던 얘기가 그 얘기 같거든."

"송정혜가 누굽니까?"

"지금은 설명해도 무슨 얘긴지 너는 몰라. 근데 알게 되는 순간이 와. 나도 알게 되는 순간이 왔거든. 그 사람이…… 보고 싶다는 걸."

"……?"

"그때가 되면 강형사에게 도움을 청해. 넌 그때 정태을 경위를 믿지 않거든."

그 순간, 호텔 복도를 걷고 있던 영의 기억에 2019년 조정 경기장의 기억이 새롭게 더해졌다.

∞

신재는 영의 전화를 받으며 병원 복도를 걸어 나갔다. 양선 요양원에 누워 있던 '강신재'를 오래 알고 지내온 정신과 의사의 도움으로 옮겨 놓은 후였다.

"그러니까, 우리 엄마가, 이곤 아니, 이지훈의 엄마를 만났다는 거야?"

—그레이스 해리티지 호텔에서요. 그 호텔 CCTV부터 출발하면 송정혜의 목적지에 닿을 겁니다. 도와주실 겁니까?"

"네가 우리 엄마는 왜 미행했는데."

—……도와주실 겁니까?

다른 이야기는 없이 도와줄 것인지 재차 묻는 영 때문에 신재의 미간이 좁아졌다. 동시에 주머니에서 또 다른 휴대폰이 울렸다. 신재는 굳은 채 2G 폰을 꺼냈다. 영영 울리지 않을 것만 같던 그 휴대폰이 결국에는 울리고 만 것이다. 전화가 곧 갈 거라던, 이상도 부인의 말이 떠오른 것은 다음이었다. 신재는 숨을 고른 후, 2G 폰을 열었다.

—길을 잃었구나. 내가 다시 찾아주마.

드디어, 역시나, 이림이었다.

신재는 이림의 부름을 따라 이림의 작업장을 찾았다. 불이 피워진 가마에서는 뜨거운 열기가 올라오고 있었다. 어둡고 음침한 작업장의 분위기에 신재는 본능적으로 얼굴을 찌푸리며 가운데 선 이림을 노려보았다. 반항적인 눈빛을 하고 제게 찾아온 신재를 보며 이림은 입꼬리를 올렸다.

"오랜만이구나. 이름이, 현민이던가. 강현민."

강현민. 그 이름을 내뱉은 이림의 얼굴에 신재는 당장에라도 주먹을 날리고 싶었으나 그럴 수 없었다. 오래된 기억이 떠올랐기 때문이었다.

어머니는 이전의 기억처럼 울고 있었다. 그러나 거리가 아니라 강 위의 다리였다. 선영은 세상 끝에 선 얼굴이었다. 실제로 그녀는 죽음을 각오하고 있었다. 아들의 죽음까지도.

"엄마가…… 다음 생에선 무슨 일이 있어도 현민이 엄마 안 할게. 그러니까 우리 현민인 꼭…… 부잣집 아들로 태어나야 해. 알았지?"

"엄마……. 왜 그래……."

불안에 떠는 아들을 보자 선영의 억장이 무너졌다. 그러나 더는 살아갈 자신이 없었다. 어린 신재 혼자만 각박한 인생 속에 살아가게 할 수도 없었다. 차라리 생을 마감하는 것이 나으리라는 판단이었다.

"미안해. 엄마가 미안해."

가슴이 찢기는 것 같은 고통에 갈라진 목소리로 신재에게 사과하며 선영이 난간 밖으로 현민을 떠밀려던 그때였다. 검은 승용차가 다리 앞에 서며 클랙슨을 울렸다. 클랙슨 소리에 선영이 일순 멈칫했다. 승용차에서 사내들과 함께 이림이 내렸다.

"이름 민선영, 아들 강현민, 원금 740만 원이 현재는 4,920만 원. 본인 지장 맞죠?"

이림의 손에 들린 건 신체 포기 각서였다. 선영이 무너지듯 현민을 끌어안았다.

"내일까지 갚기로 했잖아⋯⋯! 아직 내일 안 됐잖아!"

"기도했나? 어차피 버릴 목숨 내게 버려보는 건 어때. 내가 너희 모자에게 새 삶을 주마. 넌 궁인 박숙진으로, 네 아들은 부자 아비가 있는 삶이지."

동시에 이림이 선영의 신체 포기 각서를 찢어버렸다. 선영은 믿을 수 없는 눈으로 찢긴 신체 포기 각서가 허공에 휘날리는 것을 보았다. 저 종이 한 장 때문에 선영은 이곳까지 떠밀려 와 있었다. 이림은 넋이 나간 선영을 비웃었다.

"그저 끄덕이면 돼. 니 앞에 온 행운 앞에."

선영은 현민을 끌어안은 채 미친 듯이 끄덕였다.

그렇게 어린 현민의 앞에 찾아왔던 사내가 눈앞의 남자임을 신재는 깨달았다. 신재는 당혹스러움을 감추지 못했다.

"너…… 뭐야. 뭔데 얼굴이 그때 그대로야."

"그래. 그래서 나도 내게 시간이 아주 많을 줄 알았다. 돌이켜보니 그게 내 첫 번째 균열이더구나. 새순 같던 조카님이 그새 훌쩍 커서 내 숨통을 조여오니 말이다."

한 걸음씩 위협적으로 신재에게 다가서며 이림이 낮게 말했다. 신재가 거칠게 외쳤다.

"슬픈 가정사는 됐고, 전화 왜 했는지나……!"

동시에 이림이 각목을 들어 신재를 급습했다. 미처 방어도 하지 못한 채로 신재는 바닥에 고꾸라졌다. 타닥, 타닥, 가마 속 땔감 타는 소리가 멀리 들렸다. 신재의 이마 위로 뜨끈한 피가 한 줄기 흘러내렸다.

"이제 네 인생을 바꿔준 은혜를 갚아줘야겠다."

이림이 툭, 바닥으로 사진 두 장을 던졌다. 각각 대한민국에서 신재를 키운 화연과 대한제국의 궁인으로 일하고 있는 선영의 사진이었다.

"평생을 속은 어미, 평생을 속인 어미. 네 양쪽 어미의 생사가 네 손에 달렸구나."

"……요점만 해. 원하는 게 뭐야."

"내 조카님께 멀면서도 가장 가까운 자가 너더구나. 이건 아주 쉬운 거래다. 무슨 수를 쓰던 이곤의 채찍을 가져오너라. 이곤을 죽이고 가져오면 더 좋고."

손에 총이 들려 있었으면 좋았을 것이다. 신재는 이를 악문 채, 애써 빈정거렸다.

"좀 평범한 거래는 없어? 나 효자 아니야. 효심 그런 거 없어."

"있어야지. 달고 금방 녹는 그런 마음이, 있을 게다."

차갑게 말한 이림이 바닥에 놓인 사진을 흙발로 밟아 짓이기며 살수대와 함께 작업장을 나섰다. 신재는 한참 발자국이 새겨진 사진들을 바라보았다.

은섭의 연락을 받고 태을은 서둘러 집 근처로 향했다. 은섭의 말대로 루나가 정관장과 나리와 함께 마트에서 장을 보고 돌아가고 있었다. 차마 그 앞에 나타날 수도 없어서 태을은 루나가 두 사람과 헤어지기만을 기다렸다.

어둠 속에서 루나와 눈이 마주친 태을은 손을 꼭 쥐었다. 루나는 빠른 걸음으로 모퉁이를 돌아들었다. 태을은 재빨리 뒤쫓았다. 깊숙한 골목으로 들어선 루나가 휙 도둑고양이처럼 사라진 건 한순간이었다. 태을이 두리번거리며 모퉁이를 돌았을 때였다. 어디선가 태을을 잡으려는 듯 손이 뻗어졌다. 태을은 놓치지 않고 도리어 그 손을 잡아채 달려오는 몸을 벽으로 밀쳤다. 골목을 지나던 자동차 헤드라이트 불빛에 순간적으로 드러난 루나의 얼굴이 명확했다.

두 사람은 숨이 닿을 듯 가까이 서로의 얼굴을 노려보고 있었다. 매일 보았던 얼굴과 똑같은…… 그러나 전혀 다른 얼굴이었다. 루나의 입꼬리가 비릿하게 올라간 건 그때였다.

"경고했을 텐데. 우리가 만나지면 너 죽는다고."

푹, 그 순간 태을의 복부에 깊숙하게 칼날이 들이밀어졌다. 극명한 고통에 순간적으로 태을은 숨을 멈췄다.

루나는 멍하니 일그러지는 태을의 얼굴을 보았다. 마치 자신이 고통스러워하는 모습을 보는 듯한 기괴함이 있었으나, 자신은 눈앞의 태을처럼 사랑받은 적이 없었다. 태을인 척하며 정관장과 또 나리와 나누었던 대화가 루나의 머리에 스쳤다. 시시껄렁해서 눈물이 날 것만 같이 따듯한 대화였다. 루나는 무표정하게 태을의 뱃속에 찔러 넣었던 칼을 슥 뺐다. 울컥하며 당장이라도 피가 쏟아져 나올 듯했다. 태을은 이를 악문 채 칼을 빼는 루나의 손목을 잡았다.

"놓지? 니네 아버지 좀 이따 방범하러 간다던데. 되게 나쁜 놈처럼 생긴 애들이 그쪽으로 가던데."

"……나쁜 년."

"왜, 뭘 잃어보는 게 처음이야? 그럼 이제부터 적응해봐. 난 살면서 매일매일 무언가를 잃었어."

태을이 더욱 고통스럽도록 아프게 칼을 뺀 후 루나는 바닥에 피 묻은 칼을 던지고는 골목을 유유히 빠져나갔다. 그대로 무릎 꿇은 채 주저앉은 태을은 겨우 휴대폰을 찾아 112에 신고했다.

"종로서 정태을 경위입니다. 공조 요청 부탁드립니다. 효자로 13길 인근으로 순찰차 보내주세요. 지금이요."

아버지에게 무슨 일이라도 생길까봐, 태을은 미칠 것만 같았다. 무릎걸음으로 기듯이 걷던 태을은 하필이면 그 순간, 깨질 듯한 두통이 일었다. 태을은 머리를 감싸쥔 채 담벼락 앞에 완전히 주저앉았다.

또 한 번, 기억이 새롭게 생겨나고 있었다.

"거기, 선생님. 말 타신 분!"

광화문 사거리. 흰색 말을 탄 곤이 태을을 돌아보았다. 태을을 발견한 곤이 말에서 내려 태을을 향해 성큼성큼 걸어왔다.

"드디어 자넬 보는군. 정태을 경위."

이십오 년간 신분증 속 태을을 그려왔을 곤이었다. 태을은 신기한 듯, 반가운 듯 곤을 올려다보았다.

"진짜, 왔네? 광화문에? 단추 많은 옷 입었고?"

"이상하게 자네, 날 아는 눈빛이군."

곤의 눈이 의아함을 담고 있었다. 태을이 자신을 안다는 사실에 놀란 얼굴조차 잘생겼다. 언제 보아도 잘생긴 얼굴이었다. 언제 보아도. 다섯 살, 스물일곱 살, 단 두 번, 스치듯 보았을 뿐인데도 태을은 그 순간 알 수 없이 벅찬 기분을 느꼈다. 아주 오래, 많이 보아온 느낌이었다. 그를 안아주고 싶다는 충동을 느꼈다.

운명에 우연은 없었다. 언젠간 반드시 찾아오지만, 그 뜻을 알아차리고 난 후엔, 언제나 너무 늦다.

"그건 생략해. 지금 이러지 않으면 후회할 거 같아서."

태을은 자신에게 운명처럼 다가온 남자를 끌어안았다. 곤은 굳은 채 자신을 안은 태을을 내려다보았다. 태을의 품이 따뜻하고, 어쩐지 슬펐다. 그게 곤의 마음을 어지럽혔다.

"난 내 몸에 손대는 거 아주 싫어해. 그렇지만 참아볼게. 이유가 있을 테니까. 이유를 물어도 될까?"

태을이 몸을 떼며 곤을 올려다보았다.

"왜 날 안았는지. 왜 자네도 날 아는지."

"······나한테 아주 이상한 일이 일어난 것 같은데, 내가 당신을 봤거든. 과거에서."

"과거? 혹시 그 과거가 이십오 년 전인가?"

"이봐. 이상하다니까. 선생님, 신분증 제시해주십시오."

　곤과 태을이 광화문에서 또 한 번, 처음 만났다. 태을은 아픈 와중에도 자신의 일관된 행동에 어이없어 웃음이 나왔다. 그러나 웃을 수도 없이 태을은 이내 고통에 찡그렸다. 정신이 가물거렸고, 얼굴은 식은땀과 눈물로 범벅되어 있었다. 태을은 피가 새어 나오는 복부를 움켜쥔 채 정신의 끈을 놓지 않으려 애썼다. 멀리서 경찰차 소리가 들려오는 것도 같았다.

　"……아부지……."

　아버지로부터 온 전화를 태을은 가까스로 받았다. 정관장이 자랑스러운 듯 목소리를 높였다.

　—어, 야. 아부지가 네 전화 받고 저 놈들 다 때려잡았어. 넌 어디야.

　"내 전화를…… 받았다고?"

　—어, 야. 지금 경찰 와가지고 아부지 부른다. 다시 전화할게.

　정관장이 급히 전화를 끊었다. 정신이 점점 더 가물어가고 있었다. 아무튼 아버지가 무사하다니 다행이었다. 안심한 순간 태을의 정신이 뚝 끊겼다.

　태을이 깨어난 건 다음날 낮, 병원에서였다. 골목 앞에 쓰러진 태을을 지나던 행인이 발견해 병원으로 이송시킨 덕분이었다. 태을이 눈을 뜨자 박팀장이 태을의 앞에 손가락을 들이밀며 몇 개인지 물어댔다. 태을은 자신이 다쳤다면, 당연히 곁에 있어야 할 이들이 없다는 생각에 서둘러 물었다. 혹시나 그사이에 또 무슨 일이 생겼을지 몰랐다.

"신재 형님은요? 아버진요?"

"아버님 좀 전에 가셨어. 도장 닫고 오신다고. 어떤 새낀디, 칼질한 새끼. 얼굴 봤나?"

심형사가 분한 듯 물었다. 하긴 같은 팀원이 길에서 칼을 맞고 쓰러졌다는데 화가 나지 않는 게 더 이상했다. 얼굴도, 누구인지도 정확히 알지만 태을은 말할 수도 없었다. 자신이랑 같은 얼굴을 한, 다른 세계의 루나가 저를 찔렀다고. 어떻게 해도 설명되지 않을 것이었다.

"캄캄해가지고. 모자도 썼고……. 좀 자고 다시 생각해볼게요. 진통제가 센가? 졸려요."

"어, 그래. 쉬어 쉬어. 가자."

박팀장과 심형사가 병실을 나섰다.

"신재 얘는 연락이 안 돼? 계속?"

"숙직실에는 안 들어온 거 같고 톡은 읽지도 않는디요?"

두 사람이 대화하며 병실을 나가기 무섭게 태을은 휴대폰을 집어 신재에게 메시지를 보냈다.

'형님 어디야? 긴급이야.'

'나 지금 병원인데 전화 좀 해.'

그리고는 곧장 주사 바늘을 뽑고는 환자복 위에 겉옷을 걸쳐 입었다. 루나를 찾아야 했다.

온
우주의
문을

마침 태을에게 연락을 하려던 은섭은 태권도장 앞마당으
로 들어서는 태을을 보고는 달려갔다. 조금 전까지 나리의 카
페에 이림이 다녀갔다. 대한제국에서 똑똑히 보았던, 그 이림
이었다. 이림은 은섭이 자신을 알아본 것까지도 알았다. 그럼
에도 아무렇지 않게, 아니 오히려 알아봐주길 바랐다는 듯 은
섭에게 당부했다.

어디에 숨어 자신의 눈에 안 띄는지는 모르겠지만, 어머니
의 기일에는 꼭 보았으면 한다고. 추도 미사에 참석할 예정이
라고. 그곳에도 나타나지 않으면, 나리를 보러 다시금 오겠다
고도 했다. 그건 협박이었다. 은섭은 오싹한 기분으로 나리를

등 뒤로 보냈다. 곤은 그런 은섭을 비웃듯 천천히 사라졌다. 아마도 곤을 찾아 이곳까지 직접 나선 것 같았다.

은섭이 태을에게 다가가 낮은 목소리로 소식을 전했다.

"누나, 방금 여기에 이림이 왔다 갔다. 그 이림."

"여기에? 아부지는."

"아저씨 좀 전에 운행. 오후반 캔슬을 못하셨대. 대체 누군데 이래."

은섭의 등 뒤에서 당황한 채 서 있던 나리가 대신 답했다. 그때 마당으로 엉망이 된 얼굴의 신재가 들어왔다. 태을이 찌푸리며 신재를 보았다.

"뭐야, 형님 이마 왜 그래."

신재는 가만히 태을을 내려다보았다.

"넌 다쳤다면서 왜 여깄어."

"누나 다쳤다고? 어데를. 와."

태을이 오른쪽 배를 움켜쥐며 찡그렸다.

"그럴 일이 좀 있었어. 형님 일단 나가자."

"정태을."

"어?"

"너 찔린 쪽 왼쪽이라던데."

태을의 눈빛이 일순간 차갑게 변했다. 태을인 척하던 루나가 비식 웃었다.

"아, 맞다. 나 오른손잡이지."

태연하게 중얼거린 루나가 도망치려 할 때였다. 신재가 한 발 더 빠르게 루나를 단숨에 제압해 뒤로 팔을 꺾었다.

"형님!"

진짜 태을의 목소리였다. 아직 회복되지 않은 몸으로 이리저리 달리며 다닌 탓에 태을의 얼굴이 흐트러져 있었다. 나리가 놀라 뒷걸음질쳤다.

"뭐야! 대체 이게……."

태을은 역시나 루나에게 속아 놀란 채인 은섭에게 나리를 챙기라고 말하며, 루나를 붙들고 있는 신재를 보았다.

"형님, 이마 왜 그래?"

"내가 물어봤는데 대답을 안 하네."

팔이 꺾인 채 루나가 빈정댔다.

"넌 닥쳐."

냉랭하게 쏘아붙인 태을이 루나를 향해 주먹을 날렸다. 제게 칼을 꽂아 넣은 것에 비하면 아무것도 아니었다.

"아."

그러나 갑자기 움직인 탓에 복부의 상처가 쓰라렸다. 신재와 태을은 루나의 손목에 수갑을 채운 채 루나를 옮겼다. 이전에도 곤과 영이 나리에게 빌린 적 있는 빈 건물의 지하실이었다.

영이 무서울 만큼 딱딱한 얼굴로 루나를 내려다보았다. 의자에 비스듬히 앉은 루나의 눈빛이 거칠었다. 힐끗 돌아보면 루나와 같은 얼굴을 한 태을이 있었다. 곧이 속을 수밖에, 속수무책으로 당할 수밖에 없는 얼굴들이었다. 루나 또한 자신을 보는 영을 빤히 보다가 픽 웃었다.

"아, 조영이네. 그런 눈으로 보지 맙시다. 같은 고향 사람끼리."

"고향에서 봤으면 벌써 쐈어. 사주한 사람이 누구야. 폐하를 독살하라고 시킨 게, 이림이야?"

신재가 한편에서 루나의 소지품을 뒤적거리고 있었다. 가방 안에 들어 있는 건 죄다 자질구레한 물건들이었다. 담배, 가발, 모자, 문을 따는 데 사용하는 쇠붙이 같은…… 누가 보아도 수상한 물건들뿐이었다. 그중에는 약도 있었다. 신재는 재빠르게 무슨 약인지 알아냈다.

"마약성 진통제야. 암 말기 환자한테나 처방되는 거. 암환자야?"

태을이 놀란 눈으로 루나를 보았다. 루나는 태연자약하게 답했다.

"어, 나 곧 죽는대. 그렇다고 너무 들뜨진 말고."

루나가 신재 쪽으로 고개를 돌렸다.

"아, 근데 우리 키스한 건 얘기했어? 얘도 알아야지, 당사잔

데. 뭔가 되게 슬픈 얼굴이던데. 나랑, 아니 얘랑 첫 키슨가?"

지하실 안에 형언할 수 없는 침묵이 돌았다. 한숨을 내쉰 태을이 영과 신재에게 자리를 비켜달라 요청했다. 신재는 차마 태을과 눈도 마주치지 못하고 자리를 떠났다. 두 사람이 나간 후, 태을은 의자를 가져와 루나의 앞에 마주 앉았다.

곤을 독살하려고 했고, 이번에는 자신을 죽이려고 했다. 그런데 정말로 죽이려고 했던 게 맞나, 그런 의문이 태을을 더 화나게 했다. 태을은 화를 삼키며 도발하듯 물었다.

"그래서 네가 암이라서 나 죽이러 왔어? 뭐가 필요한데. 간? 신장? 아, 그래서 장기는 다 피해서 찌른 거야?"

"진짜네. 넌 진짜 눈 속에 불안이 없네?"

루나는 멍하니 중얼거렸다. 빛과 어둠의 그림자가 선명하게 제게 드리워진 듯했다.

"우리 아버지한테 전화해서 알려준 거 너지. 왜 나 죽을 만큼 안 찔렀냐고."

"니네 아버지 속상할까봐."

"……우리 아버지랑은 무슨 얘기 했는데? 나 없을 때 우리 집에 있었다며."

"밥 얘기, 돈 얘기, 일 얘기, 결국 다 네 얘기."

"이러고 있으니까 진짜 거울 보는 거 같네. 그럼 이제 네 얘기 좀 해봐."

자신에 대해 물을 줄은 몰라 루나는 놀라 눈을 크게 뜬 채 태을을 보았다. 루나가 태을을 비웃었다.

"감상적인 년일세."

그러나 가슴 한편이 저릿해오는 것도 사실이었다. 아무도 루나를 궁금해한 적 없었으므로. 마주한 자신의 얼굴이 낯설었다. 루나는 스스로도 아끼지 않았다. 아낄 수가 없었다. 서로를 바라보던 두 사람이 무의식적으로 동시에 볼에 붙은 머리카락을 떼다가 놀라 멈췄다. 거울을 보는 것만 같았다. 그렇게 놀란 그 순간에, 시간이 멈췄다.

아주 오래.

어둑해진 저녁, 병동 입구에서 태을은 담당 간호사를 만나 호되게 혼이 났다.

"대체 어디 다녀오신 거예요. 절대 안정하셔야 한다구요!"

"제가 누굴 기다리는데요……."

오래 자리를 비웠던 태을의 안색이 파리했다. 머뭇거리며 고개를 든 태을이 울먹이며 말을 이었다.

"왔어요……. 저기."

길 끝에서 태을을 향해 달려오는 사내의 인영이 익숙했다.

너무 그리워서 눈을 감아도 그릴 수 있을 것만 같은 모습이었다. 곤이었다. 태을은 입술을 꽉 깨물며 곤에게로 달려갔다. 몸이 아파 평소처럼 달릴 수가 없었지만, 태을은 배를 부여잡고 조금이라도 더 빨리, 더 가까이 곤에게 닿고자 했다.

그리고 마침내 곤이 태을을 와락 끌어안았다. 발이 땅에서 떨어진 채로 태을은 곤의 품 안에 안겼다. 곤의 가슴에 얼굴을 묻은 채로 태을은 눈물을 쏟았다.

"자네⋯⋯."

목이 메는 기분에 곤은 태을을 조금 더 꽉 안았다.

"잘 있었어? 나 기다렸고?"

"⋯⋯보고 싶었어. 보고 싶었다고, 이 나쁜 놈아!"

울분 어린 목소리였다. 태을은 곤의 가슴 안에서 목놓아 울었다. 이미 여러 번 태을을 울렸고, 태을을 슬프게 했다. 곤이 태을에게 주고 싶은 건 기다림 같은 게 아니었는데, 너무 많은 기다림을 태을에게 주었다. 운명을 마주하는 일이 너무나 힘들었다.

"미안해⋯⋯. 자꾸 기다리게 해서⋯⋯. 정말 미안해. 미안해⋯⋯. 미안해⋯⋯."

그럼에도 불구하고 이 운명 속을 함께 헤쳐 나갈 연인이라 곤은 태을을 향해 그저 미안하다는 말만을 건넸다. 태을이 곤을 꽉 끌어안은 채 끄덕였다.

겨우 해후를 마친 두 사람은 병실로 들어와 앉았다. 태을은 침대가에 앉은 곤의 옷자락을 꽉 쥐었다. 자신이 사준 옷을 입고서 정작 자신은 만나주지 않았던 곤이다. 과거의 자신들만, 곤을 만났다. 그나마도 과거의 기억 덕분에 버틸 수 있었다. 지치지 않을 수 있었다.

"가지 마."

애달픈 한마디가 곤의 가슴을 저릿하게 했다. 곤은 떠나고, 태을은 기다리는 반복이 두 사람 모두를 힘들게 했다. 곤은 아스라한 눈으로 어두운 낯빛의 태을을 보았다.

"……안 가."

"내일도."

"……안 갈게. 누워. 절대 안정 취하라고 혼나던데."

"나 자면 갈 거구나."

몸이 아파서일까. 칭얼대는 아이가 된 기분이었다. 그렇지만 태을은 멈추지 않았다. 몇 달이나 곤을 보지 못했고, 이렇게 짧은 만남 후에 있을 긴 이별이 이제는 두려웠다. 얼마나 마음이 아플지 알아서.

"진짜 안 갈 건데. 증명해줘?"

장난스럽게 말한 곤이 이불을 파고들어 태을의 옆에 누웠다. 태을 쪽으로 팔을 뻗은 후 웃어 보인다. 태을은 곤의 팔을 베고 누워 곤의 옆얼굴을 보았다. 곤이 고개를 돌려 태을과 눈을 맞췄다. 곤이 조심스럽게 태을의 머리카락을 쓰다듬었다.

"나 보러 와줘서 좋았어. 나 다섯 살 때, 나 스물일곱 살 때."

"나 안아줘서 얼마나 좋던지. 광화문에 나 처음 왔을 때."

"두 번 다 미친놈인 줄 알았더니."

"난 두 번 다 아련한 쪽으로 흐를 줄 알았지. 자네가 또 신분 증 제시하랄 줄 알았나."

그날을 기점으로 곤과 태을의 만남은 조금 다르게 흘렀다. 태을은 울망한 눈으로 곤에게 물었다.

"그 뒤로 우리 어떻게 됐는지도 다…… 기억나?"

태을은 대한제국 황제라는 곤의 말을 반은 믿었고, 평행세 계를 좀 더 빠르게 이해했다. 또 좀 더 빠르게 대한제국에 갔 고, 꽃씨를 사고, 뿌렸다.

그렇게 태을이 좀 더 빠르게 자신의 운명을 사랑하기로 했 으나 태을의 속도와 관계없이 일어날 일들은 일어났다. 아이 러니하게도 비극 또한 좀 더 빠르게 찾아왔다. 태을이 납치되 고, 곤이 태을을 구하고, 식적에 균열이 생겨, 또다시 두 사람 이 헤어져야 하는 비극. 곤은 슬픈 눈으로 끄덕였다.

"운명은 변하지 않았어. 운명은 진짜 바꿀 수 없는 걸까?"

"그럴 리 없어. 운명이 그렇게 허술할 리 없어. 커다란 운명 일수록 더 많이 걸어야 도착하게 되는 거 아닐까. 우린 아직 다 도착하지 못한 것뿐이야."

가혹한 운명으로부터 등을 돌리고 싶을 때마다 두 사람은 서로에게 이유가 되었다. 마땅히 주어진 운명을 사랑할 이유. 곤은 어느새 잠든 태을을 오랫동안 바라보았다. 조금 야윈 듯한 사랑스러운 뺨에 곤은 조용히 입을 맞췄다.

∞

곤은 병원 건물 앞에 있는 공중전화 부스에서 영에게 연락했다. 얼마 지나지 않아 영과 신재가 병원 앞으로 왔다. 곤을 발견한 신재의 눈빛이 미묘했다. 곤의 옷을 위아래로 훑은 신재가 이내 예리하게 물었다.

"맞지, 치킨집 앞에서 전화하던. 사 년 전쯤에."

"조정 경기장에서, 진짜 폐하셨습니까?"

영 역시 같은 옷차림을 한 곤을 본 적 있었다.

"2020년으로 맞게 왔나보네. 두 사람이 퍽 늙은 거 보니."

"이젠 하다 하다 과거로도 간단 얘기야?"

신재는 기가 차 말이 나오지 않았다. 영이 울컥한 눈으로 새삼 곤을 살폈다.

"무사하셔서 정말, 다행입니다. 송정혜는, 찾았습니다. 강 형사님 도움 많이 받았습니다."

"내가 갚을 게 많아졌네. 도와줘서 고마워."

"고마우면 갚아. 밥값, 차 태워준 거 다. 갚으라고."

"뭐로 받고 싶은데."

"목숨?"

단지 농담만은 아닌 듯한 투였다. 조영이 휙 신재를 돌아보며 경계했다. 곤의 얼굴이 어두워졌다. 곤의 목숨이 필요한 이가 신재는 아닐 터였다.

"이림을 만났군. 양쪽 어머니를 걸었을 테고. 이림이 자네더러 날 죽이래?"

"……죽어줄래? 이왕이면 니네 동네 가서?"

"황제를 시해하는 건 어려워. 신원불상자 쪽이 더 쉬울 텐데."

"조문객 많이 받으라고 니네 동네 가는 거야. 갈 때 연락해."

아무렇지도 않게, 이림이 저를 찾아온 일을 말해주고 신재는 등을 돌려 떠났다. 곤은 가라앉은 눈으로 신재의 뒷모습을 안타깝게 보았다.

신재를 보내고, 곤은 영과 함께 곧장 서울의 한 골목으로 향했다. 골목 어귀에 한옥 집이 한 채 있었다. 신재가 수사 끝에 찾아낸, 송정혜가 현재 머무는 집이었다.

"저 집입니다. 이림은 아직 모습을 보이지 않고 있습니다."

"반드시 지켜 서서 이림이 대숲으로 가는 동선을 파악해야 한다."

"예. 그리고…… 조은섭한테 연락이 왔었는데, 이림과 맞닥뜨렸답니다. 근데 이림이, 곧 있을 황후마마의 추도 미사 얘기를 했답니다."

온전한 식적을 갖고자 그는 무슨 일이든 할 것이다. 곤은 주먹을 꽉 쥐었다. 시계를 확인한 영이 조심스럽게 송정혜에 대한 보고를 이었다.

"송정혜는 이십 분 후면 근처 교회에 갑니다. 늘 감시인이 있구요."

"네가 시간을 잘못 안 거 같다만."

곤은 영의 어깨 너머로 걸어오고 있는 송정혜를 보았다. 송정혜의 옆구리에는 성경책이 있었고, 영이 말한 대로 송정혜를 지키는 사내가 붙어 있었다. 어머니와 같은 얼굴이다. 그저 기호일 뿐이라고 생각했고, 아무렇지도 않을 줄 알았는데 확실히 직접 보니 여파가 있었다. 곤은 멈춘 채 송정혜의 움직임을 쫓았다.

낮은 굽의 구두를 신은 그녀가 또각또각, 구두 굽 소리를 내며 곤의 옆을 스쳐 지났다. 곤은 차마 돌아보지도 못하고 못 박혀 있었다. 그러다 구두 굽 소리가 들리지 않아 고개를 돌렸을 때였다. 멈춰 선 정혜가 곤을 돌아보고 있었다. 두 사람의 시선이 미묘하게 부딪쳤다.

"너구나, 이림의 조카. 우리 지훈이하고 같은 얼굴."

곤의 시선이 세차게 흔들렸다. 정혜는 무심한 듯, 차가운 얼굴로 곤을 보았다. 표정과 달리 정혜의 눈에서는 어느새 눈물이 새어 나오고 있었다.

"우리 지훈이가 살았으면……. 너처럼 컸겠구나. 근데, 너 때문에 죽은 거구나. 우리 지훈인."

정혜의 눈물이 송곳처럼 날카롭게 느껴졌다. 곤은 아무런 말도 못 하고 멍하니 정혜만 보았다.

"넌 나 때문에 죽을 것 같고. 이림이 날 살려놓은 이유가 그거라던데."

곤이 놀란 눈으로 정혜를 보았다. 한편에서 정혜를 지키고 있던 남자가 심상치 않은 대화 내용에 칼을 꺼내 들며 다가왔다. 영이 그런 사내를 발로 차 칼을 떨어뜨렸다. 사내를 보며 곤이 정혜의 상황을 염려했다. 정혜가 인질로 붙잡혀 있는 것만은 명백했다. 그러나 정혜는 이미 각오를 한 바였다. 곤이 어렵사리 말을 이었다.

"곧 내 어머니의 기일입니다. 이림은 그날 당신을 저쪽으로 데려갈 모양입니다. 저쪽으로 가면, 못 돌아옵니다. 돕겠습니다."

"그럼 나 구하러 올래? 기일 이틀 전에 와. 나도 날짜 알거든."

"……아드님 일은……."

"말로 면피하지 마. 그게 너 때문인 건 변하지 않아. 나 때문에 죽지도 말고. 나 네 엄마 아니야."

차게 말한 정혜가 돌아섰다. 곤은 붉어진 눈으로 정혜의 마른 뒷모습을 지켜보았다.

∞

떠나야 했다. 더는 이 세계에 머무를 수 없는 이유는 수많았다. 그럼에도 곤은 선뜻 떠날 수가 없었다. 이 세계에 태을이 있었고, 또 태을이 있었다. 태을의 몸이 좋지 않다는 게 그럴듯한 평계가 됐다. 가슴 아프게도. 더 가슴 아픈 사실은 태을마저도 자신이 다쳐 곤이 이곳에 머무른다는 사실을 다행스럽게 여긴다는 점이었다. 병원은 연인이 단란한 시간을 보내기에 어울리지 않는 장소였지만, 두 사람은 어느 때보다 평화롭게 시간을 보냈다.

병원 침대에 달린 상 위에 태을이 먹고 싶다던 음식을 올려놓고, 곤은 태을에게 음식을 먹여주었다. 손이 다친 것도 아닌데 태을은 어미 새가 물어다주는 모이를 받아먹는 새끼처럼 음식을 받아먹었다.

"맛있다. 좋다. 이런 일상."

태을이 기분 좋게 흥얼거렸다. 충만하고 뿌듯한 기분이 곤의 단단해져야만 하는 가슴을 흐물거리게 만들었다. 행복이 아주 가까운 곳에 있는 것처럼 느껴졌다. 곤은 미소 짓다가도 문득 슬퍼졌다. 종종 제 옷깃을 잡고 있는 태을을 볼 때처럼. 비어가는 그릇을 보며 태을이 말했다.

"이거 먹고 우리 무단 외출하자."

"여기요, 여기 정태을 환자가……!"

문밖을 향해 장난스럽게 외치는 곤의 입을 태을이 손으로 막았다. 그렇게 웃고 떠들며 두 사람은 식사를 마쳤다.

밤이 되자 태을은 곤의 손을 잡고 낮에 말했던 대로 무단 외출을 감행했다. 태을이 이끈 곳은 병원 바로 옆에 위치한 성당이었다. 성모상 앞에서 두 사람은 기도를 올렸다.

"무슨 기도했어?"

"기도 안 했어. 협박했어. 적당히 좀 하시라고. 우리가 뭘 그렇게 잘못했냐고. 우리에게도……. 신의 가호가 있긴 있냐고……."

쓸쓸한 미소가 곤의 입가에 떠올랐다. 두 사람은 손을 잡은 채 병원 앞 정원을 산책했다. 밤이슬이 푸른 나뭇잎 위에 몽글하게 맺힐 때까지. 신의 가호를 바라면서. 헤어져야 하는 시간이 가까워지고 있었다. 아무리 모른 척하려 해도 그랬다.

벤치에 앉아 곤에게 기댄 채로 태을이 눈을 지그시 감았다. 눈을 감자 곤의 숨소리가, 곤의 체취가 더 잘 느껴졌다. 곤이 옆에 있다는 게 더 선명하게 느껴졌다.

"나중에 말이야, 우리 꼭 생략한 것들 다 하면서 살자. 같이 여행도 가고. 같이 영화도 보고. 같이 사진도 찍고, 같이……."

"……정태을……."

"하지 마."

곤의 손을 꼭 쥔 태을의 손이 미세하게 떨렸다. 곤은 태을의 손을 다시 꽉 쥐었다.

"가야 한단 얘기면…… 하지 말라고. 나 당신 안 보낼 건데?"

"……."

"세상 같은 거……. 구하지 말자. 그냥 왔다 갔다 하면서, 오늘만 살자. 어?"

곤의 눈에 물기가 어렸다. 태을의 말대로 하고 싶었다. 그러나 오늘조차 살 수 없는 날이 두 사람에게 다가오고 있었다. 시간은 점점 더 오래 멈추고, 식적의 균열 또한 심해지고 있었다.

이림이 깨뜨린 균형 때문에 죽은 이들 또한 너무 많았다. 전부, 다 되돌려야 했다.

"무슨 방법 생각하는지 다 알아. 과거로 가려는 거잖아. 가서 이림이 넘어오기 전에 잡으려는 거잖아."

답하지 못하는 곤에 태을이 울컥했다.

"그럼 나는 당신을, 기억하지 못하게 돼. 두 세상이 지금과 다르게 흐르면, 난 당신을 모른 채 살게 된다고."

"두 세계가 이미 너무 많이 어긋났는데, 되돌려야 할 이유
가…… 너무 많은데, 방법은…… 그거 딱 하나야. 그러니
까…… 가라고 해줘. 떠나라고. 부탁이야."

태을은 그대로 쓰러지듯 울었다. 진이 다 빠져나갈 듯 목을
놓아 울었다. 눈물로 붙잡을 수 있다면, 좋을 것을 그랬다. 그
러나 태을도 알았다. 붙잡을 수 없다는 것을. 너무 커다란 운
명이 곤에게 지워져 있다는 것을. 그래서 눈물이 끊임없이 흘
렀다.

"난 지금 태어나 처음으로…… 누군가의 허락을 구하고 있
어. 자네가 잡으면, 난…… 갈 수가 없어."

"돌아오겠다고 말해. 열 번째야. 무슨 일이 있어도 꼭 돌아오
겠다고. 열한 번째야. 이림을 잡고, 그 문이 닫히더라도, 온 우
주의 문을 다 열고 꼭 다시 돌아오겠다고 말해. 열두 번째야."

서럽게 우는 태을을 곤이 으스러질 듯 안았다.

"……그럴게. 온 우주의 문을 열게. 그리고…… 자네에게
꼭 다시 돌아올게."

서로의 몸에 서로를 새기듯 두 사람은 끌어안았다. 마지막
일지도 몰랐다. 비가 내리는 것처럼 두 사람의 슬픔이 진하게
담긴 눈물이 두 사람을 적셨다.

어둡고 습한 터널 앞, 서령은 초조하게 주변을 두리번거리며 이림을 기다렸다. 얼마 안 가 우산을 든 이림이 터널 끝에서 걸어왔다.

"사람을 이런 곳으로 불렀으면 먼저 와 있어야 하는 거 아닌가요?"

"풀 죽어 있으면 어쩌나 했는데 괜한 기우였나. 황후도 물 건너갔고 총리직도 정지고 높은 곳 근처에는 얼씬도 못하겠던데."

끝까지 콧대 높게 구는 서령을 이림이 비웃었다. 서령은 이림이 짚고 선 우산을 힐끗 보며 턱을 들었다.

"그래서 높은 곳이 아니라 넓은 곳으로 가려구요. 금친왕 전하 것은 그 우산인 듯싶고 그럼, 이곤 것은 뭐예요? 내가 뺏어보려고. 좋지 않나요? 전하랑 내가 하나씩 나눠 갖는 거."

이림은 티 나지 않게 입매를 비틀었다. 처음부터 서령은 눈치가 너무 빨랐다. 그게 마음에 들었으나, 이제 와서는 거슬리기 짝이 없었다. 쓸모도 없어진 마당에. 이림은 제 우산을 서령 쪽으로 내밀었다.

"더 좋은 방법도 있지. 이것까지 네가 갖는 거."

"지금 나랑 뭐하자는……!"

서령은 싸한 기분에 이림을 노려보았다. 이림이 이렇게 순순할 리가 없었다. 동시에 이림이 서령의 목을 단번에 움켜잡았다. 서령이 컥컥거리며 버둥거렸다. 그러나 이림의 손은 더욱 세게 서령의 목을 움켜쥘 뿐이었다. 이림의 눈이 광기로 번들거렸다.

"지금 너한테 화를 내고 있는 중이지. 내가 너에게 바랐던 건 간단했다. 이곤을 갖거나, 대한제국을 갖거나. 한데 넌 둘 다 놓쳤구나. 이제 네가 살 길은 하나뿐이다. 곧 있을 이곤 어미의 추도 미사에 내가 참석할 수 있도록 길을 뚫어라. 너, 나, 그리고 살아 부활한 황후까지, 세 자리다. 그 자리에서 제국과 민국, 두 세계가 있음을 공표할 것이다."

그리고 두 세계를 손에 쥐고 있는 자신 앞에 모두가 무릎을 꿇을 것이다.

"……컥!"

바보 같은 선대 황제들은, 자신의 조카는 세상을 쥐고도 세상을 가진 줄 몰랐지만, 자신은 아니었다. 그 순간, 컥컥대던 서령이 숨을 멈춘 것처럼 움직이지 않았다. 시간이 멈춘 것이다. 이림은 서령의 목을 팽개치며 성난 얼굴로 돌아섰다.

"드디어 나타나신 건가, 조카님이."

이젠 정말이지 끝을 볼 때였다. 이림은 빠르게 터널에서 사라졌다.

그리고 아주 오랜 시간이 지나고 나서야 덜컹, 터널 위로 기차가 지났다. 서령은 바로 전까지 목이 졸린 사람처럼 밭은 숨을 몰아쉬며 깨어났다. 그러나 눈앞에 이림이 없었다. 분명 자신의 목을 조르고 있었는데, 이림 대신 서령의 손안에 사진 한 장만이 덩그러니 남아 있었다. 캄캄한 터널 안으로 빛 한 점 들어오지 않는 듯했다. 섬뜩한 기운에 서령은 공포를 느끼며 손안의 사진을 뒤집었다. 정혜의 사진이었다. 이림의 손에서 부활할 황후의 사진.

∞

다시 대한제국의 궁으로 돌아온 곤과 영은 빠른 걸음으로 회랑을 지나쳤다. 노상궁과 근위대가 두 사람을 향해 달려왔다.

"폐하…… 아이고, 의복이 이게, 세상에 용안이 이게……!"

궁을 나설 때보다 야윈 곤을 향해 노상궁이 원망을 뱉어냈다. 곤은 곧장 노상궁의 어깨를 안았다. 노상궁이 놀라 곤을 올려다보았다.

"그때 나를 놓쳐줘서……. 정말 고마웠어."

그리 말하는 곤의 목소리가 애틋했다. 감히 그리 생각해서는 안 된다는 것을 알면서도 노상궁은 때때로 주군인 곤이 안쓰러웠다. 어린 날 아비를 잃고 우는 황제의 등을 토닥이듯 노상궁은 가만히 곤의 등을 토닥였다.

"압니다. 다 압니다, 폐하……."

익숙한 노상궁의 손길을 받으며 곤은 느릿하게 눈을 감았다가 떴다. 모든 준비가 끝나가고 있었다. 설령 모두를 잃는 준비라고 할지라도. 동시에 그것은 모두를 지키는 일이었으므로 곤은 나아가야만 했다.

모비서는 곤의 기대대로 그간의 공백을 잘 메워주고 있었다. 곤의 부재에 대해서도 종인을 잃은 슬픔을 견디느라 칩거 중이라고 발표했다고 했다. 곤은 생각보다 돌아오는 시간이 오래 걸려 종인의 49재에 참석하지 못한 것이 죄스러웠다. 종인의 유족들은 모두 미국으로 출국한 후였다. 장자인 승헌만 오늘 출국이었다.

역적 잔당들에게 도주로를 만들어주던 젊은 승헌의 모습이 곤의 기억에 선명했다. 과거 곤의 행적으로 인해 현재의 승헌은 다리를 절었다. 승헌이 유일하게 잘한 일이 하나 있다면, 종인이 죽는 날까지도 종인에게 제 치부를 잘 숨겼다는 것이다. 제 아들이 역모에 가담한 것을 알았다면, 종인은 자결하고도 남을 어른이었다. 곤은 승헌을 찾아 직접 영구 추방령을 내렸다. 승헌은 다시는 대한제국에 발도 디디지 못할 것이다.

피곤한 눈 위에 손등을 잠시 올려놓다가 곤은 옆에서 느껴지는 기척에 손을 내렸다. 신재였다. 이번에 대한제국으로 넘어올 때, 영만이 아니라 신재도 곤과 함께였다. 대한제국에서의 이름은 강현민. 아주 오랜만에 고향으로 온 셈이었다. 신재의 눈가가 불그스름하게 가라앉아 있었다. 곤도, 신재도 그리 유쾌하지 않은 하루를 보낸 것만은 분명했다. 두 사람은 은행나무 정원이 내다보이는 의자에 마주 보고 앉아 맥주를 들었다.

궁인 하나가 간단하게 차려진 안주를 놓고 물러났다. 느슨하게 등을 기댄 채로 신재가 툴툴댔다.

"황제는 신선로, 구절판 뭐 그런 거 차려놓고 먹는 거 아니었어?"

"사람 봐가면서 차리지. 보고 차린 것 같은데 왜."

"술은 더 있지?"

묻던 신재는 문득 먼 곳을 보며 곤에게 인사했다.

"고마웠어, 오늘."

곤이 승헌에게 간 동안, 신재는 친모인 선영을 만났다. 선영은 신재를 본 순간, 현민이라고 불렀다. 울음을 터뜨렸고, 아주 익숙한 울음소리였다. 매일 꾸던 악몽 속에서 선영은 그렇게 울고 있었으니까. 신재는 묻고 싶었던 것을 물었다. 자신을 잃어버린 것인지, 버리려고 했던 것인지. 손을 놓친 것인지, 놓은 것인지. 선영은 그저 신재가 잘 살기만을 바랐을 뿐이었다. 그리고 신재는 그저 선영을 한번 보고 싶었던 것뿐이었다. 아주 길었던 꿈에서 깨어나고 싶었으니까.

"자네 어머니가 다칠 일은 없을 거야. 밥값 이렇게 갚도록 하지."

"……것두 고맙고."

"이제 어디로 가는데. 남을 건가? 아님 돌아가나?"

신재는 멈칫하며 곤을 보았다.

"넌 이제 어디로 가는데. 진짜 다시 그 밤으로 가는 거야?"

"가야지……."

"다시 가면, 이림을 잡는단 보장은 있고?"

"딱 이림만 노리면, 가능해. 내 목을 조르던 순간을 노리면. 그 순간의 이림은 무방비거든, 분노에 집중해서."

목의 흉터를 매만지며 곤이 서늘히 말했다. 그의 시선에 마치 이림이 있는 듯했다.

"그 전엔 왜 그렇게 안 했는데."

"들으면 물은 거 후회할 텐데. 그 전엔 돔 유리를 깨고 천존고에 비상을 걸고 나한테 집중시켰지⋯⋯. 어린 나를 구하고 싶었으니까."

무심히 묻던 신재의 미간이 구겨졌다.

"⋯⋯그럼 이번엔 안 구하겠단 얘기야? 그럼 넌 사라지는데?"

"만약 내가 성공하면 말이야. 대한민국에서의 자네의 모든 시간도 사라져. 강현민이 이림을 만나기 전으로 되돌리는 거니까."

"⋯⋯!"

"그러니까 자네도 후회 없을 선택을 해야 해."

신재를 바라보며 곤이 쓸쓸히 웃었다.

"날 죽이려면 지금이 마지막 기회란 얘기야."

들고 있던 맥주 캔을 꽉 쥐며 신재는 이를 갈았다.

"여기 뭘 좀 탔어야 하는 건데. 네 계획을 태을이도 알아?"

"알면 안 되지."

더는 아무 말도 하지 못한 채 신재는 입을 다물었다. 곤도, 신재도 태을을 잃게 될 것이다. 태을은 두 사람을 잊게 될 것이다. 달빛이 유난히 쓸쓸하게 느껴지는 밤이었다.

∞

고풍스러운 분위기의 한옥 저택은 빌라를 버린 후, 이림이 대한민국에서 새롭게 머무는 곳이었다. 정혜가 밥상을 차리는 동안 이림은 기다란 클레이 사격 총을 이리저리 둘러보며 총을 점검하는 데 열중했다. 어느새 좌식 밥상 위에 열 몇 가지 반찬들이 정갈하게 놓였다. 이림은 총을 놔두고 상 앞에 앉았다. 정혜는 선 채로 반찬들을 하나씩 집어 제 접시 위에 올려놓았다. 그리고 입안으로 집어넣었다. 이림은 정혜에게 기미를 맡긴 셈이었다. 아주 오랫동안.

정혜가 반찬을 씹어 목으로 넘기자 그제야 젓가락을 든 이림이 식사를 시작했다. 나물을 한 젓가락 입에 넣고 씹던 이림은 문득 저를 내려다보는 기분 나쁜 시선에 고개를 들었다. 정혜는, 처음 본 날 이후로 조금도 늙지 않은 이림을 보며 웃었다. 기괴할 정도로 밝은 웃음이었다. 이림이 무언가 잘못됐다고 느낀 그 순간 정혜의 입에서 검붉은 피가 울컥 쏟아져 나왔다. 식탁 위의 반찬부터 이림의 얼굴까지 정혜의 피가 튀었다. 정혜가 실성한 이처럼 웃어 젖혔다.

"방심."

이림은 그제야 씹다 만 나물을 퉤, 뱉어냈다. 광분한 이림이 밥상 위의 반찬을 모두 엎어버렸다. 굴러떨어진 그릇이 아찔한 소리를 내며 깨졌다. 이림의 목소리가 부들부들 떨렸다.

"네년이, 미천한 년이 감히!"

"어리석은 놈. 기도하였느냐."

"백실장!"

눈이 반쯤 뒤집힌 정혜가 또 한 번 피를 뱉어냈고, 이림은 조열의 뒤를 이어 제 일을 처리하던 백실장을 불렀다. 정혜가 앞으로 고꾸라지면서도 이림을 노려보았다. 정혜의 피가 이림의 손을 적셨다.

"난 매일 기도했어······. 죽여달라고······. 드디어, 커헉! 내가 죽는구나. 내가······ 이제야 죽어."

툭, 정혜의 몸에서 힘이 빠졌다. 이림의 동공이 커다랗게 확장되었다. 거실로 들어서는 발소리가 다급하게 울려 퍼졌다. 백실장이 급히 약통을 열어 주사기를 꺼냈다. 백실장이 주사기에 앰플을 넣는 순간, 시간이 또 한 번 멈췄다. 앰플은 주사기에 반도 들어가지 않은 채로 멈췄다. 이림이 백실장의 손에서 주사기를 뺏어 앰플을 뽑아보려 했으나 소용없었다. 모든 것이 멈췄고, 이림만이 움직일 수 있었다. 이림은 신경

질적으로 주사기를 집어 던졌다.

아직 정혜가 죽어서는 안 됐다. 이렇게 허무하게 죽게 하려고 매번 스스로 지옥에 떨어지고자 하는 정혜를 구해낸 게 아니었다. 이림의 눈에 핏발이 섰다.

"대체 왜……. 대체 어떤 균열이 여기까지! 도대체 왜!"

분노로 떨리는 몸을 이끌고 이림은 우산에서 식적을 꺼내 들었다. 반쪽짜리 식적에 보기 흉한 균열이 갈래갈래 퍼져 나갔다. 이림은 식적을 꽉 쥔 채로 총을 집어 들었다.

정혜의 피를 뒤집어쓴 채로 바깥으로 나온 이림은 거친 숨을 내쉬며 모두가 멈춘 세상으로부터 도망치듯 걸어 나갔다. 움직이는 이가 하나 없었다. 바람조차 불지 않는 도로를 걷던 이림은 마침내 움직이는 이를 마주했다.

멈춘 사람들 사이로 성큼성큼 걸어오는 이는 곤이었다. 곤을 본 이림의 손에 힘이 들어갔다.

"죽음도 초월했는데 정녕 네놈 하나 비껴갈 수는 없는 운명이란 말인가. 대체 어떻게 이 길을 지켜 선 것이냐."

"나 하나면 좋았겠지. 근데 나 하나가 아니야. 누군가는 날을 잡고, 누군가는 뒤를 쫓고, 누군가는 네놈이 잡히길 기원하고, 누군가는 맞서고 있는 중인 거야. 감히, 내 어머니의 추도 미사를 이용해?"

"거기로 왔어야지. 네놈과 난 거기서 만났어야지! 이럴 수는 없지. 이렇게 끝나선 안 되지!"

발악하듯 외치며 이림이 곤을 향해 방아쇠를 당겼다.

탕, 소리 내며 날아갔어야 할 총알이 없었다. 아무 일도 일어나지 않았다. 아무리 여러 번 방아쇠를 당겨도.

"아직 좀 남았어. 시간이 풀리려면."

이림은 눈이 돌았다.

"처음엔 고작 스물두 걸음이었다. 내가 가질 세상을 네놈이 이렇게 멈춰버리는구나!"

"네놈이 이십오 년 동안 식적을 이용해 죽음을 유예한 탓에 세상에 죽음이 온 거야. 그러니 우린 이제 그만 이 싸움을 끝내야 해."

정적이 깨어졌다. 사람들이 움직이고 거리의 소음이 인 틈을 타 이림이 총을 겨눴다.

'탕!'

총소리는 이림의 것이 아니었다. 이림의 허벅지를 관통한 총알은 건너편에서 대기하고 있던 영이 쏜 것이었다. 낯설고 커다란 총성에 사람들이 혼비백산해 흩어졌다. 이림이 다리를 붙잡은 채 쓰러졌다. 어느덧 이림의 다리에도 피가 줄줄 흘러나왔다. 온통 붉은 피였다. 곤의 뒤로 신재와 영이 냉담한 얼굴로 쓰러진 이림을 보았다. 강현민, 강신재. 신재가 선택해야 할 길은 정해져 있었다. 신재는 경찰 신분증을 목에

걸고 이림을 붙들었다. 곤은 이림의 재킷 안주머니에서 마침
내, 이림의 식적을 손에 넣었다.

$$\infty$$

이림의 식적을 손에 넣었지만 문제가 있었다. 둘로 나뉜 식
적에는 각각 곤과 이림의 피가 스며 있었다. 곤의 대숲에 영
이, 이림의 대숲에 곤이 서서 차원의 문을 열려 했으나 실패
였다. 곤은 둘로 나뉜 식적을 모두 쥔 채 숲 한가운데로 향했
다. 그제야 숲이 커다랗게 일렁이며 거대한 당간지주가 우뚝
솟아올랐다. 곤의 기둥과 이림의 기둥이 하나씩 세워진 새로
운 문이었다.

수갑을 찬 채 그 광경을 지켜보던 이림이 홀린 눈으로 이전
과는 다르게 완성된 문을 보며 감탄했다.

"아버님의 당간지주다!"

비로소 하나가 된 만파식적이 보인 문이었다. 이림이 떠나
가라 소리쳤다.

"드디어 이 순간을 보는구나! 내가 그토록 고대하던 순간
이 이리 오는구나!"

그러나 곤은 절망했다. 피리 소리가 들리지 않았다. 식적이
울지 않는 것이다.

"지금 영원과 무량無量이 네 손에 들렸는데 뭔 한심한 소리야! 식적이 울 리가 없지. 드디어 하나가 됐는데. 역모의 밤은 잊고 너랑 나랑 둘만 들어가 보자꾸나. 고귀한 피만 말이야."

이림의 목소리에 욕망이 절절 끓었다. 희번득한 눈으로 저를 꾀어내려 드는 이림을 곤은 차갑게 내려다보았다.

"식적이 울지 않으면 역모의 밤으로 갈 수 없어. 다시, 균열을 내야 해."

"반쪽을 다시 저 새끼한테 줘야 한단 소리야?"

한편에 서 있던 신재가 물었다. 곤은 복잡한 얼굴로 끄덕였다. 이림은 제 아비를 닮은 것인지 한심하고 답답한 조카에게 항의했다.

"이제 그건 필요 없다. 어떻게 얻은 온전한 하난데, 저 안에 영원과 무량이 있는데, 그걸 고작 역모의 밤으로 가는 데 쓰겠다는 것이냐!"

"영원과 무량은 필요 없어. 네놈은 끝끝내 저 공간을 보지도, 갖지도 못할 것이다."

"이런 어리석은 놈! 그래, 그럼 해보거라. 죽으러 가달라 청해보거라. 명해보거라. 네 문이야 네놈이 연다지만 그럼 반드시 나와 내 문을 들어갈 자가 필요한데, 그게 누구냐. 대체 누구더러 못 돌아오고 죽으라 할 것이냐."

악을 내지르던 이림이 끝내는 곤을 조롱했다. 역모의 밤으로 돌아가 이림이 식적을 갖지 못하게 그를 처리하고 나면, 이림의 차원의 문은 존재하지 않게 될 것이다. 영원히 그 안에 갇히게 되는 것이다.

"닥쳐. 네놈은 죽음을 초월한 것이 아니라 천벌을 유예했구나. 방금 네놈의 비웃음까지 더해서 더없이 비참하게 죽여 주마."

곤은 이를 악문 채 씹어 뱉었다. 영이 한 발 앞으로 나섰다.

"제가 남겠습니다. 남아서 제가 가겠습니다."

"내가 가. 이 새끼랑 같이 가면 되는 거야?"

"폐하. 역적 이림은 제 손으로 처리하겠습니다."

"누누이 얘기했다. 너넨 너네 세계로 꺼지라고. 줘. 언제 가면 돼."

서로 죽겠다고 안달이었다. 영과 신재의 대화를 이림은 도무지 이해할 수 없었다. 곤은 어떤 선택도 할 수 없어 절망스럽게 식적을 보았다.

하나의 식적으로 열린 차원의 문 안은 이전에 보았던 문 속 세상과는 또 달랐다. 빛나는 문이 끝도 없이 펼쳐져 있었다. 곤은 홀로 그곳에 우두커니 서 하염없이 쏟아지는 빛을 보았다.

"어디까지 가라고 이러는 거야…. 어디까지……."

망연자실한 곤의 목소리가 허공에 부서졌다.

∞

제국으로 떠난 곤은 영과 함께 황제로서 남은 일들을 정리했다. 종인의 손녀인 세진을 대한제국 서열 2위로 공표하고, 자신에게 무슨 일이 생길 경우 세진을 대한제국의 황제로 옹립할 것을 모비서에게 부탁했다.

그 시간 동안 신재는 이림을 경찰서에 붙잡아놓았다. 취조실에 앉은 이림을 보며 태을은 놀람을 감추지 못했다. 블랙미러 안쪽으로 보이는 것은 분명히 이림이었다. 신재는 도리어 태을을 보고 놀랐다.

"퇴원한 거야?"

"어떻게 된 거야. 대체 어떻게 이림을 잡았어."

"송정혜를 쫓았어. 송정혜는…… 사망했고. 무연고자 처리하고 오는 길이야."

"……우리라도 가볼걸."

"우리는 취조해야지."

태을과 대화를 나누던 신재는 피곤한 듯 조금 찌푸리고는 잠시 취조실을 나섰다. 태을은 문을 열고 나가는 신재의 뒷모습을 가만히 보았다. 며칠 사이, 신재가 변한 듯했다. 더 단단해져 있었고, 어딘가 슬퍼 보였다. 그 뒷모습을 바라보던 태을은 자신의 방 안에 있던 푸른 꽃을 떠올렸다. 곤이 준 꽃의 꽃잎이 나풀거리며 흔적도 없이 사라졌었다. 미래가 변한 것이다.

태을은 블랙 미러 안쪽의 이림에게로 뛰어들어갔다.

"식적 어딨어. 아니, 누구한테 있어!"

다리에 붕대를 감은 채 무표정하게 앉아 있던 이림이 역시나 이해할 수 없는 눈으로 태을을 보았다. 곧 울 것 같이 절박한 태을의 얼굴이 말해주고 있었다.

"너도 죽겠다고 왔어? 네 발로 죽으러 가겠다고?"

"묻는 말에나 대답해. 식적 어딨냐고."

이림이 수갑을 찬 손으로 테이블을 내리쳤다. 쾅, 커다란 소리가 취조실에 비명처럼 울렸다. 욕망에 눈이 먼 이들을 손안에서 굴려왔던 이림이었다. 그러나 눈앞의 태을도, 신재도, 영도. 곤까지. 누구 하나 이림의 뜻대로 되는 이가 없었다. 물론 그들에게도 욕망이 있었다. 그러나 그들의 욕망은 자기 자신이 아니었다. 심지어는 자신을 내던져서라도 무언가를 지키려 했다. 그것이 이림을 극도로 분노하게 만들었다. 그것은 욕망이 아닌 소망에 가까웠고 소망을 가진 이들을 이림은 어떤 수로도 흔들 수가 없었다.

"무서워야지! 두려워야지! 네까짓 것들이 왜, 대체 왜 그런 선택을 하는 거냐고 왜!"

"무서워. 그 사람 혼자 외로울까봐. 두렵지. 두 세상이 이대로 흘러갈까봐."

태을은 담담히 고백했다. 절대로 그 밤으로, 곤을 혼자 보낼 수 없었다. 꽃잎이 사라지듯 곤에 대한 기억이, 모든 것이 사라지는 순간을 아무것도 하지 않고 맞이하고 싶지는 않았다.

흔들림 없는 태을의 눈동자에 분개한 이림이 얽혔다.

"그러니까 너도 선택해. 나랑 같이 들어가는 게 낫지 않겠어? 당신이 욕망할 수 있는 마지막 기회야. 식적 누구한테 있어."

"네놈들의 두려움이 그런 거라면, 난 훈계를 잘못했구나. 조카님과 구총리에게 지옥을 하나씩 보내놨거든."

두 세계의 균형을 깨뜨리고 싶지 않다는 그들을 이림은 더욱 짓밟고 싶었다. 다른 이들의 생을 모두 짓밟아서라도.

아름다운 공식

LA에 있던 세진이 교통사고로 사망했다. 균형을 맞추려는 곤에게 이림이 선사한 지옥이었다. 곤은 다시금 역모의 밤처럼 이림이 제 목을 죄어오는 듯한 고통을 느꼈다. 그리고 식적을 탐한 서령에게도 지옥의 불길이 드리워져 있었다.

—사고를 낸 가해자는 호경제약 창업주의 손녀 박지영 씨로, 박지영 씨는 현재 만삭인 걸로 알려져 충격을 더하고 있습니다.

뉴스를 보고 있던 서령이 놀라 태블릿 PC를 떨어뜨렸다. 칼국수 가게에서 마지막으로 보았던 지영이 떠올랐다.

"지영이를…… 저렇게 써먹은 거야?"

이림의 술수로 대한민국 지영의 삶을 살았던 대한제국의 지영은 다시 대한제국으로 돌아오기 위해 무엇이든 할 수 있다고 이림에게 약속했다. 그렇게 지영은 황실 계승 서열 2위인 세진을 죽이는 데 사용되었다. 서령에게도 두 세계를 보여 준 이림은 어떻게든 쓸모를 보이라고 했었다. 아무 쓸모가 없어진 서령을 이림이 가만 놔둘 리 없었다.

서령은 미친 사람처럼 경련하며 성급한 손길로 휴대폰을 집어 들었다. 서령 자신이 이렇듯 멀쩡하다면…… 서령을 몰아넣을 방법은 하나뿐이다.

신호음이 오늘따라 길었다. 서령은 손톱을 물어뜯으며 정신없이 휴대폰을 귄 채 방 안을 왔다 갔다 돌아다녔다. 툭, 상대가 전화를 받는 소리에 서령이 숨도 쉬지 않고 '엄마'를 불렀다.

"엄마? 엄마, 엄마! 오늘 저녁…… 뭐 먹었어?"

─저녁? 너 아직 저녁 안 먹었어? 많이 바빠?

"엄마, 빨리 대답해. 저녁, 뭐 먹었어?"

─엄마 짜장면 시켜 먹었는데? 왜 우리 딸 뭐 먹고 싶은 거 있어?

"악!"

소스라치게 놀라며 서령은 그대로 휴대폰을 떨어뜨렸다.

─그리고 엄마, 내가 앞으로 저녁 뭐 먹었냐고 물어보면 대

답은 무조건 고등어야. 알았지.

대한제국에서 생선 가게를 하던 서령의 엄마가 아니었다.
은아의 엄마다. 욕망에 눈이 멀어 이림과 손을 잡고, 다른 세
계의 자기 자신을 죽인 벌이었다. 서령은 목이 찢어질 듯 비
명을 내지르며 주저앉았다. 이곳이 지옥이었다.

∞

루나를 가둬두었던 지하실이 비어 있었다. 텅 빈 의자를 보
며 신재가 태을을 돌아보았다. 태을은 루나에게 채웠던 수갑
을 든 채 서 있었다.

"어떻게 된 거야. 문 뜯긴 흔적도 없는데 어떻게 도망을 친
거야."

"내가 풀어줬어. 좀 아까."

신재가 경악한 눈으로 태을을 보았다. 루나에게 부탁을 할
날이 올 줄은 몰랐는데, 태을은 루나에게 두 가지 부탁을 했
다. 하나는 경찰서에서 무언가를 훔쳐오는 것이었고, 하나는
대한민국에서 '정태을'로, 아버지의 착한 딸로 살아가는 것이
었다. 자신이 오랫동안, 혹은 아주 영영 돌아오지 않을지도
몰랐으므로. 태을은 자신을 대신할 루나를 남겨두기로 마음
먹었다. 혼란스러운 신재에게 태을이 손을 내밀었다.

"식적, 형님한테 있지. 그거 나 줘."

태을의 의도를 알 것만 같았다. 신재는 불안해졌다.

"없어. 그게 뭔데."

"이림, 내가 데리고 있어. 형님이 왜 이림을 잡아왔을까. 대한민국 법으론 어차피 처벌도 못하는데. 48시간을 안전하게 둬야 하니까, 약속한 거지. 48시간 뒤에 이림을 데리고 대숲에서 만나기로."

"……."

"식적 나 줘. 나 가야 돼."

태을의 추리는 정확했고, 신재의 불안 또한 맞아떨어졌다. 신재는 한 걸음 물러섰다.

"못 가. 어딜 가. 가면 못 돌아올 수도 있는데 네가 왜 가!"

"난 혼자 남아서 견디는 거 못할 것 같아. 나 그거 시키지 말아줘. 제발 부탁이야. 그거 나 줘."

검고 투명한 눈에는 불안이 없었다. 오로지 곤을 향한 확신이 있었다. 신재는 울컥 소리쳤다.

"너 진짜 말귀 못 알아들어! 내가 너 못 보낸다고 새끼야!"

신재에게 태을은 너무나 소중한 존재였다. 벚꽃 아래 긴 머리칼을 늘어뜨리고 앉아 있던 고등학생 태을을 처음 보던 그 순간부터, 흰 도복을 입은 태을과 눈을 마주치던 그 순간부터. 태을은 거칠고 메말랐던 신재의 삶에 내린 봄이었다. 신재의 삶에 유일하게 존재하는 부드럽고 사랑스러운 존재였다. 강현민이든, 강신재든 상관없이 그저 '형님'으로 부르고 기억해줄 단 하나의 존재였다.

그런데 그런 태을이 뒤도 돌아보지 않고 떠나겠다고 말하고 있었다. 영원한 허무가, 죽음이 기다릴지도 모르는 그곳으로.

"죽을 때까지 닥치고 살랬더니 기어이 고백을 하게 만드네, 나쁜 새끼가! 내가 너 좋아한다고 정태을. 평생 너 하나 좋아했어."

터질 것 같은 가슴으로 신재는 절절하게 고백했다. 아주 오래 묵혀온 고백이었다.

"방금 일 초 전까지 다 채워서 너 좋아했다고 내가. 근데 내가 널 어떻게 보내. 너 죽는 꼴을 어떻게 봐! 개소리 말고 집에 가."

붉어진 눈으로 울음을 삼키며 신재가 돌아섰다. 태을이 신재의 손목을 잡아 세웠다. 신재가 독한 마음으로 뿌리치려 했으나 태을은 목숨줄이라도 되는 것처럼 신재의 손을 꼭 잡은 채 놓지 않았다. 담담하기만 하던 태을이 흐느끼고 있었다.

"제발…… 나 줘……. 형님 마음, 몰랐어서 미안하단 말은 안 할게. 이제 와서 마음 아프다고 하면 것도 위선이다……. 근데, 형님이 나 좋아한 것처럼……. 내가 누군가를 좋아해."

태을의 울음소리가 커졌다. 작은 어깨가 애처롭게 떨렸다.

"형님 속 썩인 거…… 다 갚을게. 꼭 돌아와서…… 그러니까 그냥 주라. 제발 나 좀 살려줘……. 안 가면 나…… 정말 죽을 것 같아, 형님."

결국에는 신재의 눈에서도 눈물이 터져 나왔다. 떼어내려고 잡았던 태을의 손을 꽉 쥐었다. 그 위로 신재의 눈물이 툭, 떨어졌다. 어둑한 지하실 안에 두 사람의 울음소리만 구슬프게 울렸다. 신재의 오랜 악몽도, 예쁜 꿈도, 모두 저물어가고 있었다.

"신재야, 신재야……!"

화연의 통곡 소리가 작은 병실 안을 가득 메웠다. 신재는 여전히 의식을 잃은 채 말없이 누워 있는 '강신재'를 보았다. 신재는 어머니에게 진짜 아들을 찾아주었다. 아버지가 무엇을 숨겼는지, 진짜 강신재는 어디에 있는지.

"우리 아들 어떡해……. 우리 아들한테 미안해서 어떡해……. 엄마가 아무것도 모르고……."

의식 없는 강신재를 끌어안고 오열하던 화연이 신재를 향해 돌진했다.

"너 언제부터 알았어. 내 아들이 저런 거, 우리 신재 이런 거 언제부터 숨긴 거야! 내 아들 어떡할 거야! 우리 신재 어떡할 거야!"

너는 내 기적의 아이라고, 글썽거리는 눈으로 미소 짓던 신재의 어머니는 이 자리에 없었다. 신재는 목을 조를 듯 달려든 화연의 손길을, 곧 실신할 듯 악다구니를 쓰는 화연의 분노를 그대로 받아냈다. 화연의 손이 매서웠으나 아프지는 않았다. 이렇게 해서라도 화연의 고통이 조금이라도 가신다면 좋을 것 같았다. 제게 어머니는 화연이었으니까.

한참을 흔들리다가 신재는 병실 밖으로 나와 허청허청 공허하게 거리를 걸었다. 마지막으로 할 일을 끝마쳤다. 이제는 어디로 가야 하는지, 알 수 없었다. 태을도 이제 이곳에 없었으니까. 견뎌볼 새도 없이 굵은 눈물방울이 뺨 위로 툭, 떨어졌다.

"신재야!"

뒤를 돌자 부은 눈의 화연이 신재를 향해 달려오고 있었다. 기력을 잃은 몸이 돌부리에 채여 걸려 넘어지면서도 화연은 멈추지 않고 와 신재를 붙들었다.

"……엄……!"

신재는 차마 화연을 엄마라 부르지 못했다. 뿌연 시야 사이로 화연이 와락 신재를 안았다.

"미안해…… 안아줬어야 했는데. 너도 내 아들인데……."

"……."

"네 잘못이 아닌데……. 먼저 안아줄걸……. 엄마가, 엄마가 정말 미안해, 미안해……."

"엄…… 마……."

그제야 다시금 화연을 엄마라 부르며 신재가 화연을 부둥켜안았다. 이제야 진짜로 화연의 아들이었다.

$$\infty$$

세연의 죽음이 곤에게 가져다준 것은 더욱 굳어진 의지였다. 모든 것을 바로잡는다. 여러 갈래로 심하게 금이 간 식적을 품 안에 넣었다.

신은 안다. 곤이 곤을 구하지 않고, 이림을 잡는 선택을 하리란 걸. 그래서 곤의 어깨에 미리 표식을 찍어 놓은 것이다. 그 운명을 따라가라고. 참으로 이기적인 신이었다. 곤은 천천히 눈을 감았다가 떴다. 이 방법밖에 없다는 걸 알면서도, 끝끝내 피할 수 없음에 눈가에 눈물이 돌았다. 그러나 곤은 꼿꼿하게 허리를 세운 채 섰다. 자신이 견고해져야만 했다.

옷소매까지 정리를 마친 규봉이 한 발짝 떨어져 감탄했다. 어두운 바탕에 금실이 수놓아진 예복이 훤칠한 이목구비의 곤에게 아주 잘 어울렸다.

"어디 좋은 곳으로 가시나 봅니다, 폐하. 이 예복을 입으시니까요."

이 옷을 입고 태을에게 꽃을 전한 적이 있었다. 아주 중요한 결정을 한 어느 날이었다. 곤은 조용히 미소 지으며 사인검을 집어 들었다.

"폐……하!"

장고의 한편에서 노상궁은 언제나처럼 정화수를 떠놓고 대한제국과 곤의 안녕을 빌고 있었다. 예복 차림에 사인검을 든 곤이 나타나자 노상궁이 벌떡 자리에서 일어났다.

"더는 조마조마하지 말라고 내가 먼저 얘기하는 거야."

"무엇을요."

"많이…… 외로웠겠어, 자네. 나의 비밀도, 자네의 비밀도 품고 사느라."

노상궁이 놀라 곤을 보았다. 곤은 덤덤히 말을 이었다.

"그 시집, 자네에게 주는 선물이었어. 자네가 불러주던 '엄마야 누나야' 자장가가, 그 책에 있던데."

태을이 알려주었고, 노상궁이 들려주었던 시들이 김소월 시집에 담겨 있었다. 아름다운 시 구절들을 떠올리는 곤의 미소가 시와 같았다. 이내 조아린 노상궁이 물었다.

"혹시나 했는데, 조마조마했는데……. 한데 어찌 하문도 않으셨습니까."

"간다 그럴까봐. 자네 세계로."

"폐하……!"

"덕분에 아름다운 시를 보았지. 그리고 이건 부탁인데, 다시 한 번만, 나를 놓쳐줘."

어쩌면 마지막일지 모르는 인사였다. 이림이 깨뜨린 균형 속에서 곤은 소중한 사람을 너무나도 많이 잃었다. 잃지 않은 이들 중 가장 오래 곤의 곁을 지켜준 노상궁이었다. 그런 그녀에게 이런 부탁을 하는 게 곤은 미안했다. 노쇠한 노상궁의 곁을 이제는 자신이 지켜주고 싶었는데.

"놓쳐 드리면…… 다시 돌아오실 겁니까……."

떨리는 목소리로 굵은 눈물을 흘리며 노상궁이 물었다. 곤은 가장 충직한 신하 앞에서 믿음직한 황제가 되고자 눈물을 참았다.

"자네 꼭, 건강해야 해. 내 마지막 명이야."

노상궁에게 마지막 인사를 한 곤은 맥시무스를 타고 대숲에 도착했다. 캄캄한 대숲에는 말을 탄 영이 버티고 서 있었다.

"이번엔 또 어디로 가십니까?"

"……영아."

"꿈도 꾸지 마십시오. 어디로 가시든 혼자는 못 가십니다. 함께 가겠습니다. 거기가 어디든. 어떤 전장이든. 못 돌아올

길이면 더더욱."

어린 날 함께 울며 티격태격하던 영은 누구보다도 늠름한 근위대장이 돼 있었다. 곤에게 영이 아닌 다른 근위대장은 상상할 수 없듯, 영에게 곤이 아닌 다른 황제는 이 세상에 없을 것이다. 서로가 어떠한 각오로 이 자리에 서 있는지 알아 두 사람은 서로를 말릴 수조차 없었다.

이런 날이 올 줄 알았으면 영에게 저의 천하제일검이 되라고는 하지 말 걸 그랬다고, 곤은 한번도 해본 적 없는 후회를 했다. 후회는 찰나였다. 곤이 명하지 않았어도 영은 곤의 천하제일검이 기꺼이 되어주었을 것이다. 외로운 궁 안에서 영은 곤의 유일한 친구이고, 형제였다. 떼어놓을 수 없는 일부였다.

대나무 숲 사이로 피리 소리가 울리기 시작했다. 이림도 당간지주 앞에 서 있으리라. 거대한 당간지주 앞에서 곤과 영은 눈빛을 주고받았다.

살아남을 수 있으면 좋으리라.

곤이 맥시무스의 고삐를 당겼다. 차원의 문 안으로 곤과 영이 뛰어들었다. 역모의 밤으로.

∞

별 하나 보이지 않아 온통 컴컴한 하늘 아래로 흰 눈이 휘날렸다. 차가운 눈이 고요하게 쌓일 즈음의 시간으로 영과 곤은 도착했다. 뒷문을 지키고 선 승헌의 목을 영은 가차 없이 꺾어버렸다. 곤은 승헌이 지니고 있던 총을 집어 들고는 곧바로 회랑 기둥 뒤편으로 몸을 숨겼다. 영이 자신이 지닌 총을 장전하며 곤을 바라보았다.

"명하십시오. 앞장서겠습니다."

"역적들은 약 이십 분 후 이 후문에 도착한다. 영이 넌 여기서 이림의 퇴로를 막는다. 발견 즉시 전원 사살한다."

"……천존고에 폐하 혼자 진입하시겠단 말씀이십니까?"

"만약 내가 천존고에서 실패하면, 영이 너라도 꼭 역적 이림을 사살해야 한다."

묵묵히 곤을 따르려 했던 영의 얼굴이 심각하게 굳었다. 곤의 계획은, 마치 곤 하나만을 희생하는 일 같았다.

"폐하 지금 무슨 생각을 하시는 겁니까. 폐하 설마, 안 됩니다. 절대 안 됩니다."

"내 마지막 명이다."

"죄송합니다, 폐하. 전 천존고로 가야겠습니다. 전, 제 주군을 지켜야겠습니다. 그게 제 일입니다."

과거의 곤이 죽으면, 현재의 곤은 사라진다. 어떤 순간의 곤도 영이 지켜야 할 주군이었다. 영은 단호했다.

"안 돼, 영아. 이게 우리의 마지막 기회야."

"저도 그렇습니다. 이건 제가 폐하를 지킬 수 있는 제 마지막 기회입니다."

영은 눈물을 참았다. 황제를 지키는 근위대장에게 희생은 마땅한 것이었다. 황제의 안전만이 근위대장의 고려사항이었다. 처음 본 순간부터 곤을 지키기로 결심한 영의 인생이었다. 그 결심을 지킬 수 있어 도리어 기뻤다. 영은 눈물을 삼키며 곤에게 인사했다.

"강녕하십시오, 폐하."

곤이 잡지 못하도록 빠르게 영이 천존고를 향해 사라졌다. 달려가는 영의 발자국 소리가 곤의 가슴 위로 찍혔다.

"영아……."

큰 소리로 영을 부를 수도 없어 곤은 낙담했다. 모든 것이 그날 밤과 똑같이 흐르기를 바랐다. 그러나 달라졌다. 달라지고 있었다. 어디서부터 달라진 걸까. 자신이 용감해지겠다던 태을과 곤을 대신해 총을 맞던 은섭과 두 번 고민 않고 이림과 함께 가겠다던 신재, 무운을 빌어주던 노상궁. 그 얼굴들이 곤의 머릿속을 스쳐 지났다.

곤은 깨달았다. 아름다운 식일수록 간단하다. 달라진 건 그날과 달리 오늘 밤, 자신이 혼자가 아니라는 사실이었다.

'우린 아직, 다 도착하지 않았으니까.'

곤은 사인검을 문 앞에 내려놓고 영과 같이 천존고로 내달렸다.

찬연했던 기억만이

대한민국에 위치한 이림의 숲에도 당간지주가 솟아올랐
다. 수갑이 채워진 이림의 손에 식적이 들려 있었다. 태을은
이림에게 총구를 겨눈 채 한 발짝씩 문 안으로 다가섰다. 태
을은 마지막으로 태어나 자란 세상을 돌아보았다. 보이는 것
은 깊은 밤, 바람에 흔들리는 대나무들뿐이었으나 태을은 돌
아오지 못할 곳들을 기억하려 애썼다.

마침내 이림에게만 열리는 차원의 문 안으로 태을은 이림
과 함께 진입했다. 이림의 문 안에는 사는 세계가 뒤바뀐 사
람들의 사진이 영정처럼 허공에 떠 있었다. 태을은 문 안에
들어서기 무섭게 이림에게서 식적을 뺏어 쥐었다. 식적을 뺏

338

앗긴 이림이 뻔뻔한 얼굴로 태을을 노려보았다.

"그래서, 어떻게 할 작정이지?"

"기다려야지. 이곤이 과거에서 널 막고 세상을 되돌릴 때까지. 만약 이곤이 실패한다면, 내가 널 막을 거고."

태을은 들고 있던 총을 이림을 향해 겨누었다. 이림이 한쪽 입꼬리를 올렸다.

"조카님이 세상을 되돌리면 넌 이곤에 대한 모든 기억이 없어질 텐데."

"그래서 마음이, 아파. 그 찬란했던 기억이 다, 심중에 남았거든."

철컥, 총을 장전하며 태을은 이를 악물었다.

"이곳에선 총을 못 쏜다. 그 어떤 것도 흐르지 않거든."

"모르지. 아직 아무도 총을 쏴보지 않았다면."

옳은 방향으로 세상이 나아가리라는 믿음이 어디에서부터 오는지 이림은 여전히 이해하지 못했다. 세상은 그렇게 가지는 게 아니었다. 발 앞에 무릎 꿇려 갖는 것이었다. 태을은 미동 없이 이림을 노린 채로 곤의 성공만을 기도했다.

그때, 태을의 한쪽 손에 타는 듯한 고통이 일었다. 태을이 신음을 참으며 식적을 든 손을 내려다보았다. 균열이 간 식적이 재처럼 사라지고 있었다. 순식간에 태을의 손이 비어 있었다. 그 광경을 본 이림 또한 당황하며 태을을 보다 이내 무언가 깨달은 듯 웃었다.

"내가…… 하나를 가졌구나. 드디어 내가, 온전한 하나를 가진 것이다!"

번들거리는 눈으로 이림은 즐겁다는 듯 지껄였다. 결국에는 자신이 해냈다는 듯이.

"내 것이 사라졌다면, 조카님의 반쪽도 사라졌겠구나. 어쩐다. 이곤은 영영 못 돌아온다. 넌 나와, 영영 이곳에 갇혔고."

태을은 절망스럽게 자신의 빈손만을 바라보았다. 정말로 곤이 이림을 죽이지 못한 것인지, 믿을 수 없었다. 믿고 싶지 않았다. 태을의 좌절이 이림에게는 광명이었다.

"조카님께서 실패한 모양이구나. 내가 이리 멀쩡하니 말이다."

"넌 멀쩡하지 않아. 이곤이 실패했다면 더더욱."

태을은 망설이지 않고 방아쇠를 당겼다. 철컥, 철컥. 그러나 아무리 방아쇠를 당겨도 역시나 아무 일도 일어나지 않았다. 총알은 여전히 총구 밖으로 쏘아지지 않았다. 그럼에도 태을은 포기하지 않고 계속해 방아쇠를 당겼다. 절박하게 기도하는 심정으로. 이림이 그런 태을을 비웃었다.

"네년의 미천한 희망이 보는 재미는 있다만, 더는 못 봐주겠다."

태을이 멈춘 사이, 이림이 태을의 목을 조를 듯 다가왔다.

그 순간이었다.

∞

'탕, 탕, 탕!'

연달아 울린 총성과 함께 곤과 영은 복도를 지키고 선 이림의 부하들을 빠르게 처리해 나갔다. 마침내 여덟 살의 어린 곤은 아버지의 피를 밟고 사인검을 들어 올리며 이림을 베어 내려 했다. 그러나 검을 휘두르기도 전에 경무가 어린 곤의 머리 뒤에 총구를 겨누었다. 이전과는 다른 상황이었다. 이림은 독사와 같은 눈으로 경무에게 어린 곤을 죽이라 명했다. 어린 곤의 죽음이, 운명이 뒤바뀌는 순간이 코앞에 다가와 있었다. 그러나 동시에 총소리가 한 발 더 울리며, 천존고의 유리 돔이 커다란 소리와 함께 깨어졌다.

이림이 팔을 들어 쏟아지는 유리 조각을 막았다. 그와 함께 이림은 쥐고 있던 만파식적을 바닥으로 떨어뜨렸다. 비상경보가 거센소리로 울리기 시작했다. 여기저기 설치된 붉은 경광등이 정신없이 돌아갔다.

—천존고에 비상사태 발생. 근위대는 지금 즉시 집결하라. 근위대는 지금 즉시 집결하라.

급박한 목소리가 무전을 통해 흘러나왔다.

이림의 부하들이 곤과 영을 향해 마구잡이로 총알을 쏘아 댔다. 영은 어린 곤을 온몸으로 막으며 부하들을 상대했다. 곤과 영은 두 명뿐이었고, 지키고자 하는 게 있었다. 곤은 총알을 피하며 이림을 조준해 방아쇠를 당겼다. 이림이 재빠르게 경무를 총알받이로 잡아 세웠다. 탕, 이후 평생을 이림에게 충성할 경무의 허무한 죽음이었다. 심장에 총을 맞고 즉사한 경무를 방패로 쓰며 이림은 바다에 떨어뜨린 만파식적을 유리 조각 사이에서 찾아냈다.

온전한 만파식적을 이림이 손에 쥔 순간, 곤은 가슴 쪽에 타는 듯한 통증을 느꼈다. 안주머니에 넣어 놓았던 식적이 불에 타듯 열을 내며 파스스 사라졌다. 곤이 고개를 들었을 때는 식적을 손에 넣은 이림이 천존고를 빠져나가고 있었다. 곤은 앞을 가로막는 김기환과 남은 일당들을 처리하며 이림의 뒤를 쫓았다.

이미 여러 발, 몸 이곳저곳에 총을 맞아 가물가물한 눈으로 영은 달려나가는 곤을 보았다. 품 안에 있는 어린 곤의 맥박이 미약하나마 뛰고 있었다. 어린 곤은, 살았다. 영은 안도했다. 어린 곤은 영이 곤을 처음 만났을 때와 같은 얼굴이었다. 이렇게 보니 여덟 살에 집무를 시작한 황제가 생각보다도 더 작고 어렸다. 영은 어린 곤을 안타깝게 바라보았다. 그러나 함께 있어줄 수 있는 것도 잠시였다.

비상경보를 듣고 달려온 이들이 천존고 안으로 들어서고 있었다. 영은 자신을 발견하지 못하도록 몸을 피했다. 물에 젖은 솜처럼 몸이 무거웠다. 흐릿한 머릿속에서도 곤과의 기억들은 뚜렷했다. 자신은 곤과 함께 울고, 웃었다.

그렇기에 다정하고 낭만적인 주군이 아픈 사랑을 하는 것도, 끝내는 두 세계를 짊어지고 나아가야만 하는 것도 안타까웠다. 그래도 오늘, 곤은 혼자가 아니었다. 곤이 외롭지 않기를 늘 바랐었는데, 그것이 영에게 커다란 위안이 되었다. 깨진 천장 아래 새하얀 눈이 나풀거리며 영의 눈꺼풀 위로 내려앉았다.

무거워진 영의 눈이 점점 감겼다.

∞

눈길을 헤치며 곤은 이림을 추격했다. 이제 이림의 수하는 남아 있지 않았다. 가장 충직한 수하마저도 제 방패로 써버렸으므로. 곤의 손에는 후문에 내려놓았던 사인검이 다시 들려 있었다. 피에 젖은 이림이 미친 듯이 달려 대숲에 도착했을 때, 바람이 불며 신묘한 기운이 이림의 주변을 둘러쌌다. 신비한 빛이 어둠을 밝히며 거대하고 완전한 당간지주가 대숲 위에 세워졌다. 장엄하기까지 한 차원의 문을 바라보며 이림은 황홀해했다.

"내가 맞았다. 내가…… 맞았어! 또 다른 세상으로 가는 문이 이거구나!"

환희에 젖은 이림이 문 안으로 들어서려 할 때였다.

"역적 이리임!"

하늘과 땅을 가르는 듯한 쩌렁쩌렁한 호령이 대나무 숲을 울렸다. 이림이 고개를 돌리자 동시에 날카로운 검이 식적을 든 이림의 팔을 베었다. 형형한 눈을 한 곤 또한 검붉은 피에 젖어 있었다.

팔이 베인 고통에 쓰러지면서도 이림은 먹이를 놓치지 않으려는 야수와 같이 식적을 다시 집어 들려 애썼다. 곤은 가차 없이 이림의 또 다른 팔마저 베어버렸다.

"으아아악!"

이림의 괴성이 땅을 울렸다. 바닥을 기며 이림이 분한 눈으로 물었다.

"네놈은 대체 누군데, 누군데 나를 쫓는 것이냐! 어째서 네놈이 사인검을 든 것이냔 말이다!"

"나는 대한제국 황제이고, 사인검의 주인이며, 네놈에게 내려질 천벌을 집행할 사람이다."

"황제라니. 황젠 방금 내 손에 죽었다. 네놈이 어째서 황제란 말이냐!"

곤은 사인검을 든 채, 아버지에게 배웠던 사인검의 글귀를 울분에 가득찬 채 씹듯이 뱉어냈다.

"하늘은 정精을 내리시고 땅은 영靈을 도우시니 해와 달이 모양을 갖추고 산천이 형태를 이루며 번개가 몰아치는도다."

이림은 직감했다.

"태자가, 컸구나. 식적의 힘이 이것이로구나! 네놈이, 이곤 이구나!"

또 다른 세상만이 열리는 게 아니었다. 시간의 문까지도 열 수 있는 것이다. 그러한 깨달음으로 다시금 바닥에 떨어진 식 적을 향해 무릎으로 기어가는 이림은 끝의 끝까지 미쳐 있었 다. 곤은 끓어오르는 분노를 검에 담았다. 이제서야 아버지의 명을, 황제의 소명을 다하게 되었다.

"현좌玄坐를 움직여 산천山川의 악한 것을 물리치고, 현묘玄 妙한 도리로서 베어, 바르게 하라. 역적 이림을, 참수한다."

사인검이 이림의 목을 베었다. 하얀 눈밭에, 푸른 대나무에 피가 튀었다. 검은 새떼가 날개를 퍼덕이며 날아올랐다.

'탕!'

동시에 태을이 이림에게 쏜 총알이 이림의 심장을 관통 했다.

곤의 문 안에서 싹을 틔운 상사화, 붉은 꽃잎들이 바람에 휘날리며 이림의 문 안으로 스며들었다. 허공에 떠 있던 사진들이 풍화해 사라지며 쓰러진 이림은 허무하게 눈을 감았다. 그리고 그 시체가 사라진 식적과 같이 재가 되어 사라졌다.

"성공했구나…… 그럼 이제…… 못 돌아오겠구나……."

휘날리는 꽃잎 속에서, 혼자만 남은 암흑 속에서 태을은 흐느꼈다.

곤은 제 목을 더듬거렸다. 목의 상처가 완전히 사라졌다.

—두 세상이 지금과 다르게 흐르면, 그럼 나는 당신을, 기억하지 못하게 돼. 난 당신을 모른 채 살게 된다고.

울먹이던 태을의 목소리만이 남았다. 후드득, 곤은 눈물을 쏟았다. 다시는 만날 수 없는 자리에서 두 사람은 서로를 그리며 함께 울었다.

곤의 서재 칠판에 쓰인 숫자들이 사라지고, 태을의 방에 놓인 대한제국의 즉석 사진과 지폐가 사라지고, 곤이 담아두었던 태을의 머리끈이, 강력 3팀 단체 사진 속 신재의 얼굴이, 태을이 지니고 다니던 사자 인형이 두서없이, 흔적없이 사라졌다. 모두.

∞

요요를 하며 거리를 걷던 소년은 탁, 허공에 내렸던 요요를 끌어올렸다. 가느다란 실이 아슬아슬했다. 끊어질 듯했는데 끊어지지 않았다. 소년은 빙그르르 돌아가는 요요를 내려다보았다.

"싹이…… 나버렸네? 문은 닫힐 테고 기억만 남을 텐데."

끊어야 하나.

그냥 둬봐야 하나.

소년은, 소년으로 청년으로 때로는 노인으로, 우주 어디에나 존재했다. 소년은 신이었으므로.

소년은 마지막으로 요요 줄을 아래로 내렸다.

우리를 선택한 운명

그렇게 1994년 역모의 밤으로부터 시간은 다시 흐르기 시작했다.

이림이 대한민국에 나타나지 않았기에 이성재도, 이지훈도 죽지 않았다. 성재의 동생이자 지훈의 아버지, 정혜의 남편은 죽었으나 가정이 비극으로 치닫지는 않았다. 정혜는 성재를 요양원에 모셨고, 지훈은 큰아버지인 성재를 자주 찾았다.

대한제국의 현민은, 즉 신재는 죽고자 하는 선영과 다시금 다리 위에 올랐으나 이림이 아닌 새로운 이로부터 제대로 된 도움을 받았다. 운명처럼 다리를 지나다가 자살을 시도하는 모자를 목격한 것은 종인이었다. 종인의 도움으로 신재는 죽지도 않고, 다른 세계에 이방인으로 넘겨지지도 않고, 선영과 대한제국에서 자라났다.

낮은 동네에서 고아로 태어난 루나는 시장 골목에서 생선 가게의 돈을 훔치다 서령 어머니의 보살핌을 받게 되었다. 최초로 얻은 따뜻함은 루나의 생을 뒤바꿔놓았다. 신재도, 루나도 번듯하게 자라 대한제국의 경찰로 만난 것도, 2022년 5월 27일, 함께 해송서점 앞을 지나는 것도 모두 온전한 세계에서 바뀐 미래였다. 비록 서령은 여전히 지나친 야욕으로 총리까지 도달하지 못하고 국회의원직을 맡다 횡령으로 감방에 갇히게 되지만.

∞

'탕!'

들려오는 총소리는 꿈속의 것처럼 흐릿했다. 태을은 번쩍 눈을 떴다. 태을의 위로 웅성임이 일었다.

"괜찮으세요? 도와드려요?"

"저거 총 아니야?"

대나무 숲 입구에 쓰러진 채로 태을은 손에 총을 들고 있었다. 피가 묻은 옷도 그대로였다. 태을은 벌떡 자리에서 일어났다. 자신을 둘러싼 사람들이 의심스러운 눈초리로 보고 있는 것쯤은 아무런 문제가 되지 않았다.

"여기, 어디예요? 대한민국 맞나요? 오늘이 며칠이죠?"

누군가 의아해하면서도 답했다.

"대한민국이죠."

"2020년 4월 25일이요."

고작 일주일 남짓의 시간이 지나 있었다. 세상은 비슷한 듯 다르게 흘러 있었고, 그래서 태을은 여전히 경위였다. 대한민국에 신재가 없었고, 곤을 기억하는 이는 태을뿐이었다. 그것 외에는 크게 달라진 것도 없었다. 그런데도 태을은 문득 울고 싶어졌다.

광화문 거리를 지날 때마다 대나무 숲을 찾을 때마다. 처음 만난 날 제게 걸어오던 곤이 떠올랐고, 대한제국에서의 짧은 시간들은 생생했다. 병원에서 보낸 한때가, 성당에서 함께한 기도가 선명했다. 곤이 제게로 오던 모든 순간을 태을은 기억했다. 그렇게 울고 싶은 마음으로 태을은 일상을 살아냈다.

태을이 결국 울음을 터뜨린 그 날은 4월로부터 반년이 훌쩍 지난 겨울이었다. 눈이 내렸고, 눈이 내리면 으레 또다시 곤이 떠올랐다. 곤을 생각하고 있었기 때문인지, 아니면 그저 또 다른 운명이었는지. 홀로 광화문 사거리를 걷던 태을은 마주 걸어오는 남자를 보고 숨을 멈췄다. 푸른색 해군복을 입은 남자는 곤과 같은 얼굴을 하고 있었다. 숨이 잘 쉬어지지 않았다. 뚫어지게 자신을 보는 태을을 남자가 내려다보았다. 그러나 그뿐이었다.

이지훈. 남자의 명찰에 달린 이름은 태을도 잘 아는 것이었고, 지훈은 태을을 스쳐 지났다. 멀어져 가는 지훈의 뒷모습이 곤과 닮은 듯 달랐다. 곤이라면, 이렇게 태을을 지나칠 리 없었다. 달려와 끌어안았을 것이다.

내내 견디고 눌러왔던 서러움과 그리움이 가슴 깊은 곳에서부터 터져 나왔다. 뺨 위에 닿은 차가운 눈송이가 태을의 뜨거운 눈물에 이내 녹아 사라졌다.

―만약 그 문이 닫히면, 온 우주의 문을 열게. 그래서 자네를 보러 갈게.

곤의 목소리가 잊히지 않았다.

기억이 남아 있어 태을은 살아갔지만, 때로 그 기억들이 태을을 아프게 찔렀다. 태을은 곤을 처음 만났던 그 자리에 주저앉아 울음을 토했다.

"온다며……."

겨우겨우 뱉어낸 원망은 울음 속에 다시 삼켜졌다. 태을이 기꺼이 사랑하기로 한 운명은 기다림이 반이었다. 그러니 여전히 태을은 기다리고 있었다. 온 우주의 문을 열어 제게로 올 운명을.

∞

　하나가 된 만파식적이 연 우주는 그야말로 광활했다. 끝없이 펼쳐진 빛의 문 속에는 여러 갈래로 뻗어 나간 다양한 세계가 있었다. 곤은 수많은 빛의 문을 향해 내달렸다. 태을을 만나기 위해서였다.

　어떤 세상에서 태을은 파일럿이었고, 또 어떤 세상에서 태을은 용감하게 누군가를 지키는 군인이었다. 어떤 세상에서는 생각지도 못한 배우였다. 다른 생을 산 다른 이들임에도 불구하고 어디에서든 당차고, 씩씩하고, 예뻤다. 그래서 더 태을이 보고 싶었다. 자신과 사랑했던 정태을. 아마 자신을 잊었을 테지만, 그래도 태을이 보고 싶었다. 태을이 기다리고 있을 것만 같았다.

　문을 열 때마다 기대했고, 태을을 만나지 못할 때마다 실망했지만 곤은 태을을 찾는 일을 포기하지 않았다. 온 우주의 문을 열어서라도 태을을 만나고 싶었다. 이렇게 세월이 흘러서 결국에는 문과 문의 세계를 떠돌다 죽게 된다고 하더라도…… 헛된 시간이 된다고 할지라도 상관없었다. 태을을 찾는 시간이 헛될 수는 없기에 곤은 맥시무스와 함께 숱하게 달렸다.

　그리고 또 한 번 곤은 자신을 향해 다가오는 태을을 아연하게 보았다. 마당에 서 있는 곤의 손에는 푸른색 꽃이 들려있었다. 이번에야말로 이 꽃이 주인을 찾을 수 있기를 바랐지만, 이번에도 아닐 수 있었다. 이미 숱하게 상처를 받은 후였다. 태을과 헤어진 후로 일 년이 지나 있었다. 곤은 이제 쉽게 기대하지 않기로 했다. 비록 마당을 지나오는 태을의 모습이 정말로 태을 같아도.

"……자넨 이렇게…… 우주 너머마다 존재하고 있군."

쓸쓸하게 중얼거리며 곤은 태을이 제 앞에 서기를 기다렸다. 한 걸음, 한 걸음, 태을이 가까워질수록 별수 없이 또 곤의 심장이 빠르게 뛰었다. 태을의 목에 경찰 신분증이 걸려 있었다. 희망과 절망이 등을 맞대고 곤을 애태웠다.

"여전히 날 모르고……."

곤을 바라보는 태을의 눈이 그렁그렁했다. 울기 직전이었다. 곤이 당황하며 태을을 내려다보았다. 저도 모르게 태을의 뺨을 감쌀 뻔했다.

"자넨 왜…… 울지. 어디서나 행복해 보여서 그거 하나 위로였는데……."

동시에 태을의 눈에서 눈물이 뚝, 뚝, 떨어졌다.

"자넨 왜 날…… 아는 얼굴인 것 같지? 왜 날…… 다 기억하는 것 같지?"

곤의 시선이 태을의 신분증에, 태을의 목에 걸린 목걸이에 닿았다.

"자네야? 정태을, 진짜 자네야? 맞아?"

너무 간절했던 순간이 서로에게 와 있었다. 찰나가 영겁 같 았다.

"온 거야? 진짜…… 온 거야? 이제 다 온 거야?"

곤은 그대로 태을을 끌어안았다. 처음 만났던 그때와 같이.

"드디어…… 드디어 자넬 보는군. 정태을 경위."

"왜 이렇게 늦게 왔어. 내가 얼마나 기다렸는데. 매일 매일 기다렸단 말이야."

다 기억하고 있었다면, 얼마나 자신을 기다렸을지 감히 헤 아려지지도 않았다. 태을을 더 세게 끌어안으며 곤은 아이처 럼 우는 태을을 달랬다.

"일이 많았어……."

그 밤, 이림을 베고 곤은 궁으로 달려가 영을 구했다. 영은 살아서 여전히 바뀐 역사 속 대한제국의 늠름한 근위대장이 었다. 재결합한 부모님이 낳은 늦둥이 두 동생의 오빠이기도 했고. 은비와 까비처럼 아주 귀여운 동생들이었다. 대한제국 의 역사가 바뀌지 않았다면, 보지 못했을 아이들이었다.

"다시 길을 찾아야만 했어. 그렇게 온 우주의 문을 열어보 느라. 그래서 늦었어."

그리 말하며 곤이 처음으로 웃었다. 태을도 눈물을 매단 채 웃었다. 낮고 부드러운 목소리가, 다정한 미소가, 따듯한 온기가 모두 곤이었다. 정말로 곤이 제 곁에 와 있었다. 곤이 검지로 태을의 눈가를 적신 눈물을 닦아냈다.

"찾더라도 날 기억 못 할 거라고 생각했어."

"그런데도 날 찾은 거야?"

"날 잊은 자네라도, 보고 싶어서. 잊었으면 다시 말해주려고 했지. 나는 대한제국의 황제이고 부르지 말라고 지은 내 이름은 이곤이다."

태을이 작게 소리 내 웃었다. 갑작스럽게 되찾은 행복이 벅찼다.

"근데 어떻게, 두 세상이 다르게 흘렀는데, 날 기억해?"

"그건 생략해. 나도…… 많은 일들이 있었어."

이림과 함께 차원의 문에 들어갔고, 곤이 과거를 바꾸고 사인검의 소명을 이룬 그때, 멈췄던 문 안에도 시간이 흐르기 시작했다. 꽃이 피어 꽃잎이 휘날렸다. 균열을 내고, 균형을 잡으며 내내 그들과 함께했던 신이 그날에도 아마 태을과 함께했으리라.

"지금은 이렇게."

태을은 죽음을 각오했던 아픈 선택에 대한 이야기를 생략하는 대신, 까치발을 들어 곤의 입술에 입을 맞췄다. 아스라하던 감각이 완벽하게 선명해졌다. 곤은 태을의 입술을 벌리며 그 안을 파고들었다. 혹여 사라질세라 빈틈없이 안으며 서로의 체온을 느꼈다. 껴안은 연인이 애틋하고 절절했다.

여전히 푸른 꽃이 곤의 손에 있었다. 몸을 떼어내며 곤은 조심스럽게 물었다.

"아직도…… 꽃 싫어해?"

태을은 오래 전에 받았던 푸른 꽃이 다시금 곤의 손에 들린 것을 보았다. 사라졌던 꽃이 바뀐 미래 속에서 다시 태을에게로 왔다. 태을은 환하게 웃었다.

"좋아해. 특히 이 꽃 좋아해."

태을이 곤이 내민 꽃을 받아든 순간이었다. 곤이 태을의 귓가 가까이에 고백했다.

"내가 이 말도 아직 안 했더라고. 사랑해. 자넬, 아주 많이 사랑하고 있어."

"이렇게…… 완성되는 거구나. 나도, 사랑해. 나도, 너무너무 사랑해."

이전의 슬픈 고백이 아주 달콤한 고백이 되어 태을의 심장을 녹였다.

"그럼 내가, 자네의 일상이 되어도 될까? 허락해주겠어?"

태을은 고개를 끄덕이고 다시금 곤을 와락 안았다.

∞

어쩌면 적당히 좀 하라는 태을의 협박이 신에게 통한 것일 지도 몰랐다. 다시, 새롭게 시작된 두 사람의 시간은 그동안 많은 것을 생략해왔던 시간과는 달랐다. 대한민국에서, 대한 제국에서 각자의 삶을 지키면서도 두 사람은 주말이면 빛이 새어 나오는 문 안으로 들어가 누구도 속하지 않은 세계에서 시간을 보냈다.

때로 그곳은 1990년대의 대한민국이기도, 밀레니엄을 코 앞에 둔 대한제국이기도, 또 다른 어떤 시간과 장소이기도 했 다. 국정원에 취직하고 나리와 결국에는 이뤄진 은섭을 보기 도, 승아와 비밀 연애 중인 영을 보기도 했다. 그렇게 두 사람 은 함께 여행을 했다. 물론 평범한 여행은 아니지만, 함께여 서 행복한 여행이었다. 서로의 집 앞 대신 차원의 문 앞에 바 래다주는 일상이 즐거웠다.

태을과 곤은 손을 꼭 잡고 자신들은 아직 태어나지도 않은, 1960년대의 옛길을 걸었다. 어수선한 거리에는 교복을 입은 학생들이 삼삼오오 무리 지어 시끌벅적했고, 영화관 앞의 포 스터는 촌스러웠으나 강렬했다. 흰색 바탕에 검은색 도트 무 늬 원피스를 입고 하이힐을 신은 태을과 크림색 슈트를 빼입 은 곤은 어디에서도 잘 어울렸다. 두 사람은 성혼 선언문처럼 경건하게 서로에게 약속했다.

사는 동안 우리 앞에 어떤 문이 열릴지라도.
함께하는 순간들이 때로 아련한 쪽으로 흐를지라도.
내 사랑 부디, 지치지 말기를.
그렇게 우린, 우릴 선택한 운명을, 사랑하기로 한다.
오늘만, 오늘만, 영원히.

더킹 · 영원의 군주 2
THE KING · ETERNAL MONARCH

1판 1쇄 인쇄 2020년 6월 24일
1판 1쇄 발행 2020년 7월 10일

극본 김은숙
소설 스토리컬처 김수연

발행인 양원석 **편집장** 최두은 **책임편집** 차지혜
디자인 이은혜, 김미선 **영업마케팅** 양정길, 강효경

펴낸 곳 ㈜알에이치코리아
주소 서울시 금천구 가산디지털2로 53, 20층 (가산동, 한라시그마밸리)
편집문의 02-6443-8862 **도서문의** 02-6443-8800
홈페이지 http://rhk.co.kr
등록 2004년 1월 15일 제2-3726호

ISBN 978-89-255-3689-7 (03810)
　　　978-89-255-3690-3 (세트)